JAMES JOYCE

FINNEGANS WAKE

FINNEGANS FINNICIA

TRADUÇÃO:
VINICIUS ALVES

KOTTER
EDITORIAL

Coordenação editorial: Sálvio Nienkötter
Editor-executivo: Claudecir de Oliveira Rocha
Editor-assistente: João Lucas Dusi
Capa: Jussara Salazar
Design editorial: Carlos Garcia Fernandes
Produção: Cristiane Nienkötter
Tradução e revisão: Vinícius Alves
Ilustrações: Jandira Lorenz
Preparação e tratamento de imagens: Neno Brazil
Posfácio: Jayro Schmidt
Orelhas: Sérgio Medeiros

Dados Internacionais de Catalogação na Publicação (CIP)
Jéssica de Oliveira Molinari CRB-8/9852

Joyce, James, 1882-1941
Finnegans Wake: finnegans finnicia / James Joyce ; tradução de Vinicius Alves. -- Curitiba : Kotter, 2024.
288 p.

ISBN 978-65-5361-357-7

1. Ficção irlandesa I. Título II. Alves, Vinicius

CDD Ir823

24-4502

Kotter Editorial Ltda.
Rua das Cerejeiras, 194
CEP: 82700-510 - Curitiba - PR
Tel. + 55(41) 3585-5161
www.kotter.com.br | contato@kotter.com.br

Feito o depósito legal
1ª Edição
2024

JAMES JOYCE

FINNEGANS WAKE

FINNEGANS FINNICIA

TRADUÇÃO:
VINICIUS ALVES

Sumário

Não existe nada que não possa ser traduzido.
(James Joyce)

Só os textos intraduzíveis merecem ser traduzidos.
(Haroldo de Campos)

Para minha mãe, Erna Maria (*in memoriam*)
e meu pai, Hamilton (*in memoriam*)
por tudo, pra todo sempre;
Para minha filha Clarissa, moramor siempre;
Para meus irmãos Vicente, Virgínia e Marly, pra sempre tudo;
Para Sophia e Olívia, netinhas, que um dia irão usar essa
lìnguaviagem, tudo sempre;
e para Teresa, companheira e primeira leitora, sempramor
pertence este livro

Guisado de prèfácil

Não poderia intraduzir essa enormidade sem agradecer aos meus predecessores, os caras que li desde sempre.

Em primeiro lugar ao autor solar desse montanhoso livro-rio-sonho, o querido Sunny Jim.

Em seguida aos enormíssimos poetas-tradutores Haroldo e Augusto de Campos, que o trouxeram até mim; a Guimarães Rosa, montanhosamente; Mário e Oswald de Andrade, Paulo Leminski, Clarice Lispector, Millôr Fernandes, Edgar Allan Poe, Jorge Luis Borges, Júlio Cortázar, Lewis Carroll, Edward Lear, Gertrude Stein, Bukowski, John Cage e toda essa gente que gosta de linguagem como eu.

Agora, sim. Divirtam-se!

v. a.

Capítulo 1

rioir

Para Jayro Schmidt, *in memorian*, meu guru.

rioir, passando Eva e d'Adão, do desvio da encosta às recurvas da baía, nostraz por um comodius vicus de recirculação de volta ao Howth Castelo e Entornos.

Sir Tristrão, violador d'amores, pralém do marlisim, tinha passancorado rechegado da Norte Armórica desse lado magristmo da Europa Menor pra relutar sua guerra pênisolada: nem tinham as rochas de topsawyer sexagerado do riacho Oconee pro Condado de Laurens gorgiando enquanto dublinavam seus múmperos o tempo todo: nenhumavoz afozgosa berrousse de mixe-mixe pra tauftauf tuèspetrício, ainda não, embora veanessamente depois, tivesse um nofilho desbundado num velho incego isaac: não ainda, apesar de tudo ser justo nessa Vanessidão, onde as gemirmãs siraram com o doisuno nãotãojoão. Adulterrar uns dois galães de malte do'pá tinham Jhem ou Shem fermentado por arcovortaico e finorvalhado ao regicílio pra desvirar cunhaque na aquaface. A queda (bababadalgharaghtakamminarronnkonnbronntonnerronntuonnthunntrovarrhounawsnskawntoohoohoordenenthurnuk!) de rempante em wallistrit dum velho salmonete é recantada cedo no berço e tarde no valo da vida través de todos os menestreirados cristianos. A grande queda do murovo implicitou em curto prazo na pftsqueda de Finnegan, sólido irlandoutro, que as humptycocolinas em si prumptamente enviaram bem unquiridas procidente em busca de seus dedãesdospiés: e seu localdepontoepasso é nocauteado no parque onde laranjas foram colocadas praprodrecer sobre o relvado desde que os diablínicos amaram livinha pela primeira vez.

[3]

Que ressoar é esse dânsias contra nãonsias, ostragodas esganando peixingados! Brékkek Kékkek Kékkek Kékkek! Kóax Kóax Kóax! Ualu Ualu Ualu! Quaouauh! Onde partidários de Baddelaries aindas tão por fora do mestremático Malachus Micgranes e os Verdugões catapultam os camibalísticos dali dos BranKeloyce com Kapuz na Kapeça. Assiagáias e Bumerangstômicos. Proles d'Irlanda, temam-me medos! Sanglorienses, salves! Braçarmas arpelam por lárgrimas, aparvoram. Crençascremam-crenças: bé-lem, be-lém. Que acasos acarinhados, que canstrações airadas

e ventiladas! Que bidimentamores sinduzidos por tais tegotetab-
solvidos! Que vero sentimento pelos capimlos deles e com que
voz fenhosa de falssaluço! Oh, aqui daqui donde medrou o encontro
do crepósculo, o pai dos fornicacionistas mas, (Oh, minhas brilhanstrelas e
carpomeu!) como se teria refinado o alto firmamento do céunaleiro do
suave anúncio! O quié qui há? Iseulta? Ira era desgoto? Os caravalhos
dantanho agora jazem na turfa embora olmos saltitem onde jaziam cinzas.
Phalocai se quiseres, mas deve erguer-se: e ninguém tão cedo
tampouco a farssa do pro núncio virá pra registrar o finnécio secular.

Bygmester Finnegan, da GagaMão, pedroeiro dos homens li-
vres, viveu na viela mais ampla imarginável em sua rustilante muidis-
tante pra menssuagens antes que joyssué juízes nos tivessem dado números
ou Helvíticus cometesse deuteronomia (num fermontem ele sternelou
cerveramente sua testa num tonel pra larvrar o fruturo do seu destino mas antes que
swiftamente atiçasse fora de novo, pelo phoder de moisés, e muita ág-
ua tivesse eviporado e todas as guinesses encontrassem seu êxodus de modo
que isso deve te mostrar que cara pentschanjoychy tinha!)
e durante poderosos estrañanos esse carreteiro, cimenteiro dedi-
fícios em Torre de Pinguços empilhou edificações sobri eduficações sobri as
margens pros viventes junto ao Fulabeltranna. Alicindiu a piquena esposAnna
com a pequena creiatura. Com capêlo em mões toca sua part
inela. Frequentemente balbuloso, mitra adiante, com uma bela espáutula
em punho e um maucacão marfim que ele habitacularmente apreciava, tal
Haroun Childeric Eggeberth ele caligulava por multiplicáv-
eis a alltitude e a malltitude até que balouçasse pela limpiluz do
liqüor donde geminasceu, sua basicabeça arredondada doutros dias
e erguer-se em mansonaria despida (joygranti!) um murecido
dum arranhachéu dencher os olhorrorosos entoramente, erigenatos a partir do

[4]

quase nada aos himalaios cielescalantes e todos, hierarchitec-
titiptitoplofticalmente, como uma sarçardente alémda sua baubeltópica e
com larrons o'toolers cliterminando acima e um baldespen-
cando abaixo.

Da primeira ele tava despido darmas e dum nome: Wassaily Boos-
laeugh de Riesengeborg. Sua crista de huróldica, em verte com
servas, dorficuldade, argêntea, uma cabra, el perseguidor, hórrido, chifrudo.
Seu escudo enfeitado, com arqueiros viciados, hélio, da segunda.
Hálcool é pro hagricultor hobrar sua henxada. Hohohoho, Senhor
Finn, vais ser Senhor Finnovamente! Como'é dia de segunda e,
Ó, tu és vinha! Véspera d'amingo e, ah, vancê é vinagre! Hahahaha,
Senhor Funn, vais te funnder dinovo!

O quentão realmente causou aquela quintrovejada tragoédia
esse negócio de pecado municipal? Nossa casacubo ainda estronda como testouvinte
pro trovão de suas arafatas mas ouviremos também através de sucessivas
eras aquela rochorosa dos inkalificados muçunimiíssilihinos que
iriam guardinegrar a rochalva jamais catapultartarugada fora do
céu. Seja conosco, então, em nossa busca por justensa, Ó Sus-
tentador, da hora que levantamos e quando palitamosdentes e
antes decaírmos em nosso leitodecouro na desnoite e
no desbotoamento destrelas! Pois uma prece ao profeta é melhor que piscar
prum aspirissanto. Doutros modos sussurrantes como daquele reitor zombando
o monte beduíno e o mar jpisiano. Camerva, o masca-
mambaia, deve decidir. Então saberemos se a festa é numa sexta-feila. Ela
tem o dom de buscar um sítio e ela looclàsionalmente ajunta ajudantes, a
sonhadorinha. Cuidado! Cautela! Pode ter sido um meiotijolo málcoolzido, como
alguns dizem, ou pode ter sido devido a um collupso de suas premassas,
como vêem outros. (Já se extendem por enquanto mil-
iuma histórias, todas contadas, do mesmo). Mas tão certo quanto abel

quecomeu a rubrossanta maçã d'evinha, (que com os horrores de Walhalla de rolls-
joyces, carrosdepraça, stonengenes, mortumbas, tristolmos, fargoberrantes,
automóvos, hipossatempo, frotas de rua, turnositaxas, mega-
phoggs, circuses e guardas-costas, basiligrejas e aeropadioses
e o lardrão e o jovimurmúrio e o desnudo em casaca e
as putorras de mecklaburka mordendo suas orelhas e as merlintocas nos bur-
rocos e seus velhos pátios, o furo u mor, e seu

[5]

maiscacão enegrecido a doze centavos a dúzia e os núbil-
ônibus deslizando ao longo da Rua Primeiros Socorros e os dirigíveis
bisbilhotando em torno da Esquina Diga-Não-al-Alfaiate e o fumal e os
anseios e o estrépito dos indigenativos da sua vila guardiãesdiroma,
carpideirasdoramo, trepadeirasdodomo, duro com duro não faz bom
muro e todo tumurto de todo o rebuliço, um telhado pra maio
e um recife pra hugh mas sob a ponte siveste tony) pálido avisa
que Phil stá entupido de pinga. Sua cabaça sentiu o peso, sua cuca
tremelicou (Havia uma parede, claro, em ereção) Dimb! Ele caiu caim-
abelante do últemo. Damb! Ele sifú. Dumb! Mastabatum,
mastabatom, quando um hamon se casa seu reboque é allongado. Pra
que todo mundo veija.

Xepa rado? Eu ti dixe! Macool, Malcool, poorra, pruque voxê moorreu?
de sede na triste-feirinha? Soluspiraram no velório da despedidose de Fillegão
crissormissado, todos os ruimligães da nação, prostrados em
sua consternação e em sua duodissimalmente profusiva pletora de
ululação. Haviam prumos e grumos e cherifes e chítaras
e shakeadores e chinomens também. E todos gigritaram com a maior
shofialidade. Agogue e magogue e a ronda dos grogues.
A continuação dessa cerebração até a Deleydela

exterminação! Alguns barrigemeram chorus, uns mais, cancãn clamam. Brahmando prarriba e brindando prabajo. Ele tá rijo mas firme como a de Priam Olím-Pica! Ele era um jovem trabalegrelhador dacente. Afie seu travessonho, bata sua cervataúde! Endonde nesse bundo suncê ouvaria tal cãofaissão ostrafez? Com seus deprafundis e infideliosidades poeiris. Puseram-no de bruços ao lango do úrtemo leito. Com barrilcalipso de finuiski diante seus péis. E um caminhão-pipa de guenessis junto à calbeça. Té o tootal do fluido refluir no fluvial, Ó!

Hurra, hápenas uma nova gleba pro velhujo globo girar in vista duqui é tãotaulogicamente a mesma coisa. Bem, Em sendo tão linguago em seu ser com imponente babelíngua, deixêmo-lo mimijar, veja, bem, em Hom, vejamos que xixi ele faria, pratanoprato. Hum! De Shopelisada à Bailywhiski ou de ashtun ao baronoato ou de Cumpradrebancos à Cucarredonda ou do pé da página prolhar d'irlanzente ele calmamente extensoneca. E por todo calminho (um chifre!) do fiorde às montanhas, seus oboboés de ventosbaiúnos lamentá-lo-ão

[6]

preso à rocha (hoahoahoah!) em nadirnadarnadur e por toda livy-longa noite, a dorida noite pintalgada, a noite dos sinazuis, sua flàtuoflauta em traquestruques (Ó carina! Ô carina!) revelam-no. Com sua espossa vanessa e suas catolicaranglicanas e sobre todas as vindas e indas. Tilintando um conto deum atum, constando o toque duma tea-ria tombada de Taublin. Graça ante o Gluttão. Pro que somos, se grossomos, tamos prestes a crer. Então puxe o sino e passe o peixe por amor aos crastãos. Omém. Por isso sóspiramos. Fofô tá fudido mas fofó farreu o fabuleiro. De quem é a sopra no prota? Fin-foifom, o Peixo. O que tem neça cabessa açada? Uma fatia de pão da Ken-nedy Simpãotrício? E quem tá grudado ao lúlpulo em tua calda?

Um canecão da véia e espufamosa Dobbelin ayle de Danu U'Dunnell. Mas, eita, que vancê sencharca e traca os dentes inté a medula naquele corpinho de froresblancas vendo a balbelstafera quelié poisêle némais. Finichou! Só uma cena de fadógrafo. Quase rubicundo Salmãossalado, ancião desdos tempos de Agapemônidas, fundido em nossas névoas, desolado e enlatado. Então essa refinnação cantafinnou, desglutida, opuslenta e bemfurnida.

Não podemos ver ainda a forma brontoictiana delineada em inssono, mesmo em nossa própria sònoite, pelo junco tagarelante de trutas que Bronto amava e Brunto emanava. *Hiccubat edilis. Apud libertinam parvulam.* Que venha em trapos ou embandeirada, com prefume de cerradomingos ou mindingando dindim. Porrah, craro, todos amamos a pequena Anny Ruiny, ou, queremos dizer, anamadinha Anna Rayiny, com sua som brinha, quando tá dibaixixi da xuxuva, cabra-cega cantando na. Eita! Brontoleone darmiu, eita que ronca. Cerca de Benn Eder & em Sepél Isôlt também. A caixa craniana dele, catador de suas rãzões, vialém numa noivoeira. Vupt? Seus pés de barro, empastados de verderva, estacaram onde elontem caiu, no montem da parede do magazine, onde nossa mégui zina viu tudo, com sua irmãnta. Enquanto contralutava nessa belalliança alémda III Sixty, collina llocal! ao lado do forte, bom, tarabom, tarabom, cuidando d' obuses, o lucal das lutardanças entre jojocas e bebéluns. Assim quando as nuvens baixam, jayminho, uma orgolhosa vista é

[7]

agradaviável como a massa do nosso monte, agora o museu nacional de Wallinstone, com, a alguma verdistância, o charmante país de water-

luso e as duas brincobrancas viletas que ouvem exibições
de si mesmas si mijando derrir das follyagens, as belezurinhas!
É pirmitido ao pinentrador ir no museumundo di grátis. Galesses y
Irlandesses, um xílinque! Redesmembrar desvalidos da velha
guarda de puxempurra emporraepuxa prassuntar sobre o assento dissuas bundas.
Prela paxar a xave falxa pra falxineira, apratroa Kate. Tip.
Puraqui pru muyseum. Chuidados com os chapéis!
Agora vancês tão no museyxo de Willingdone. Este é um cu-
nhão Pruchiano. Este é um ffrinchês. Tip. Esta é a bandeira da Pruch-
ia, a Xávena e a Chícara. Esta é a bala bingue-bingue da bandeira
daPrúchia. Este é o ffrinchês que deitona sobre o Touro aquele coice
na bandeira Pruchiana. Salus, o Crusarmador! Ataca com sua
garfaca! Tip. (Péboi! Phoda!) Este é o tripuluão chapéu du
Lipoleôncio. Tip. Chapoleão. Este é Willingdone sobre seu
mesmo covalo bronca, o Coquenhape! Este é o grande Chacinador Wil-
lingdone, grande e magêntico em suas ourestanhosas espórras e seus ferro-
ducados e seus quartibrasados sapautos e suas maliganatas
e as melhores palhinhas de banguecoque e as golochas de golias e suas pullupon-
ásians calçasdeguierra. Este é seu cavalão cavalar. Tip. Estes são os três
lipoleônicos boyninos agauchados na valadestar. Este é um
inglís inimistinto, este é um iscoicês cinzento, este é um davizinho cor-
covado. Este é um lipoleôncio do brejo mortando um lipoleânico suplicante. Um
Gallaunte argaumante. Este é um pequeno lipoleônicuzinho que
não fede nem cheira. Achega, assenta! Boucheta Fitz Tou-
maistche, MacPica Suja. E XO'xota Peluda. Todozeles
armínios-varmínios. Estessão o Alpes Dedèlian. Esté o MonTível,
esto MonTípsey, està Grande Montãpubiaña. Estéa
crimenolinda dos alpes circulando praproteger os três lipoleães.
Estasão as jínnias com suas livrórnias fingindo ler nos seus
livros artes-anais estratelógicos enquanto fazem guerrinhas de calcinhas
in Willingdone. As jínnias arrulham suas mãos e as jínnias
corvinam seus cabélos e Willingdone fica contesão. Esto grandão

Willingdão mormoreão talauscópico Milagrento quissisconde
no flanco das jínnias. Sexcalibur cavaludo. Tip. Istu

[8]

é mimesmo Belchicano dissimulando meu filipangaré domais chervejento
Airtur Cherva & Fiulhos Campanhia. Lumitada. Esta é a pressa das jín-
nias pra despatxar o xixirrigado de Willingdone. Dispatcho em fionas
linhas vermelhas que cruzam a frontinha di mim, Belchum. Uaa, uaa, uaa!
Liper Ardor. Nós fencemos! Como fai sua espôssa? Abraçalh-
ando. Sonapa! Essas foram as tictácticas das jínnias pra fortanoiar o
Willingdone. Vixi, vixi, xixi! As jínnias estão ciumando de novo
todos os lipoleianos. E os lipoleiãos vão começar e menimalucar pracima
dossó Willingdone. E o Willingdone ficou de pau duro. Estié
o bode de Belchum, boné no capelo, quebrando sua palafra secreta cuma
paulada nozouvidos do Willingdone. Estéo mensaj-
ueiro dixprixo de Wellingdone. Dixprixo inxibido nas raras reigiões di mim,
Belchum. Salamangra! Ai, ai, ai! Chèrejínnias. Fodamseocêis!
Maldita fodana, Froda-se. Wellingdone. Essa foi a primeira piada de
Willingdone, triquitroca. Hii, hii, hii! Echichoueu, Belchum, com
minhas dozebotas, enchiarcadas, estrebuchendo na stampontepútrida,
primandopé no champo das jínnias. Tip. Dá um trago, estrogado, porquele
não quer chumprar uma cherva choca. Istossão buêlas Ruo-
chas. Istumas frincheirras. Istossão míssiltropas. Estéo fodanhão
com seu napapagão. Depois de cem indiasgências.
Estoabençoabalado! Terrasvidradas! Estazasjínnias com suax
glaloxas. Estox lipaloés naxcazernax. Ixtoé o
Willindão, Corkoveando lascado. Porrège!
(Plalhaço! Blinque!) Istum carmêlo, isté floda, istus-
sulfurininha inhação, istérmobilenta, está paniqueimada.

Almeigdalada! Arthistássolto! Esto Willindão chourando. Bruum! Bruum! Cubruum! Essé o chorinho das jínnias. Chuxuvento! Deux difinha a inFlaterra. Estassão as jínnias fugindo dazauterlistas casamatadas. Com plic nic plic e píngue pique plic tão levinho. Masmeu cora são cora. Tip. Soeudinovo Belchum, gratobriagadyu plu flavô propratropratra crepe da frescaneca. Pela paíz! Essea bissmarca da maratrona merryvilhosa das jínnias queu deixei pratrás. Estéa bronha di Willindão com seu talascópio marmóreo Sabundando Chavasca por seu real divórcio das figijínnias. Gambariste della porca! Dalaveras fimmieras! Esteo mais mindinho

[9]

dos lipoliinhos, Toffitiffode, quespionaram os Willinditos, com seu grancovalo, o Cabinhope. Willinsdão é um velho mouropedrão monstrimaridão. Lipoleãozão é um solteirão pauzudão. É uma hiessiena semprerrindo do Willingdão. Estéa labionegrona trocando funk pra hinnessyta. Esto hinduu Shimar Shim entre a negrota e a hiinnessyta. Tip. Êstio velhiso Willingdão picateando a metade do trifolhiado chapéu do lipoleoso na campatalha. Estiéu hinduu vaselindando a ranjinada pruma mijada. Estiô Willingdão que pendura a metade do chapéu do lipoleuns no cuseiro do seu grande covalo branco. Tip. Essa foi a última piada de Willingdão. Hi, hi, hi! Estéo mesmo covala bronca de Willingdão, Cupanhalpa, rebolando a rabunda com a metade de um chapéu do lipoleosso pra insoultar um hinnduu nativo. Hney, hney, hney! (Bostarada! Medra!). Estionativo, madrashattaras, pumpimpulando, cramando pro Willingdão:

Ap Putakkius! Pariu Kkarai! Este é o Willingdão, gentilhomem,
natonestáblo, queimando sua faixa de cósforos pro corsegano Shimar Shim.
Basukêia vousted! Estéo nativo faazprarruinar soprando o são
do meio do chapéu do lipolítico do topo da rabunda
de seu grande e gordo covalo. Tip (Na mosca! Ganhei!) Anssim Cope-
nhagen acabou. Puraqui pru muyseum. Cuidado cum suas bostas e port-
afora.

Ufa!

Que canícula passamos lá dentro mas que fresquinho está aqui no
arberto. Sabemos que ela mora in ninhuma parte mas vancê nundeve dizê a nãoguém
sobre a lâmpida da Jig-a-Lanterna. É uma velita na casa dumês
à uma ventosa. Láimbaixo, Bêim Làimbaixo. Em num-
eradas singularadas. E que tempo bém tambôm! E o velho ven-
to wagrabundo dozentornos di pintabaixo e em toda rajada de viento
dozouteiros (se tu vês cinquenta eu vejo mais quatro) lástá
a verrugosapanhadora, um correpouco, fazumpôco, tentaumpôco, vazaumpouco,
limpaumpouco,
kicaumpauco, separaumpouco, comumporco, gemeumpousco, conheceumpauco,
ajudaumpuco,
roubaumpurco, averrugosa. Um veridadeiro planalto
dos bardosCampossombrios. Sob suas sete parentiradas fábuluns, O Imperhumor.
Su espada tosseu lado. Tiro dado bugio deitado. Nossa parelha de pombos voaram pras
nortescarpas.

[10]

Os três corvos bateram asas pro sul, kráascitando a de-
bacle pros destritos daquele céu onde as triboois reispondem; Beim,
'stá bem! Ela ninca vem quando Thon'si banha ou quando
Thonbrilha com suas meniNoturnas ou quando Thon sopra toom-

bando os celtas de Thon. No nube não! Nieblas em você, liv!
Ela tá muitcho atrefrita. De Enterrameleca e Ligame-
rolandolhos e todos os mertos do mindo. Fé fog fom! Ela apinas
espira que ciaos sejam tichaus. Aqui, e continua aparecendo agora,
ela vem, uma pázsara, uma passaraìssódia, uma peri fodamadrinha,
uma beijapica interraputeira, com piuspius e pauspaus
com sacassacos nas castascostas num bole-bole fuça-fuça mexe-mexe
nos pactos pixeluzados eumarasmamando, colhendo
aqui, picando ali, buçabussa fêssabeça. Mas é nooite dozarmistícios,
militopazes, e aumanhã desejaremos um falaz netil pros
trabalhadores das minúcias e que haja grandriosa trégua pra frelicidade
da criançada em trodaparte. Vem cobigo cantar e celebrilhar o dia
daçãodesgraças. Ela escondeu a lamparina do cocheiro pra ver
melhor (quem é esperto vai sissocando e enxoxotando ao ridór) e vai arruinando
tudo bem dentro da muchila: cartachos e butinas bulhentas, sapatas
felpudas e frascos de todas as nações, cravículas e escrápulas, mapas,
chaves e lenhas a meio-pila e broches em lua com
pedrassangrentas quebradas em eme, bostonotícias de massas
e chutes e níquel nacos e pòdealmischar e um cura escuro
e comida de gato e obuses moqueados e misquitas e larvas, eles
e elas e coisas e loisas e neuras e pleuras de sinos do último suspirro que
vem do caração (mintivro!) e o mais decente decendente do sol descente
(teje certo!). Com beijo. BeijoCras. Cross Criss. BeijusCrus.
Inté o fim da vida. Atheus!

Que marrafilhoso e que fierdadeirra espôssa por parte dela, quando èstrentamente proibido rapar nossos presentes históricos de passados pósproféticos de modo a tornar todos nós senhordeiros e senhorrendas uma bela caldeirrada de frurtas. Ela está fifendo em meio a débitos e serrindo das nossas lamentações (seu nascimento é incontroláfel), com um afental como máscara e seus tamancos toacando árias (tão estranho! tão estrídulo!) se voucê saca eu sacocê. Hou! Hou! Grigos podem subir e troimanos cair (haverá sempre duas visadas pra cada mirada)

[II]

pois nos descaminhos de alta improvisação é isso que faz com que a obra
da vida se acabe e a célula do mundo seja pra sitadores cintarem. Deixe a
jovem milher fugir com a histórtia e deixe o jovem hamem dizer ababrinhas
suavemente às costas do mardomo. Ele conhece o dever de seu cavaleiro enquanto
Lundres drurme. Vancê sarvou algum dindim? ele disse. Fizuquê? diz ela com
um sorrirônico. E todos nós como um marridâmico porque ela é mar-
cenária. Embora a duração da terra esteja em liquidação
(flauxta!) e nem não há sombrancelhas nem cílios em sua glau-
bra fauce di Sacrripanta que crriou o monda e ela empresta uma vesta
e aluga alguma ama e precura nas margens seus birbigões praquecer e ela
fará tudo que uma turfista pode pra piffar nos negófios. Paff. Prinflamar
as flaminhas. Poffpoff. E mesmo que a casca de Humpty caia zombante
em tempo desengonçante novamente nos barbissalões de todos os nossos grandes
remonstradores haverá oivos para os desouvados no café
da manhã, com o ensolado pra cima, com cuidado. Tão verdadeiro isto é que há acolé
uma rotatividade no ché que tá chevoso tumém e quando vochê pensha ter vishto
uma bunda tome cuidado pois pode estar shendo empalado por hum.

Então como ela está no seu trabalho behaviorito de reinacompensa,
desfrutando das primícias e pegando o dízimo podemos segurar nossa revista
dos dois muondos pra não ver nada das céuspinhas daqui como de outros
lagares, a torta e a dirreita, como tantas colinas e celinas,
sittas nos arredoondores, sentabríchita e sampotroço, em seus cetin-
sentidos e seus taffetaffes affetados, jogando Loucura de Wharton,
numa tripurtida no planko do parko. Levanta-te, pickos!
Faça straique co'as minnas! Sem demora, Nicholas Proud. Não podemos ver
nem ouvir nada se escolhermos os montículos de pernas curtas de
Corkhill ou as bergamootas de Arbourhill ou as vergarambolas

de Summerhill ou as bergincelinhas de Miseryhill ou as campo-bossudas bergônias de Constitutionhill ainda que todas tenham vários tons e todo comércio tenha esperta mecânica e cada harmônica tenha seu próprio ponto, Olaf na sibida e Ivor lá na colina e Sitric num logar entrelis. Mas todos estão todos lá raspando pra espremer a probabilidade de solver e salvar o rebusto rebu da vida, saltando paca, como salmão na chapa, Oh, enquanto ele se deita dormonte do macroburgo de Segurafirme ao microbirgo de Pèdepólvera. Componha este

[12]

sim do somtido irlandês. Jura? Aqui o anglês pode ser visto. Reialmente? Um souberano punido com um pila empedrado. Reigalado? O silêncio cicia a cena. Finja!

Então essa é Diablin?

Houça! Cuidado! Echolândia!

Que charmosamente exquisito! Lembras-te a engravura enxaguada e antiga que borrávamos na parede manchuja da casa dele. Usuraram? (Tenho certeza que o indolente capaleiro com a caixa majical de chocolate, Miría Miguel, está ouvindo.) Eu digo, os destroços das tumulamas desgastadas costumavam ser embarradas por Ptollhomens dos Íncabus. Ousamos? (Ele é só um pretandente a ser um estugdante n'harpa jubaleia de um segundo excutante existente, Fiery Farrelly.) Sabe-se bem. Lholhe pra si mesmo e veja o velho monte novo. Dbln. W. K. O. O. Ouve? Ao lado da murralha mausolima. Fimfim fimfim. Com um grande fanfarral. Fumfum fumfum. 'Sté o optophone qual ontophanas. Escut! O olhiar mágico de Wheatstone. Eles lutarão pra simprever. Eles liquerrão parttudos. Eles prertrurbarão prassompre. A rharpidiscórdia será deles prrassamprre. Quatro coisas, portento, disso nossu horodotário Marmatão Lucajão em seu grãovelho historiorum, escrito perto de Boriorum, o livrazulado nos anais do baile, h. a. em Dublinoirte nuncadéfefalhar inturzentefumoquente e nuverva da ilhEirelândia sempaletem. Eizaq questão aqui agora, o medo dum. T. Tutantis! Unum. (Adar.) Uma carcunda amontou sobrascostas dum venreador. Ay, ay! Ddooiinnss. (ordeNizam.) Um sapato véio na véirlanda. Ah, oh! Trião. (Talmuz.) Uma castamareira, a'noiv a'ssalada, a ser desertada. Anora, anora! *Quodlibus*. (Marchessvan.) Uma pena não mais pesada que um poster. E então. E tudo. (Succoth.)

Assim, como o vento vagamundo virando páginas nas páginas, cominocêncios anacletos jogando popaypa antipapo, as falhas dos vivros no livrômito das escriaturas, anais de si mesmos cronometram os ciclos dos eventos grandiosos e nacionais, trazendo fossilidade de passar como.

1132 A. D. Homens como formigas ou farmigos posseiam porcima da glota glande da Barleixe embalada no Riacho. Sanguinchando end Ublinium.

566 A. D. Na noite faagueira destano depois do delúvio uma velhurcha que

[13]

tetinha uma cexturfa tremente de fime prapuxar ao relvoltar do brejo expiolhou dibaidablaycia que ela excarria pra sothixfazer sua vácuoriosidade de ser semsualmesmada mazela encantrou seu sacoxeio de xapátox pretox engraxadox e pequelegantex tarmancox, tão ricox in xulé. Bratralha embraçada em Hurdlesford.

(Simlêncio.)

566 A. D. Naqueles tempos descobriu-se que uma donzela ruiventa afligiu-se (sobrelassolas!) porque sua miñeca Puppette foi raptadela pelogro Puroupeus Pios. Sangrerras em Dlobledlabliu-Dlublin.

1132. A. D. Dois filhos dhumora nasceram inté um bomarido e sua malisposa. Estes filhos chamavam-se Caddy e Primas. Primas foi um santrurrião e trainou todas as pessoas decentas. Caddy foi à Taberna e escreveu uma farza opaz. Borrorosas palavras pra Dublin.

Nalgures, pairentemente, na garganta do ginndovindo entre o antidelúvio e o annadominante o copista deve ter escapado com seu percaminho. O bodelúvio inundou ou um alce o alcançou ou um saltrapado mundiano das excelssíssimais empyricais (faiscais, inssumais) terrifalantes ou os Dannamenses galélicos bateram a cara na portadura. Um escribicídio antão foi cometido sob o código dozanciãos com algumulta coberta por seis marcos e novepinos em homoedas por caussua da escórria de seu trabalho enquanto foi apenas de quando em vez em nossa retaguarda doutr'era com'um ressulcitado do engajamento militar ou civil, que um gynecura fosse levado ao caldafalso pra receber a mesma somerreca secretamente por meio da intromissão nas gavetas do cofre do seu vizinho.

Agora depois de todo esse farfalhudo e peragrino ou dignante ou claero levantamos nossas orelhas, olhos da escuridão, do tomo de Liber Lívido e, (tolhe!) quão paizcíficas eirênicas, todas as dunas danosas e clareiras clamorosas, autolongadas antes das planícies na nossa fredelândia! Fino feito um pinteiro de pedra o pastor dormita com seu cajalho; um grilinho com sua irmã greluda mordiscam virdilidades replicantes; em meio a sua gramínea balançante e a erva tripla finge mansidão; océundente é sempre céunza. Assum, tumém, por asnos anus. Desde as falutas de Nudo e Peludo às centáureas cintilam em Ballymun,

[14]

a Rosabscura rescolheu o cercado de Goatstown, dulipas
brindaram à elas pela doce Rush, o vilareijo do pirilampeijo,
os espinheiros brancos e rubros magicolhavam os valeyzinhavreiros
castanhosos, e, embora recirculadas de cercas durante
cemilanos aoredor dosol, os Formoreanos trituden-
taram os Daneses e os Vaqueiros foram molestados por Inse-
tiários e os Joynces gorfaram os destroços nos Keven-
ses e o Mercadinho Verde é o paizinho da Cidade. (Anouva!
Anoiva! E chourria!), essas paxceladas abotonadas quadr-
ilhavam ao longo das centúrias e flutuassopravam frescas e
feitas-de-tod-os-os-so-rrio-so-s, como na véspera de Kencomquem.
Os babélicos com suas lãnguas vãs (confusium os
confuça!) eles foreram; eram banididos e rau-
minantes somtomas eram e narruegueses punitos eram e noifas
que falam fiancêss. Hemens descãogelaram, clérigos ssuchurrarram, o
loirro procurrou o prreto: Vofê me mãma, minha kerrida
galimatinha?: e as damarrons contrariaram com os copoanheiros inf-
ernais: Ontá tua tíngua, aspácie dumbliciu? Eles caír-
am uns sobrozoutros: e eles próprios caíram. E
aindessa noite e nas noitroras e todas as florajosas do
campo e seus faunariscos amantes só dizem: Mescolhe antes queu mencolha!:
e, daquiapouquinho: Me colhe quieu coro! Bem que phodiam
murchar, coisar, e profusamente corar, serdade! Pois esse dito é
mais velho que a velha dita. Lave e leve a baleia na maca (não é vredade
oqueu tidigo?) pra ter barbatanas e nadadeiras que trepidam
e tremem. Tim Timmycão titampou, tampitim Tão. Fleppete!
Flippiti! Flipou!

Lú-pulo!

In nome di Emon esti corponheiro du copu in tiras di peli um
pedaçolitário elé o jãocaralhão? Deforme sua pigméia cabaça de porco,
encolha seus pés chatos. Ele tem catavelos, cane-
letas, e, Obeserva aquele peitoril, suas mãemículas mais
mostoriosas. Está lambendo o lanchônho du crânio da
fregideira. Malembra um dragomem. Ele tá catando totomêis
uma frofriedade porraqui, é um Comestífel Saquissão, seja em junipeiro ou frerve-
reiro, marraços ou alepril ou o fiolentorgíaco pruvioso e

[15]

friomaiento. Questranho espécime de hursomem. Èvidentemente um fur-
tutor. Famos ultrapassar suas defesas fogosas dessestrábulos
de chupentas merdulas. (Craveira!) Ele pode praposterar os camipèll-
ourinhos dos pillares de Hírculos. Vamos lá, babão-babacão, malheres
com calcitas chustinhas mongesgostosas? Scusas, meu chapinha! Vancê tal-
erra danêis? N. Voucê pranancia escofêis? Nn. Suncê ispika an-
gleise? Nnn. Voicê sacassão phona? Nnnn. Limpe tudisso! É fa-Juta.
Vamos trochar de capéu e aferbar alguns frácheis ferbos fortes ou-
trocum num tattibitatti como facem os crecos.

Jute. – Jutah!

Mutt. – Mucco plazer. Jute. – Vofê é churdo?

Mutt. – Às fezes.

Jute. – Mas não furdomudo?

Mutt. – Nonada. Sóu gagago.

Jute. – Uia? Queim nhé o murmãerrador cocê?

Mutt. – Me totornei zuregagagogo.

Jute. – Que cococoisa hohohorrível. Claudiquê! Como,
Mutt?

Mutt. – Despois da guerrafa, surdo.
Jute. – Como polde? Enquonde?
Mutt. – Nas Pausadas in Dungtarf, onde costumavam irr.
Jute. – Tu desse lado tua foz é quaje intragável pra mim.
Fica um pouquim mais vaizível, como sieu fosse
tu.
Mutt. – Rás? Rasa? Rasastência? Burp, Boohooru! Booru
Usurpo! Trupico nimim mismo quandi mi
lembridimim!
Jute. – Pretumomento. Nigócio é negaça. Deixantes de tudo
tua hesitação cruzar tua náusea num brindouro. Aqui
tem madêra di prata. Um pedaço de caravalho. Guinness ié
boa pra suncê.
Mutt. – Eliouro, eliouro! Qual maldeira não cunheuço? A inte-
lével cabacinza de Cedric Silkyshag! Cemil fifas
pra focê por um par dablinês. O felho salmão regermina!
Ele foi pochado comum ovossencial ao ponto. Aqui

[16]

onde livriveu Momonarco. Ládonde as moon-
mnemninas marcham, mininu gozija.
Jute. – Simplesmente porque como Taciturno prega, nossa minimerradh
istória, ele dumpynterrou todo lixo no solaqui.
Mutt. – Jutamente como uma predrinata de brucélulas lá em
Riverpull.
Jute. – Senhar Lallgadiço! Cumqüe chumaço comu pur um nórtic egoista?
Mutt. – Somular comum tauro pisoteante. Roochas rooncando
rex roomano! Eu poderia roosnar pra ele com os coorno espuumando,
com seu lãdo de drento, com o pescaço deistmeu,

como fazia Brian d'e Linn.

Jute. – Fervóylio e melcru nimim si melopos
suportar um estranho truquêis finnicando talcuomo pautuá
com seu rotterdanrotto. Ineudito uisquisiuto!
Poa ruminaçon! Te fêxo em prréfe.

Mutt. – Cãocordo cocê. Busserve um seg. Andando numa pisca dela
recircular na quasínsula e vancê de-verá-ver quão véias
são as pranícies de meus Ansiãossos, hunossos e nossos, onde moram
maçariquinhos piupiando sobre-sol-fá-gueiros, onde
sirá a cidade por lei de êxtimos, onde por dereito di
signorança, flutugelou ondera a Posada do Innícius
quiera o Ponto Finnaldelá. Deixe eirehim rumimurmurar.
Mistumarcar duas raças, durces e sargadas. Mãenina
trieste. Càcolá, cuspida pra lestuário, ei-lás im surgências:
Daqui, fruxo e refluxo, elas descansam. Incantáveis
vivestórias rolaram nessas praigas, fliques como
foflócas, liteiras altraineiras, como neblinevascas du
mundinteiro. Agora tão todos tombados no monte, cinzas
di cinza, herda à merda. Orgulho, ó gorgulho! Teu prêmio!

Jute. – 'Fedor!

Mutt. – Faça-sefoice! Caimbaixô lixiviação. Llargo e estreito
todanoite a vida assimesmando d'estranhada, babylongando a gran
grandehotelleira com tac tac tacmancos, alp e scentouvídios,
babelagartas de fuogo, comegual e inigual nessessom
sementérico ondiamor ié amô.

[17]

Jute. – 'Zmerdo!

Mutt. – Suafentilmente! Foi feiroz a onta transfirmante. Cunção to tessespêrro. E thanacestrosas pôcas encolirram totomunto. Esse nossonhorto d'anos não salfa nem pó di tichôlo enem do mesmo roturno. Ele que corruna pote prefer tutto de quatrro. A'nt'cs'telo, n'vo' cs'telo, tr'cs'telo, tesmorruinados! Fonda-me ti Fertate um pilhete pra Humildublin! Humildama Chusta. Fala tutotimanssinho, multirratorr! Tenha teu tessecho!

Jute. – Pru quê?

Mutt. – O gigante Forférculés com a fadórica Morgana.

Jute. – Ocômoro?

Mutt. – Aqui a sapultura do vixequingue.

Jute. – Uquê?

Mutt. – Ouvocê a pedridade, cê juta?

Jute. – Ói sou tontrovãotroc, troço lamoso.

(Paausa) se você tá abcdementado, neste argilivro, que curiòssinais (paaure pru favô), nesse allalphaleito! Vochê pode leire (jáque Nós e Tús já resolvemos isso) sheu mundo? É o mesmo contado de todo. Mina. Miscigenações em miscigenaçães. Pateca. Viveram i riram ia maram ien fim. Talmina. Teurreino foi dividado entre Meandros e Porsas. Os meandertais, daneando e danovo, do nosso velho Heindenburgo nos dias em que o Cabuça-nas-Nevens andava na terra. Na ignorâça quimplica a impressã qui uni u cunhecimentu qui anorma u enormelário questimula u estimulário qui constata o contato quinsença as sensações qui designa u desejo qui afeta o afeto qui ocasa o cão quemputa o inatus ique acarreta a carreta da existencialidade. Mas qui cuma biga saindo du imbigo penetra a trama do Ramasbathara. Uma terricolista vivelivista esta; estranha e contrínua extrementre. Uma hachura, um cinzelta, uma eirelha, o porquase dos quaise foi quebrar a crosta da terra a toda hora, fuçando, iscoiçiando, como boi na moienda. Digaqui figurinas belicoóizas armadas e montadas. Montadas e armadas belicoizicas figurinas vejaqui. Futhorc, essa fequena effiggie é pra uma fagueira chamada fluidoafoagada. Face pro flácil! Ó eu fayço! Face pru éisti! Oh, focê fáia! Upaúpa e desocupa. ⊤uça à Шuça! Quanduma

[18]

parte tão pqna faz o dever de toldos logo passamos a usar um alforrábito. Aqui (fafor paarrar) algumas pelqnervilhas com um grande interesse pecuniário na mindinha qelas são pilulinhas q fazem o pagamento do tutu tatalar. Retas ranqueadas rochas derrotadas e com essas róxas orrangotangosas roncando rudes e riborrombando. Ansheio, ansheio, Pruqfazisho? Esti é o dze dzaquele dzébil espinho como dzum dzão-dztolo tzraidor dzentzando a dzesforra. Que mninice absoleta miúda tudisso mnudos! Una mierdanoitche recheada dabjetos! Olívias, beterrobas, kimelos, dolletas, alfridos, bestauros, cromakas e daltônicos. Oovos de cooruja. (Ó paara poorra!) tão aqui, qurebradros pelidade e todos agora totalmente ypsilenos e revelhos mancomundando, não dignos de limpar o grama. Sss! Vê a cobra verminando por todaparte! Nossa durlbin tá fervertando de cabros. Eles chegaram em nossilha da triangular Ângulaterra além da úmida pradaria eirigida nomeio do cardeirão de proibitivas pomaçãs mas chegaram junto com Sãum-Patraço com seus sacos de lixo fervilhando os arrepios deles e mataram nossos picudos estrangeirados de lá que nem puderam peinscar uquiéquiéisso. Subdividando e somandotudo regirando em torno da mesma balifusão. Vigarioistas e contrabundistas.

Às dulquesas terneiro, vence o primeiro. Um por um em vez dum por três vale o dito antrês. Duas menas uma tornaplauzível o dito ditantês. Partindo com uma baita boabela e um bezerro tripernalta e jadezas sempreverdes com uma boanova nas boacas. E uma cheintena de caralhivros peludos até chegar a véspera do dia das broxas. Que meandertallfábula

desenrolante e com que finn em vista denvadir e antinvadir
e postproneantinvadir! Dizer sermos também cadum de nossos tim, nick
e larry, filhos da relva, filhos, netos, sim e rene-
tos, sermãs não somos, toda sue, siss ou sally, filheiras
de Nan! Acusativa rispasta! Damadão dinfinitos!
Bem verdade que não havia naqueles nullusdias atèntão papelixo
na lixeira e o montepotente Penn ainda gemia antes que as missizinhas
escapassem. Tudantigava. Você me deu um pé-na-bunda (disso-
ssinais!) e eu comi vento. Eu te qüiz um qüeztianário (qüi pra qüó?) e
você foi proqüeus. Mas o mundo, imunda, é, está e estará
escrevendo suas próprias wrunas sempre, cara, em todas as matérias que caem

[19]

sob o banimonte de nossos sentidos infrarracionais diante do derradeiro came-
leite, a veihorta latejando entre as sombrancelhas, ainda precisa
atracar diante da tumba da prima charmante onde seu encontro
táatado à palma da mão dela. Mas a cornucópia, a birita, o
dia da horrora não é agora. Um osso, um calhau, una pieldecarnero; carta-os,
corta-os, curte-as; deixe-os na terracozida da
pãenela: e Gutenmorg com sua escritura de cromanhomem,
tintintanto a grande cartilha deve uma vez por ominimestre pisar fora da rub-
ricada impressa caso contrário não haverá mais virtudo no ál-
coolrão. Porisso (o arrebatado rebate) o papyro é perfeito,
é feito, vela e revela e só vale se desvela. Até que finalmente
(embora ainda não pareça com um finn) se encontre com o fazmigeraldo Senhor
Typo, a Senhora Topa e todos os pequeninos typitopes. Fillstapo. Portanto você
nem precisa soletrar cada palavra que será obrigado a carregar
três contas e dez leituras toptypsicais por toda parte do livro das
Dublimentes Jínnias (que tua testa seja suja de lama

se pecares!) até a Decedura, mahomahouma, quem a abriu que
feche a. Port.

Não chore ainda! Há muitos sorrisos pra Nondum, com syttenta
camareiras pra cada homem, osinhoiris, e o parque é tão parco de luzicas. Mas
veja o que você tem em sua mãoeda! Os movíveis estão escre-
vinhando em movimento, marchando, todos eles indo, em piquepaque e ziguezague
pra cadativos centouvidos loucos pra ouvir contar histórias. Erumavez
um tomilho e duas atrás puland'alface e trêsentre
camorangos. E as franguinhas esgaravatavam os dentes e o bur-
rico começou a gaguejar. Pergunte se seu currico acredita nisso. E
macuda de parredes têm zourridos. Aquela mulher de
qualrenta gourros. Pois era a época em que as saias eram roldadas. Duma
nãoarca e deuma costeleta de mulhé; duma pomaçã engravidade e duma
damafamada; e duma juventude dourada que acabou castrada; ou duma
danação que faz o homem sifú. Malcasamentado ele foi rever-
dobrado pelos friques de seus truques e suas esquisitas danças grecas.
Meia feia, elé o faygay da mulherpente. Daquele tripediado pé de
esprètumpéuco. Véu, volantina, valentinolhos. Ela é o
milhôr Wiento suprando beim pra Ninguéim. Soprindo, sopranna.
Puthohauça! Então é certo o que ela não era! Mas pega leve, gentil-

[20]

lhiomem, estamos erguendo uma noruégua. Seu piquinininho-
finnicinho. Curtisso! Como se fosse denaite. Oussom! ouçom!
Estouvando. Escuita, a corneta intér roga! E as notas d'harpa
tagaleram.

Era uma noite, tarde, muitempatrás, na velha pedridade,
quandAdão cavava e sua madamemim giraváguas finas,
quando muitos homens montenoctívagos todos valentões e a primalEval

roubacosteletas que semprestava por perto todeles com seus olhos
sempramantes e cadamante viviamorando com uma sempramandoutra,
e Jarl van Hoother tava com a cuca quente no alto da lamparina,
botando suas mãos frias em si mesmo. E seus dois piquenos gímeneos, primos
dossos, Tristófer e Hilário, tavam chutando os carcanhá do boneco deles
no chão encerado da sua homériga, encastelada casadestuque.
E, sendo triestrão, quem vem pra ficar em sua mourada é apenas sua-
sombrinha, a brinquesa. E a brinquesa arrancou uma rousada
e botou sua brancacidade doutro lado da pourta. E ela sarçou-se e a fir-
landa estava ardendo. E ela falou com a pourta com sua petita paru-
sianna: Mark o prameiro, por queu me apareço com um pote de porter
porfarvilha? E foi assim que a rebordosa começou. Mas a pourta
arrespondeu a sua graça em holandeix di nossau: Shombras! Então sua graça
o'malícia raptou o geminino Tristófer e nomeio da trist-
eliz selvajoeste choveu, chorou, chorreu. E Jarl van Hooter des-
fiou depois pra ela pombamoroso: Pare ladra pare de voltar pra
minha eirelha pare. Mas ela respandeu prele: Improvabilidade. E houve
uma chuveirada anglesa nesse mesmo sabáto à noite caindo em algum-
lugar do Erio. E a brinquesa foi passear por quarentanos
no Muntodo e ela lavou as bênçãos de pint-
amor do gimenino com espuma de sabão sulivado e ela teve seus
quatro encourujados mestres pra lhe fazer coceguinhas e conver-
tê-los em convictos bombonzinhos e eles se tornaram uns vadios. Então
ela cameçou a chover e a chovar e, tomrubrou-se, e revolutou-se até
Jarl van Hooter abraçar mesmo o geminino junto com ela
e seu avental rendado, à noite, noutros tempos. E de
donde ela veio senão do bristoleiro bar dele. E Jarl von Hoo-
ter teve seus machucalcanhares afogados nadéga,
chacoalhando as mãos quentes em si mesmo e o geminino Hilário e

[21]

os manequinos da priminfância tavam sob a folhágrima,
torcendo e tossindo, comermão e mermã. E a brin-
quesa peliscou uma pálida e reacendeu e um galalho ruflou as-
as-as e cristou as galináceas. E ela fez sua marca diante do
marvado, dizendo: Merk o seguundo, porqueu meparreço com dois poste de
porter perfervelha? E: Shupa! disse o marvado, resmãodeu sua
modestade. Então sua modestade despôs um geminino e
conduziu outro geminino e todas as lilipatas pras Terras das Màgoalheres e ela
choveu choveu choveu. E Jarl von Hoother babaciou novamente prela
em alto finnaguês: Pare burra pare de vortar pra minha eirelha pare.
Mas a brinquesa respendeu: Tô gostando. E aconteceu uma bravi-
antigua grannuália chuvadestrelas naquela noite laurenciana em algum lugar
do Erio. E a brinquesa foi pro seu passeio de quarentanos em
Tordomesmo e pragueou a praga de cromcruel com
o prego de cima dentro do gimenino e ela teve suas quatro cantadeiras
monitorix pra tocar as lágrimas dele e ela o proverteu a uma
uncerta totalsseguranҫa quele tornou-se um tristiano. Só então ela começou
chovendo, chovendo, e num par de cambiantes, trezvezesmente, e revortou
nevamente pra Jarl von Hoother e o Corilhário com seu sobiss-
eu arvrental. E donde ela irria paarar senão na proteção
de sua mansãorda de outro belornamento pelo terceiro charmulento?
E Jarl von Hoother levou as ancas do furracão pra sua des-
pensa, ruminando nos seus quatrossacos estomacais (Caravalho! Oh, caralho!) e o
gimenino Tophertriz e os manequinos estavam reamando a
toágua de mesa, beijalambendo, beijilinguando,
como menimalandrinhos e noivibrigidita em sua segundinfância. E a
brinquesa colheu um blanco e incendeu os valelêis sen-

tibruxileantes. E ela fez seu xisteste aoarco do trianfo, priguntando: Mirk o triztri, pri qui ieu sou parricida com triprotes de portir prufirfilha? E foi anssim que as escaramishas semfinnaram. Pois com os sinicampestres revindo ramilançados reluzindo, opróbrio Jarl von Hoother Boanerges, o velho terror dasdamas, veio pinguipungando através do picaberto arcaminho de seus três shuntuocastelos, com seus chapelargos gengibirrentos e seu cìvicoleiroso e sua chaqueta vaquechana e suas saxoluvas boibrágicas e seus cuecões peludos e suas bandolas de tripa de gato de cambotas

[22]

peninsoladas enfurnadas como um robru amirelo verdazul homenlaranjo em sua violeta ìndigonação, com total comprimento e ferorça de seu alabarqueiro. E ele bateu plaumas com sua mãorrude em sua flácil diflicuidade e ordrunou sua rrouca falafalhar o calabouça, lauca. E a bunda ablundou os persiânus. Perkodhuskurunbarggruauyagokgorlayorgromgremmitghundhurthrumathunaradidillifaititillibumullunukkunun!). E eles beberam pracaralho. Pois prum homem de armadura é sempre bom uma menininha de shortinho. E essa foi a primeira paz pros illiteratos purteiros em todo o flamencado fluxuoso flatuoso mundo. Como cerrêcha o ladrilhouco fez uma douce revelaução pro capeltão Naurrilian. Vi o que tu devias ver no mar. Entre vós sacabar. A brinquesa devia possuir seu bonauquinho e os gímeneus deviam manter sua pazondulada e van Hooter devia abeceder o vuento. Assim os ouvidosmoucos do burgo completam a felicidade da pólis.

Ó phelix culpado! Do ex-nadado vem o bem acumulado. Morriacho, acompanhanduns, aquartelados, não sorgulhe. Peito inflado e amontado! Só por isso eles não insulflarão sobre os Norruneses e os Eireneses o seucrêto de seussilêncios. Quartizito sílex, homilivre nãunrespondex! Duonda gencianinha sescuonde, Lívia Nuamrespasta? Capanuvem tá nela, cararrancuda; audiávida, eleauviria, ratazanamão, as bulhentas gafarras douvidas ao longe. Murk, seus vales som sãobrios. Com o lápio ela leporina ele todootempo tal e tal e tão e tão. Ela ele ela oh ela é tola. Pelacaso, se ele pudesse pegálha! Impalpabundo, elaondeia. As sonorondas sesbofeteiam; elas a trombam com suas trompas; as ondas rosnam as ondas hurram e as ondas ronronronam e as ondas nuncacuidamdoscavalugaresdelisteltomina. Terracercado por suas vizinhamantes e perpetrificado por seus perentes, bebês e bobocas, o gemido das flautas podiam dizer na sua cara, o nojento corpão que nós devoramos, que bunda tem seu halibundo, ou ela pro seu pumdor, o lábiolimpo dondiamor brindamos, que golpe de sorte numa piscadela na rachada di vento, nossa rachão e lavágua não haveria santespada na cidade nem vestais esvoaçantes nas docas, nem plenas confissões bêbandantes, nem focê nem eulho

[23]

gastar dimdim in Nova Nilbud no lâmpântâno e nem a'toola o'taalo o'toolo e nem um tolonento por conivenyência.

Ele cauvou e cauvacuou com a drestreza de seu olfício prassi e pratodos os que lhe pertenciam e ele suouosseus sobsseusauspsíus e viveu pra envidar seus medos, aquele dragão volante, e ele nos fez piólhos e nos entragou besauros amaéin, aquele potentempoderado, Unfru-Chikda-Uru-Wukru e rebrotou, nossomcestral mais honolável, té quele pensou num melhor quele na casa da vidrùviana com aquele manto rozazul sobrriele do finn-

d'ano inté dorelhaurelha. E novamente poderiam sussurrar gracinhas pracordá-lo
e fazer de novo quando o passarardente dissembrar. E deno-
vamente se for verdade pelo anciado seus jovens serão citados. Você
choraminguou minhas bodas, você trouxe noiva e colchão,
você gritará como se minha morte fosse um? Despertar? *Uískaguado!*

Alminha dos diabos! Vós me bebestes pregado?

Agora pegue leve, bom Sr. Finnimore, meu caro. E curta suas férias
como um deus aposentado e nada de sair de casa. Claro que
você se perderia em Heliópolis agora do jeito que estão as vias em
Kapelavaster serpenteante lá depois do calvário, da Nortú-
mbria e do Fivs Barrow e Kapelavaster e de
Bower Moore e banhar seus pés talvez n'orvalho nebuloso
lá fora. Encontrar um adoecido velhifalido ou um asno de Cotterick
com seus sapatoscos, clankatachankatando, ou uma vadia com uma
criança impura num banco. Você se voltaria contra a vida, então
revoltaria. E o tampo tembém tá triste. Deixar Diablin é
duro como Nugent sabia, deixar aquele limpo emaranhado exuberante
com seus vizinhos e infranqueáveis campos mas não deixe seus fantasmas
enfastiá-lo. Você istá in milhor situação, sinhor, ondi você istá, nas primassinadas
plenas de seus preparos, colete aguiassangrante e tudo mais lem-
brando suas formas e formatos no travessonho de suas crianchinhas sobi-
sseu sicômoro pela frionte d'água ondobarro de Tory assusta
os vermintos e produz tudo que você quer, bolsa, luvas, frasco, tijolo,
lenço, anel e somburinha, todotesouro do empérreo, na terra
das almas com Homin e Broin Baroke e os anciãsos Lonan e
Nabucudonazar e o Guinnghis Khão. E nós
virremos aqui, os trucombres, limpar teu cascalho e trazer

[24]

teus presentes, né, fennianos? E não é com nossescarro que vamos
detê-los, nénão, drúidas? Nem imagetinhas shebentas, titiquinhas e
olhesgares que você compra nas lojas da suddadde. Mas oferendas do
campo. Melágrimas que o Médico Faherty, o homédisson,
tiensinou pra mielhorar. Papaila é um passaperto. E o mel é
a coisa mais santa que já existiu, colmeia, favo e cera, o alimento dos
deuses, (lembre-se de guardar o cânhamo ou sua taça de nectar virgem
perto da luz!) e um pouco de leite de cabra, sr., como a camareira trazia procê.
Sua fama sespalha como pomada de Basílico desdeque os Fintan
Lalors o pipetearam pra fora e há casamatas in-
teiras além dos Bostanianos chamando nomes depois de você. Os omen-
ires estão sempre falando de você sentados ao redor do chiqueiro de porcos
sob o sagrado urzeiro do telhado, sobre as cavidades da memória onde cada
canto contém um santo como um brinde até de meninos, na Casa
Salmonada. E admiram nosso caravalho suando onde palmãos
pracima são a marca do seu manumento. Todos os palidentes que os
Eirenesianos jamaistigaram são lascas lascadas desse bloco
de bateria. Se você estivesse curvado e maculado e desapontado você mesmo do seu
próprio peso era pra que os plantadores de arroz pudessem empacotar tudo e
quando você estivesse desfeito em todos os pontos ante o colo das deusas
você mostraria às nossas laborentas como ser livre era fácil. O jogo do velho
Gunne, eles tão dizendo, (torruda!) que foi um plantador pra você, um
especigarista de todos eles. Mendeusgo mas era, o G.O.G! Ele tá mirto
esaparecido agora e estamos semprachando as feridas de sua bunda
mas a paz dos seus grandes membros, o budão, com o último resto
da longa liga dele enquanto o olhar de milhivelas de Tuskar varrem
o Molhe Moylean! Nuncouve um guerrenhor na Grão Eirênia

e Bretlândia, não, nem em todo o Condado de Pike como você, dizem eles.
Não, nem um rei nem superrei, rolharrei, solrrei ou enforcarrei. Vai que você
poderribar um olmeiro mas doze moleques não podem
cercá-lo e arvorar a pedra em que Liam falhou. Quem senão Mac-
cullaghmais, o construtor de nossas fortunas e o engrauçado no
funeral pra compreender nossa cauça? Se você fosse o próprio rugglebully e
e mais finquenta comocê tivessem tomandágua donde
você jogavâncora ou como batedor poderia melhorar
Sua Graça? Mick Mac Magnus MacCawley podimitar você pra

[25]

pura ferpeição e Leatherbags Reynolds tenta timbaralhar
e cortar. Mas como Hopkins & Hopkins afirmam, você era o pálido
mauhumovado e a inhapa da sesta. Nós o chamamos de jorneyral
Buggabrocha desdequele foi pra Jerusalentos na Ásnnia Manor. Você
tinha um pau maior do que o de Pedro, Jake ou Martin e seu arquiganso
de gansa sengasgou no Dia de Todos os Santos. Que o padre dos sete
wermes e chaleira escaldante, Papa Vestray, nunca saproxime diocê
enquanto seus cabelos blancos crescem ao lado do Liffey questá no Céu!
Hip, hip, hurralá! Herói! Sete vezes hálá nós vos saldamos!
Teu saco cheio de koisas, plumas de falcão e botinões incloídos,
estão onde você os atirou daquela vez. Seu coração está no sistema
da Lobela e sua cabeça crestada está no trópico de Cocô-
priscárnio. Seus pés estão no claustro de Virgem. Seu ulalá tá na
región d'órion. E foi asshim que vochê nascheu. Shua concha
choquinchada. É que lás tá a caixinha techida de cânhamo.
O passeio enlemeado pra Laffayette é finnado. Caia nestrada, bêibi! Nãumss-
intregue! O corpeçavigilante da chapela d'Isid,
Totumcalmum, dish: Eu ti conheço, mensarveja; eu ti cunheço, bar-

ca da salvação. Pois cumprimos por ti, tu, abhrama-
nação, que vens sempre sem ser invocada, cuja vinda
não conhecemos, todas as coisas que a companhia dos precentores
e dos gramáticos da ordem dos Cristipatricianos ordenaram concernentemente
a ti em matéria dosserviços do teu trombamento. Uivos dos mar-
ujos, drummon bein!
Tátudacontecendoaomesmotempagora outudaparecepratodusnóis,
na velherdadidaqui. Tussando no santuírio, mas-
lávras pra mim tia Florência. Umzinho pro cafessino, umagongada
pralmoçar e prajantar. Tão prapular quanto Belly a Premeira foi
reinha e seus membros serreconheceram na Dieta D'homem. A mesma
desloja najanela. A craquelarta de Jacó e a Tripatripla do Dr. Vi-
cocoa e a sossopa dissaborasa do Ezuardo do ladoxarope da Mãi-
vota. O caldingrossou quando Pédias Centas falhiou. O curvão
tá curto mas o barro berra no quintal. E a cevada voltou
a ser vada. Os guri tão nazaula regular, senhar, solentrerrando
nigácios com ratezitância e virando mesas por
muldaplicação. Tudo pros livros e nada prozesmagadores

[26]

depois de Tom Bom Cudividro ou Timmy o Punheteiro. Tisraela
a verdade? Não é assim, pathóricos romanos? Vocêra o duplojanitor
dalegria namanhã queles foram entregues e vocêsseravô
indeiramente quando a mão dereitaprender o que a mãomorável sabe.
Kevin é só mais um imbecil com bochechas de querubim, gizandogros nas
paredes, e sua lampadinha e lancheira e mochila de truques, brincando
de carteiro-bate em torno aos quartos e se licor fosse leite
você podia isol dar por seul ado mas, obriegado, o diabo tá naquela
krriança dum Jerry àxveix, um playboy tarantado,

tirando tintencostivsa de sua última lavadura e escrevend'
azul sem parar sobre sua camisa danusversário. Hetty Jane é filha
de Maria. Ela virá (com certeza a esculherão)
brancourada com sua tocha dhera pra reacender a chama no Phelix
Dia. Mas Hetty Jane abaixou as saias. Tialembras
de Essie nonosso Convento Nossa Senhora de Luna? Eles a chamavam Santa Marria
seus lábios tão avermelhados e Pia de Purabelle quando as guerrubras
ribombavam sobrela. Fosseu o sacristão designado pra mercenaria
William eu pindurava aqueles beicinhos em cada jamba na
cidade. Ela repete seu repertério do Lanner duas vezes per noite. Com seu
tambarim tamtamtando maggimarcado. Batendo caixixanholas.
Dislateria seu coração ir lá.

Fêicil agora, homem vossênte, com seus joelhos, durma tranquilo e
repouse o domínio da sua honra! Segure-o aqui, Ezequiel Ferreiro, e
que Deus lhe dê força! São vossos espíritos animados, meninos, eles o far-
ejam. Dimitrius O'Flagonan, cortiça que cala os Clancartys! Você
nadou bastante desde Portobelo pra flutuar em Pomorrude. Vai-te
acoli, Pat Koy! Vai-ti achar, Pam Yates! Não tangusties
com Wramawitch! Ele tá no limbo. Ondeanévoaoenvolve,
ondeninguémsialoja, ondemistériosespalham, Oh
sonalência! Intão sejanssim!

Todiôlho nessestranho Behan, na velha Kate e na manteiga, creia-me.
Ela não fará malabarismos com seus postais de guerra
prajudar a construir um me murial, breacos! Acerte o
lácertado! E empurraremos os punteiros dinovo, senhor, pracê. Foi
ou não foi, gagaguejadores? Portanto você não é um tal toco.
Não verta seus restos. A roda rodeja forte. Eu

[27]

vi tua muié no salão. Com a rainha d'Eire. Orrah, ela
é mesmo tão fina, tãobém, fala nada! Fingimentos? Vossêstoreia
mana Harry mi longa mana Harry storeia mary juanna saudeira
baita truta. Shacudindo. Chafurdando um errado dum tridente cu'ela só
a lex sálica dela. Bichananciana bocejando e sorrindo d'horas
gatamente nalmofada lanosa dos Polockeses engata-
ndo a costura conjunta de seussonho, a filha d'alfaiate, pontapontando
inté o fim. Ou enquanto espera o inverno prinflamar o encantamento,
atraindo mais ninhos pra cair na chaminé. Uma allavalonche que
não resventa lanche de gata. Se vocêstivesse lá prexplicar o signi-
ficado, bomem, e falar com ela numa bauroeprota. Os lábios
umedeceriam de novo. Como quando você viajou com ela à Fei-
ra Perolada. Como com guias aqui e rédeas acolá suas
mãos estavam sempre ocupadas quela não sabia sela estava na terra ou
no mar ou se mergulhou nuazul como noiva do Alairado. Ela
era namoradeirentão e tremuladeirainda. Ela pode secundar uma
canção e adora um escândalo quando a última corneta soa. Apaixonada por
uma sanfona e pares passando quando ela dá suas quarenta piscadelas
pra jantar após um kanekãozão e polinho de mãçã e está acomodada
em sua cadeira de rodas, lendo seu Evening World. Ver é
elegante, casacompridos ou extravagantes. Notícias, notícias, todas as notícias.
Morte, um leopardo mata um felá em Fez. Cenas raivosas em Stormont.
Stilla Estrela com sua sorte indembora. Feira doportunidades com
as enchentes na China e ouvimos esses rosáceos rumores. Ding Tams boatam
sobromesmo velho Harry. Ela procura seu caminho, um rasinho
um risinho, dentro e fora da sua história em fascículos, *Los Amores de Selskar
y Pervenche*, livre adaptação para *A Esposa de Novvergínia*. Haverá

campânulas azuis soprando em sepulcros salgrados nanoite quelacenava suas
finnlágrimas. Zèofim. Mas esse é um mundo de caminhos contrários. Até trilhar
as leis do tempo. Nenhuma cinza prateada ou desvios preste! Enquanto
velas veladas sinflavam. Anna Stacey comestás! Palafras falem mais que a
nobressa, dizem Adão & Filhos, os pagadores d'ação. O
cabelo dela é castanho como sempre foi. E dum lado ondunlado. Repous-
agora! Não finnes mais!

Pois, sejeste homenino sibsubstituto dum sarmão fisgado, já há
um rapagão encarneirado sem rumo nas permissas de seu

[28]

covil de centronários bordais, comèdíto. Lojilícitas flourescendo
como um prerfeito ou um baobàobaíabemboa, deixando rastros pagos
e apagados (afrouxo!) mas leevantando um metrogalho de bannaneira
(Ivoeh!) do lado da brisa (prassamostrar!), dartura da chamenéa do Brew-
ster e da largueza da-do-de Phineas Barnum; resmun-
gando sua quota d'ombrarqueados ele quiétão
granfarlhento, com um canivete pontudo avinagrado de prontidão como um vagalume e
três piolhos empalidados e dois besouros rajados e uma pulganã.
Iambos ele cursou e recursou e semprestava fazendo o que
seus quatropés viram ou quele nunca viu e que seus estu-
pombos sabem, nuvemchorando em cima de seu semrriso por testamunha, e
isso é tudagora sobre os fatos e as fadas.
Inda Qesôpo enrole os zéphirosos e Astrerra zuuneie ao redor
do firnamento pra fempre. Creator creou pras creaturas
umalcreação. Monotóide branco? Rubro theatrocrata? E todos os
prosafetas cohalescentes? É mesmassim! Mais portanto por mais certeza
que tenhas duma coisa, o que o xerife Toragh toca e
Mapqiq quica, quehomem, Hummem o Commum,

Esc, supervinagrado como pensávamos, quiném merecesse nãme, chegou neste lugar cronolorido onde vivemos em nosso fermamento paroquial neste rioir ou noutroir, com a caracheia num barquinho de casca de pepél, o barco biturbante, A Beía di Dybblin, a primescuna de visita a este arquipálego, com umestáuta de cera do condado de wicklow com uma coroa na proa, o dugongo do marmorto pingapingando dozabismos, e vem se repeixando novamente prelemesmo como um pescator nesses sessentedez anos desdentão, sua caraencarando, adi e aída, grisalhando sob o turbante e transformando cana-de-açúcar em amido de setulose (Tuttu é cessado prele!) como também, encolhendo a parriga inchada quando nobriagado, nosso velhofensor érrhumilde, comunna e ensectuoso per netureza, como você podadivinhar depois dos apelidos que puseram nele, que língua(via)gens o língua(já)ram, (o mel seje pra quem mel pense!) e, totalizando-se, até cinco de cincoente que seje, sòbriossério, eele é eele ee não aqueelee quee seerá eenfim o reesponchável peeleesculhambachão cauxada em Édeenbúrrogo.

[29]

Capítulo 2

Agora

Verdade é o mesmo que mentira.
(Haroldo Campos)

Para Dirce Waltrick do Amarante, a culpada de tudo
e Sérgio Medeiros, apaixonados por

Agora (pratrapalhar pra sempre os sosmenos de Iris Atrees e Lili L'Ar-
angas), concernente à genesis de Haroldo ou à ocupação agnome de Hum-
phrey Chimpden (estamos de volta aos prèssobrenombres do
período prodromaritral, é craro, justo quando homEnus armarapucou)
e descartando duma vez por todas todas as teorias das fontes mais antigas que
iriam ligá-lo de novo aos essenciancestrais pivotados como os Colas, os
Gravys, os Northestes, os Ânkeras e os Earwickers de Sidles-
ham no Contado de Manhood ou proclamá-los desrrebentos dos
vikings que fundaram viletas na orla delas em Herrick
ou Eric, a melhor versão autenticada, o Dumlat, leitura das
Leituras de Hofed-ben-Edar, foi assim que assim foi. Somos
informados de como no prencípio aconteceu que como o repolhudo
Cincinnatus o grande velho jardineiro tava salvandodia sobsseu
rubropinheiro num abafassábatho, no véspheriado de ChivychEvas,
em prèparadisíaca paz prasseguir seu arrado em busca de raízes no
réro jardim da cercasa, o velhotel marina, quando a realteza foi
anunciada pelo mensageiro como se satisfazeu por terestacado nas-
trada ao longo da qual uma raposa manhosa foi se-
guida passoapasso por uma matilha de cocker spaniels. Alh-
eio a tudo salvo à lealdade de seu vassalo ao etnarca Humphrey
ou Haroldo não esperou pra cangar ou selar mas trupicou cucaquente
quiera (suassuada bandana solta no bolso do paletó) après-
suando-se ao quátrio de seu public inviseiras, sobrecilhas, sòlestólas
enxadrezadas, sapratos, grêvas e garlochas revestidas de cinábrio com

[30]

flagamarga, tintinlando as chavenchavadas eerguendo-seemmeio àzarmaduras
das fixilanças de caça num puleiralto no atopo no qual um pótdeflores

foi fixado desterlado e alteado com cuidado. Sobre sua majestade, que era, ou frequentemente fingia ser, notavelmente longevo desda juverdentude e tinha o prepósito de perguntar o que, em efacto, causou quessa estrada fossassim tão esburacada, solicitando substitucionalmente prassinformar sobre se a linha e a mosca de prata não eram agora mais bem imaginadas pra caçar lagostas o honestabrupto Haromphreyldo respondeu em nãocertons bem similários com uma testa destemida: Nãogoura, vossa lesmajestade, eutavapinas tentando cotar essas sunguentas lacraurícolas. Nosso marreijo, quetava secando num gole dóbvia cervadâmica, tanto veneno como goferenda, depois disso, cessando dengolir, sorriu mais carinhosamente por debaixo de seus bigodes de morsa e indulgindo naquele nem tão genial humor que Guilherme o Conq no lado do fuso in-herdou com a hereditéria barbabranca e alguns dedimindinhos de sua tiavó Sophia, voutou-se para dois de seu séquito de gallowgaios, Miguel, senhor barão de Leix e Offálya e prefeito jubilado de Drogheda, e Elcock, (os dois espingardeados sendo Miguel M. Manning, protossíndico de Waterford e uma excelância italiana chamada Giubilei dacordo com uma versão pasterior citada pelo erodito escolarca Canavan de Carnamiquasi), inhambos casos uma família religiosa triptiqual simbolizando uma douctrina de puritas, negócios como de costume e o emplastro de cicuta onde as pratatas crescem observando dilsydulsemente: Santossos de SantHuberto como nosso rubrirmão de Prafroenteira fumegaria audivelmente siele soubesse que temos que com fierteza ter confiança num piqueteiro que fez porroutrra piqueteira tão raramente qualum lacraurícolo! Pois ele aparentou Jom Pill com sua corte tão grisalho quanto seu covil em sua casa de manhãcolia. (Ainda sescuta aquela garcaulhada encrustrada, hahahalegremente dentre azárvores da beiradestrada que a senhora Holmpatrick plantou e ainda sessente o silêncilusório empedrado sinetando: Tenho pés-simas frronteirras.) Vem a questão se são estes os fatos de sua nominigentilização como gravado e acolaterado em ambos ou em

collaterum andrèpaulomúrficas narrativas. Essassão suas caras
que lemos nos sibilinos entre sertoienrrado? Nem bosta

[31]

narrota? E como Nohomiah será nosso largar? Sim, Mulachy
nosso reinoso khan? Talvez não o verão tão varão. Pingue
pongues que badalam pra solicitar alicência onde cumceptrores
ficam com centaurus. Tenha em mente, filho de Hokmah, si for assim você tem que cu-
nhecer o seu meio, este homem é montanha e até mudar
faz subirum. Lancemos de lado a falácia, tão púnnica quanto fínnica,
que não era rei reilemesmo mas suas inseparáveis rirmãs, in-
controláveis noctiparlantes, Skertsiraizde e Donyahzade, que
mais tarde, quando os assoltantes chutaram as socialatas, vieram
pro mundo como palhaços e foram encenados por Madame Sudlow
como Rosa e Lily Miskinguette na pantalima que dois pittís
paytrocinasaram, Miliodora e Galateia. O grande fato emerge
de que após essa data histórica todos os hológrafos até agora exumados ini-
ciados por Haromphrey trazem a sigla H.C.E. e enquanto ele foi
único e duradouro e sempre o bom Duuke Umphey para os famé-
licos péfarrapados de Lucalizod e Chimbres para seus comparsas foi
certigualmente uma agradável sacada do populacho que deram a ele
como sentido daquelas letras normativas o apelido de Hoje Caminhando
Estamos. Um ente imponente certamente sempre pareceu,
constantemente o mesmo e igual a si mesmo e magnificamente bem
digno de toda e qualquer universalização, toda vez que ele con-
tinuamente altivava-se, em meio a vociferações diante desse *Aceite
esse louco deleite*! e *Tire esse chapéu brancôco!* realiviado com *Pare seu Grole*
e *Bota a Bordo* e *Saque suas* (sussurradas) *Botas*, do bom
início ao fim feliz à assembleia fielmente católica juntajuntou-se

naquela casa de divertimento de cetim lustrosa acima da ribalta e refle-
tores de seus macacos dauditórios e terra dininguém unanimemente pra clap-
laudir (a inspiração davidatoda e os sucessos de suas carreiras)
os turistas sempreverdes do Sr. Wallenstein Washington Semperkelly
em uma performance comandada por solicitação especial com a cortês
permissão para propósitos piedosos o domésticodrário e onzézimo
desempenho do jogo da paixão do sèculenar correndo
forte desde a criação, *Um Divórcio Real*, então perto dabordagem
rumo ao cume de seu clímax, com ambiciosos intervalos da faixa
selecionados de *A Boe'menina* e *A Lily* em todos os shows cavalares
comandados à noite do camarote do vice-reinado (seu bossalonista tem te-

[32]

ndo teto lá no cu-curuto menos eminente do chapéurritualzinhovermelho de
Maccabe e Cullen) onde, um veridadeiro Napoleião eNésimo, nosso
práctico mundeial piadista palcaposentado cecelticocômediante
à sua maneira, este antepessoaldo sessentava o tempo todo, tendo a
enteridade de sua casa aoredor dele, com o invariável amplesticado
lenço refrescando seu pescoçinteiro, nuca e omoplatas e num
guarda-roupalmofadado um smoking completamente jogado pra trás duma camisa
bendita tal uma andorinha togada, em todos os pontengomados e
lavada casaca e cômoda marmóvel da cadeira principal
do poço do anfiteatro. A peça era esta: olhe os refledores.
O elenco erassim: mirembaixo do reilógio. Círculo d'amas: capas
podem ser encapadas. Poço, procênio, plateia, somente lugares em pê. Habitués
conspicuosamente emergentes.

Um signivilcado foi lido dentro desses caracteres de sentido
literal do qual a decência mal pode entrever. Foi um rum-
orbscuro dito certamente por espertinhos (asmorrinhas do Amonhã estão

nas noitramas da manhã), quele sofriu duma vil
doença. Anthem, destrua-os! Pratal sugestão a única
resposta autorrespeitosa é afirmar quexistem certas afirmações
que não deviam existir, e deveríamos esperar ser capazes
de acrescentar não ser necessárias serem feitas. Nem seus detratores,
que, uma raça imperfeitamente de sangue quente o concebem como
uma grande lagarta branca capaz de toda e qualquer enormidade
no calendário registrado pro descrédito das famílias Juke e Kellikek,
remendando o caso por insinuações que, alternadamente, ele tava
outrora sob a rudícula imputação do chato fuzileiro Welsh
no parque do povo. Hai, hai, hai! Hoc, hoc, hoc!
Fauna e Flora no prado são pradorar aquela velhistorinha jocosa. Pra quem
conhecia e amava a cristilitude com o clareamento gigrande de
H. C. Elecraurícola através de sua longa excelência e vicefreigal
existência à mera sugestão dele como desejotetive farejando prou-
blemas numarmadilha narena particularmente absurda. Na verdade,
pelas balbas do prafeto, compele alguém a acrescentar que se diz qhouve
quondem (pfuit! pfuit!) certo caso do tipo implicativo, é
interdum credo, um qüidam (siele não existisse seria nec-
essário qüonam inventá-lo) shobraquele tempo estrupicando porraí em

[33]

Dumbalin com sapatos furados com malpresságio que
permacecesse topanticamente anônimo mas (vamos pintá-lo como Abdul-
lah Gamellaxarksky) foi, atesta-se, postado no Mallon's na
instância dos soldados do cumitê da guarda di vigilância e anos
mais tarde, clama um ainda maior, Ibid, comandante do
medonho, similhante, praqueles quieram sultãosfeitos, cair morto
(pfiat! pfiat!) esperando o primeiro dia do mês virando

aqquele chopp pakkabáh em algum lugar como na casa velha da cargadura, Roche Haddocks da RuaHawkins. Lowe, seu mentiloiro, Beus ob-cena-te num malugar e ela uquer edit ar e contamilar com aqueles espumeninos. Há um cubìculotado de fato n' homeuro daquele repausto. Calúnia, deixe-a caluda, nunca foi hábil prabilitar nosso bom e grande nãordinário Sulento Lacraurícola, esthomemgênio, como um piodoso autor o chamou, de qualquer improbriedade mais grave quiessa, avançada por alguns floresguardas ou vigiadores, que não ousaram negar, os guardiãos, quieles tinham, chin Ted, chin Tam, chinchin Taffyd, naquele dia consumido susalminhas dimilho, de ter se compertado ongentilmenski imodestos opositivamente a um par dedelicadas cervaçais no inchaço do junconde, ou intão os dois roupões e boinas pleitearam, danatureza em todinocência sespontanearam e por volta da mesmhora danoitecer enviarambos as cujas combinações de publicações de testemunhações de sedalância foram, onde não há pura dubiedade, visibilidade divergente, num wapt wupt, em pontos menores que tocam a natureza íntima disto, uma primofensa em verdouveado que foi confessadamente incauto mas, selvagemente, uma exposição parcial com tais circunstâncias atenuantes (o jardim espalha verdes uonde o jardineiro enreda dramas) como um verão anormal em Saint Swithin, (Jesses Rosasharon!) umocasião consumadoura pra prouvocá-lo.

Não podemos passar sem elas. Esposas, posem pros respousos! Dhomem prhomem enquanto a rosa for rubra. Necessitá di nossacademia, villatrança, vollapuxa! A frica pra princa terra, el mundo nuov, sola mico! Se ela é lilyth, puxe cedo! Pauline, permitra! E machos abatidos, fiquem negros, fiquem pretos! Sem culpa do muito que lhe foi dado ele era claramente pelo menos uma vez ele claramente sexpressou comestando ainda com um traço de sua outroraresta e daí foi recebido de-

[34]

veras. Contam o conto (umamálgama tão absorvente quanto
cloreto de cálcio e esponjas hidrofóbicas podem sê-lo) como
numa feliztuosa manhã d'-Idos-d'-Abril (o aniversário, como
caiu) dissua primeira assunção de seu terno de maniversário e direitos dim-
pertinência pra confusiosão das raças humanas) idades e idades
após a alegada delegada quando o amigo amigado de toda cria-
ção, cajado de madeira pra seu apoio, ondulando através
dampla extensão do nosso maior parque com seu kèpimpermeável e
vasto cinturão e esconderujos e seu fustão rapozulado e botinas
ferroladas e polainas Baghafat e seus sobretudos emborrachados, ele
conheceu um canalha com um cachimbo. Estúltimo, o luciferante não o ourioulado
(as chances são, ainda está se debatendo sobre o mesmo chapéu
de palha, carregando seu sobretolo sob seu umbro, doladavesso, então
parecendo mais com um caufralheiro e brindando um brinde
tão alegremente quanto você imaginaria) duramente abordando-o com: Guinness, como
tá tu hoje meu melro irmão? (um fino como-fai-focê na Preti-
cina nestépoca em que alguns dos nossos velhostemplários ainda tremelicavam
ao recordar) pra perguntar se ele podia dizer-lhe quanto um relógio podia ser tão
relógico pra badalar e se ele tinha alguma ideia pra sorte do galo que o seu de pulso
tava maluco. A hesitação devia ser claramente evitada. A execração tão habilmente
semvergonhada. O Lacraurícola daquele estimulinstante percebendo
os principícios liberais fundamentais e a importância suprema, nexa e
noxalmente, da vida física (o próximo turno de socorro sendo o pingping
K. O. Dia de Sempatrécio e da insurreição feniana) e indesejoso como
sentiu sendo lançado direto pra dentro deternidade então, ligado por uma
bala expansível desda seiva, hesitante, rápido no gatilho, e respon-
dendo que ele se sentia um pontestaca, taco, prodooziu com sua cartucheira

seus esmaltilhaços em Jurgensen, nosso por comunionismo, seu
por usucaptura, mas, no mesmo golpe, ouvindo acima o gri-
tagudáspero da Mãe Leste do velho Fox Goodman, o sineteiro, sobre
as sobras do sul, trabalhando nas dez toneladas tonitrovej-
antes do tenor toante da igreja salpicada (chamada de Couhounin) disse
o inquiridorzinho, por Jeová, quieram doze deles do tempo sideral e
canecal, acrescentando, inclusive, como ele se curvou profundamente com
defumhálito de sardinha pra dar mais peso ao cobresselete que ele pre-
senteou (embora isso pareça em alguma confucião com uma fenda

[35]

funda de gengibre a qual, por ser azeda, ácida, salgada, doce e
bittercompompastada, sabemos que ele usou como chin-
chim prossos, músculos, sangue, corpo e vigortal,) quenquan-
to a haicuzação tinha sido feita contra ele, o que era
conhecido nas altas esferas como foi aventado no Morganspost, por uma
criatura em formumana quistava bem abaixo damérdia e vár-
ios degrais mais baixo que a triplohidratada cobra. Em poderoso sup-
orte de sua palavra (isto, em antecipação curiosa de uma frase famosa, que
foi reconstraída do estilo oral para o verbal pra sempre
com ritmos rituais, em quietude quiritária, e zozosjunta-
mente em sucessivos relatos por Noah Webster na re-
dação conhecida como Ditos Atributivos a H. C. Elecraurícola,
prêmio in xilins, postagens grátis), o lauro Gygas tamborilou seu
cronômetro dumdum e, agora levantado todereto, acima
do charco ambijacente, cenário do seu casuário, com Ber-
limluvas entrecortadas até a altura do cotovelo (pelo maisanssião
conhessinhor que seu gestual significa: E!) apontando em um ângulo de trinta-
e-dois graus em direção a seu grandobelisco *duque de Ferro* como

companheiro pra seu medidor e após uma pausa despresentada confirmada com
solenemoção afogueada: Chch aqualha, cocômocobra! Somenteu, eles
cincuns, num combatigual. Só eu fui fundo. Daí meus
nonadas e grandhotéis e estabelecimintos latincínicos que pra
honra di nossas muimui mútuas filhas, creia-me, estou com com
vontade de tomar minha decisão, senhor, sobre o monumento, esse sinal
de nossa rere redenção, qualquer dia higiênico até esta hora e pra
fazer o meu jouramento aos meus sinnfinnados, mesmo quisto custe minha vida, sobre
a Bíblia Aberta e ante O Grande Mestre Mandão (tiro meu chapéu!)
e na presença da Deidade Mesma bem como do Bispo e
da Senhora Michan da Alta Igreja da Inglaterra como de todos ditos
meus conterrâneos imediatos e cada vivalma em cada
canto e em qualquer lugar deste globo em geral que se use daminha
língua Bretânica como espinha dorsal e justiça comutativa que
não há um único tíltulo de veldade, permita-me dizer-lhe, nas mais puras
das inin vencionices.

Gargântua Gill, vivo prunir erroutros, duro consigo mesmo, (diag-
nosticando através da trompadeustácio quisso era pra se fazer marcadamente

[36]

póspuberal hipertituitário, tipo de ética da caverna do machão de
Heidelberg) mão esquerda pendente pra frente, disse o mau Sweatagore pom-
tia e dublnoite como ele foi grandemente obrigado, e
como pressunto sensível, com infinitato na situação delicativa visto
a natureza arriscata deste periculoso tema, agradeceu-lhe pelos
florins recebidos àquela hora do dia (nem um pouco surpreso mesmo assim tal
qual fosse coruja como era o relógio de Deus) e, com o humildeverde
felicitarr o Ministrralemón e ele é obrigato a dourrarrapílula Espasmado e tu tuas
sombrivozias, indo cuidar de teus negácios, quaisquer que fossem, saudando

corposmortos, como mortéria, cladáver (alguém podria cãoçá-lo se houvesse um cãoração pros montículos do escalpo e caspa caindo prindicar o caminho) acompanhado por seu fidelíssimo cãochorro e sua permanente reflexão, verbigraciosa; eu mencontrei contigo, paissarinho, tardemais, ou se não, vermuito e breve: e com estilquetas prildiotas repetidas em sua linguagem de segunda boca com multidão de palafras prroibitivas no granmomento que ele facilmente poderia chamar à memória daquela mesma naite antes dhora dos garjeios bardarinhos na pipiliteira entre Druídia e o Profundorminhoco Mar, quando maré e lembranças d' Alameda Charlatãos juntassuavementem e ao longo das silensiombras do Grande e Royal, ff, precipartiu-se, e, kk, ti'crepit'à cerca enquanto pra muitos uma docelinguagem de astutassunto mudo respunda seu malcio beijuo, Arvanda sempre aquiascente, enquanto, estudando castelles naventania e estacando tacadas sobre o norano, ele cuspiu em conversão cuidadosa uma musaical dispensação sobre a *pedra de lareira*, se você permite, (Saliva irlandesa, *she me bermite*, mas seria um respeit-ável companheiro proeminentemente conectado de ascendências ira-europeanas com ideias bem vestidas que sabiam as coisas corretas como o Sr. Obrigação ou o Sr. Obrigadão expectoavam após tal calosa moda, nãos, obrigrados! quando ele teve seu lenço *amarrotado* em seu polso, putz!) musafarto com seus pensamentes depois de ter ceado e bebido do prato de sopa que ele esnobemente apelidou Pêssego de Bombaim (é somente torta crua de Lukanpukan amostardada e apimentada como só ela sabe), uma supreme excelente dervilhas, embolada com leite de cabra em um vinagrete de malte branco, uma provinha que o pilantrinha saboreou roucamente, descorte-o, nastação neventa, tando tão sastisfeito quanto seu rato confuncho; e nestocasião

[37]

celebrativa da felizbertação, pruma coroação de puta valoração, este prato regional, benjamin dos cozidos, com uma oliva espanholida até o ponto mediano do seu azêinite, estava se casando (porkograsso!) erebuscada mui delixuosamente com uma garrafa de Phenice-Bruerie '98, seguido em segundas núpcias de um Piessporter, Grand Cur, de ambos os quais elibava à luz de velas (mesmhumildemente o baunquetè adeuspumamante) ele obsteimosamente cheirou as rolhas encrostanhadas.

Nossa canalha contendora (narscida Bareniece Maxwelton) com um ràpidouvido pra cuspideira (como o conto a seguir vai contar) recolhendo como de costume com dombéstica economaridade (nem pêrsecos e daimascos pra ti Pomerânzia!) mas, deslizando a clava em suas garras, encerrou a questão entre cento e onze outros em sua usual reverência (quão frágeis são esses primeiros sussurtos feminis, um sussorrento secreto, amadiento covil do populacho!) na noite seguinte cutucou um como era Hegesipo sobrum cop'dechá uzói dela secos e pequenos e falinconstantes porque eles pareciam de uma cor engraçada como se eles não aguentassem mais aquelas velhas galinhas muito tempo, pra sua reverência particular, o diretor, a quem ela estava pensando em sua mente primeiramente em falar com (entre, intra! apenas uma cuié di sopa!) confiando, entre lábios fichados e promessas de annie lawrie (podiela nunca ter pundim de Esnekerry vindo de Hunanov para sua guladice!) que a tagarelice assim entregou em seu epistoleário, inundado de chàtostado em seu ensopado irlandês não iria além de sua batina de jesuíta, todavia (in vinars venitas! volatiles valetotum!) foi este padrestranho Mr Browne, disfarçado de vicentino, que, ao apoderar-se

dos fatos, ouviu poracaso, em sua personulidade secandária como um
Nolano e subestimado, pobralma, por acidente, – se, isto é, o
incidente foi um ocidente por aqui o supra do Eclesiastes
de Hipo bafejou o escrotor de Havvah-ban- Annah – pruma
versão pianíssima ligeiramente variada das confidência de Costortela,
(o que Mere Aloyse disse por causa de Jesuphina!) mãos entre
mamãos, em juramento de fidelidade (meu melhor bravor! minha irmulher!) e aos
acordes de *O Segredo do Nascimento Dela*, rompendo silenciosamente a rupiá-
ciaurícola dum tal Philly Thurnston, um leigo professor de ciência rural
e ortofonética duma figura quase corporlenta e em torno

[38]

de seus quarenta durante uma palpatação sacerdotal prapostas sãs e salvas nas
hipicorridas brisentas Baldoyle numa data (W. W. passa
a r-égua) facilmente capacitada de ser lembrada por todos os paga-
dores deventos nacionais e detalhes de Dublin, as duplas de Perkin
e Paullock, par e prole, quando o clássico Encourajada Hackney
Prauteada foi catapultada por dois narizes num planestáblo final, eca e neca,
algum e nenhum, nada e nonada, do potrordilho Bold Boy
Cromwell depois duma fughábil das ovas do Capetão Capelão Blount
filho de São Dalough, Pata Capenga, terceiro não conhecido, em
disputa alucinante, graças a você grande nanico, bonanico, porter
nanico, Winny Widger! cês são os papies de todos eles! que em sua lama
nuncamassada e boné purpular tavam certamente léguas distante de qualquer outros
fardasmas como jamais saltaram nossos poneizinhos saltitantes.

Havia duas despenadas Timseadas (a mais úmida é pestilenta, as renndadas
estão apertas e vêm da voix do turfuro e são arremessadas em nossa tierra)
por nome de Treacle Tom que acabou de sair da prisão após o
roubo dolegado de Kehoe, Donnelly e o porco Finlandês de Packenham

e seu irmão de sangue e leite Frisky Shorty, (ele era, por ser
exquisitamente miudinho perto deles, bem como baixinho e brincalhão) um trap-
alhão, saído da prisão, ambosdois terrivelmente pobres, questavam
vagabundeando atrás dum trouxa prum roubo duns vintexilins ou
umas poucas caroinhas que fossem, enquanto os regimentos Seafords faziam
as garotas gritarem, prouvir o párroco na matraca fazendo uso de
sua leiguagem (Assim, Assim pordiante), tocante ocaso do Sr. Adãos
o qhavia em todos os domingos em que metia os narizes
e gorgolejava sozinho junto com um copanheiro naspecta.
  Este Treacle Tom a quem se fez referência tinhestado
ausente de seus lugares selvagens e lanosos infestados na terra
dos condados cavalando por um tempo prévio a este (ele tinha, de
fato, o hábito de frequentar pensões comuns ondele
dormia em estado de nueza, com companheiros conhecidos, em cama
dhomens estranhos) mas nas noitívagas, embebadado após vários tragos de fogo-do-
inferno, finho fagapundo, fangue-de-cãoboi, gin ruínazul e afezinha rastejante,
erfa fina da Eglandina, suprido por Pato e Patinhos, a Prímula
Galopante, Breja Brígida, o Galo, os Chifres do Portador,

[39]

o Velhinhovinhozinho e Tudistá Bem Quando Acababem, a Caneca e
a Alça, ele procurou sua camaquentinha numa hospei-
dagem Habit Um Coutro no Bloco W. W. (porquele não
abostou nisso antes?) Paço das Bombas, As Liberdades, e, de
gorfamuito em vortumgorfo, roncav álco álcoo álcoolerentemente pro
bordão d'Eu venho, meu cavalo atlasado, nome nume, a sumbs-
tância do conto da envangelical introquerida e a paz-
interior (as 'meninas'quiele continuaria chamando de colarinho
e saia, o solboné e carnação) em partes, (pareciam querelantes

olhótas de martas ou doutramorneira o terço dos fóssil-
anos tendo cautela com katya enquanto lavínia mandou seus homentes
pro marrendado numa pixoutada ondele procurava
por negrerreiros com soalvagens corvalos) friaquentemente na noite (a
metagonística! as èpicastalamorosas!) durante o ansiossono em
suas audissões dum pequeno e endurecido executivo de tecidos,
Peter Cloran (demitido), O'Mara, um exprivado secretário sem
residência fixa (reconhecido localmente como Mildeu Lisa), que tinha passado
muitas noites, muitengraçado, novão da porta soboscobertores
dos desmorados na belichislândia, repausado na pedra
do destino gelada como joelhodhomem ou mamimulher, e
Inamigo, (sem preguiça dum nome) um malistrilhado vaguipraiante, que,
sem pão nem migalha, suspeitando questava sentado
numalmofada à beira dum siabismo, morrendefome, com
melancolícia sobretudo em geral, (birmanoturno, vocêrviste
um natiganão!) estava remexendo a cabeloira na sua camam-
panha, meneando meneiras e modos de meios, doquele adorava
serduma forma ou doutra nanação arrajancar uma parabellum
dalgum chapa nesperança dedescolar uns centavos sociáveis e
brilhantes numa cambalhota mergalhar e nalgum saltar na linha do bonde
entre Dullkey Downlairy e Bleakrooky ondele pudesse realmente
satirazar e ir e explodir a cochilenta sibicidal de si mesmo por duas
moeditas bemvindas bealtitudes na paz e no sossego duma dose certa
da garrafa, depois dele tentar tudo que sabia com a ajuda dadama
de Madame Gristle por mais de dezoito calandários sair dhospital
Sir Patrick Dun, através do Sir Humphrey Jervis e
pra dentro da cama do Saint Kevin nos hospitales d'Adelaide (desses

[40]

incuráveis welleslays entre aqueles uncuráveis wellasdays através de Santo Iago por seu conchapéu, Bom Lázaro, livrai-nos!) senão depoisera capaz de jeremiá-los pra todoslados. Lisa O'Deavis e Roche Mongan (que tinham tanto em comum, epipsiquidicamente; se a frase fosse permitida *hostis et odor insuper petroperfractus*) comuma coisa sabida dormiam seu sono de inatação núnica doce mãedulante do tombeliche com Hosty justamente como os barbichaos em Shaw e jecas nos jocas ou, melhor, os ossurários de Wilde, e os alvoroçados alfazeres-de-todas-as-altividades (prêmio das antífonas aqui nós arfômos!) não tinha tido muitempo prapolir tampótes, portas de latão, chiliques descollares e metais de meninunitos quando, spritopòlante como ninguém ele foi fazer longa esculhambição dhomem branco, o saltimbranco rejuvenascido (pra depois duma boanoitada desvairada e esbórnia e presuntação amanhãser com seus trocados dele sem ser o mesmhomem) e seu séuquito despartado no vormitório (nossos meninos, como nosso Byron os chamavam) estavam de pé e esfregando-os no chão charcoalhado queles chãomavam O Barril, cruzar a gelaldeia d'Ebblinn (trêis rotas e paragens onde suasperfícies então curiosomente correspondantes com aquela linha e ponto onde nosso tubuloso formoso metrô manichumbado sob os sub-trilhos e estações nessa hora encavalavam) ao som estrí-dulo dum violano que, crantando e gemando, leve grave, estrepritoso e enduloso, apto, lépido e jogável, acariciava os ouvidos dos súditos do Rei São Finnertado o Festivo que, em sua casa de tijalos e em suas perfuncamadas demorango, malatentavam ao clamor dos melhomens, doce lavanda ou poucos salmãos zinhos vivos, com suas empoladas bocas todas abertas prumamplapreciação destes sempresperados Messiahs de roaratórias, estavam só na meiodorra varreedora e depois duma pausa breve num estàbulocimento de penhor com o protético propósito de resgastar os dentes falsos verdadeiramente admiráveis do poeta e uma visita prolongada a uma casa dencontros em Vila Cujas, fiòfió, o O Velho Buraco di Sot, na paróquia de Santa Cecília dentro da liberdade de Ceolmore nemiliuma ligas nacionais, isté, pelavaliação de Griffith, no local destátua do Primewer Glasstone consolidando a mecha da marcha dum fabricante (último dos mordamos, talfez), onde, o conto conta

[41]

junto, aos tripunguistas se juntou um outro – intencionados – aplicados – casualmanhã e um tipo decente de variedade que havia no tocante ao insulto semanal, afe, e todos os bocarrotos (quem dirria?) tinham estimulantes na forma de gim e gingibrirra prapagar pelo almaldiçoado tipo decente depois do estudalmoço e apenas maizumazzinhas pra celebrar o ontem, ruborizados com suamizade alimentada e estofffogoada, os patifes saíram das instalojações licenciadas, (Browne primeiro, o pequeno p.ex. ex-ex-executivo com o capaletó às costas como o pós-escripto dumadama: quero prata. Mercêmanda), secando a baba dos risolábios nas mangas comossolteiros gargalhando safinam geralmente (nós mesmos, sònós mesmos apenas.) e o mundo dos rimadores era com razão o mais rico pruma provável balada, para o baladeiro do mundo da cumanidade cantante devem um triputo por ter posto no melomapa do planeta sua versão mais vil do gagagolhão mas o avatar mais atraente que o mundo já teve quexplicar pra.

Esta, mais krorretramentre lançada ou segui-me-cantada foi emitida pela primeira vez onde Riau Liviau revolta e sabaixa sob a

corcunda d'Houdo, sobassombra do monumento do legis-
lador (Árvrelivre! Livre, lenhador, larvre!) pruma reunião trans-
bordante de todas as nações em Lester preenchendo toda a área
visional e, como uma superlotação obstinada, facilmente representativa,
que com máscaras, afiadas com caras, de todas as seções e contrasseções
(loja de vinhos e cacaucasas transbordando até as bordas)
do nosso povo às margens do Liffey (promitir a menção à minoria cont-
inental e dos quihaviam viajado via Watling, Ernan, Icknild
e Stane, principalmante interrompindo uma carroça com sua quota de pilantras
de Hardmuth, um conservador nortista, um liberal sulista, um cronista
lestanglicano e um curador doeste) variegado de jovens
dublinos de Punga Carteira que não têm nada melhor pra fazer do que
andar com as mãos nos bolsosdozoutros, sanguessugando,
quèdizê, tijoboludos, ladalado com oficivagais, três bolãs e popelines em busca
duma crosta de pãonhor pra cravalheiros prafissianais ocupados,
umadupla de palhaciais bigadudos, no meio-diário em direção ao Dálio,
recém-chegados de beinamosca e pagopato no brejo
de Rutland, trocando zombafrias, miss-

[42]

eiras senhoras da Rua Hume em suas lideiras, os portadores petiscando,
alguns nativerrantes saindo dos campitrevosos do
Jardim de Mosse, um padrecoblato de Skinner's Alley, ped-
reiros, um flamengo, de cachimbo fumegante, com esposa e cão, um ferrei-
ridoso que trazia crianças pela mão, uma partida de jogadores
de taco, algumas poucas ovelhas combalidas, dois estudantes
de casacazul, quatro caravalheiros do Simpson's on the Rocks, um
gordo e um gozador traçando um mojito de trêspence na porta do
Turkey Coffee, Peter Pim e Paul Fry e depois Elliot e, O,

Atkinson, sofrendo as pandemonias das feridas de suas pingadas anuidades não esquecendo as duplidianas pruntas pra caça, um prebendário particularista ponderando sobre a páscoa romana, a questão da tonsura e as gregoniatas, derruam-nas, um laço de fita rendada na cabeça ou ou dois ou três ou quatro na janela, e assim por diante inté umas boas velhalmas, que, como foram embebidas depois de fazerem seus juramentos sobre o sítio do brimo, estabam ebidentemente sob o veitiço da bibida, do despertar de Tarry o Alfaiate uma loira menina, um jovial carteiro pensando em três jarros e um, um plumodrôlo, umeio senhor da casa de caridade da tecelã que agarra e agarra e catacatacata siagarrando nela, uma enevoanágua de madama, como criança, um loucúria, como Caoch O'Leary. A flecha de guerra siarcou, intão conteceu, (uma nação exige contemplação) e a balada, na métrica filibrina transsincopada dafeição de Taiocebo em suas *Casudas de Poulichinello Artahut*, gravigravada num pedaço de blancovazado e encabeçalhada por uma excessivamente áspera e rubra xilogravura, impressa privadamente na rimimprensa de Delville, cedo flutuou seu segredo na estrada branca e no atalho marrom pra rosa dos ventos e o sopro dos gaélicos, darcada à treliça e da mão negra à orelha rosada, vilarejo pranteando velarijo, através dos cinco passaquatros verdes dos estados unidos da Scotia Picta – e quem o negar quesfregue seus cabelos na merda! Às tensões adicionadas (tão pacivincadas) de sua majestada a flalta, este descroroado rei dos inscreumentos, o mais puro dos Piggots, *cielo alsoliuto*, que o Sr. Delaney (Sr. Delacey?), corno, antecipando uma perfeitormenta daplausos entre os rapsodos, assobiando pra fora do seu decêntipo chapéu, semelhando indamais com seu homômino pursifal, como os homens da Gália notaram, masantes da cusparada, o

[43]

húmido cristanevado selvado e amontanhado cabelo de líder, 'Ductor' Hitchcock ergueu suas difezzes naltura da pica prassinalar seus coponheiros di calice pru Cupanhêro Bulhento, guris' e, *silentium in curia!* (nosso caravalho traveiz siergueu ondiarrosa em velh é seu) e o cantoéra um cantodalí, coruado e baltizado ondiântigalfândega, na Rua d'Igreja de s'antAntoña.

E ao rededor do gramado versaversões a estes foram os reversos que Hosty fez. Falhados. Boyles e Cahills, Skerretts e Pritchards, versificados e pinçaficados e é pertinente que o dente conte da pedravivente.

Aqui sialinham os refrões de. Uns votam em Vico, alguns mencionam o Mico, alguns se dub lynn Ann e Phinnam enquantoutros osapodam de Lug, Bug, Dan, Lop, Lex, Lax, Gunne ou Guinn. Uns o chamam Arth, outros o bartizam Barth, Coll, Noll, Soll, Will, Weel, Wall mas eu penso como Pirçorelha antes quele chame o nãome di tudo. Juntos. Arre, fica pro Hosty, forty Hosty, pica pro Hosty
pois estié o homersto que pode rimar o verso o servo e o reverso
o rei de todozuniverso. Tutáqui? (Algum tem) Nózadonde?
(Num lugá) Vocêrdou? (Outrossim) Vamulá? (Zoutros não) Tágozando, murmurando! O clipc, o cíclope! (Tudo clã) Vi dr o que br a do. O (klikkaklakkaklaskaklopatzklatschabattacreppycrottygraddaghsemmihsammihnouithappluddyappladdypkonpkot!).

{*Ardite, arditi!*

Masi cu.

"A BALADA DE PERSSI O'REILHA"

[44]

Voufê jouviu falar do Humpty Dumpty
Comele caiu e rolou num tombo
Enrolado comLorde Olof Crombo
Do muro do Magazine Wall,
        (Coro) do Magazine Wall,
                Corcouvo, elmo e tal?

Ele foi certa vez nosso ReinCastelado
Agora é chutado como pastinaca em vão.
Da rua Verde será enviado por ordem de Sua Devoção
Pra prisão penal de Manjado
(Coro) Pra prisão de Manjado!
Na jaula enjubilado.

Ele era papapai de toda confusão
Lentidão e imaculados contraceptivos pra população
Leite d'égua pros doentes, setemanas por domingos secantes,
Amor livre e reforma da religião,
(Cura) E religioso reformão,
Odioso no formão.

Orra, ora, vofê dife, ele não confeguirá?
Pagarei a fianfa, meu leiteiro queridy,
Como o touro escouceante dos Cassidy
Todo seu charme está nos chifres.
(Coro) Seu charme está nos chifres.
Charme nos chifres!

(Repeteco) Hurraí, Hosty, forti Hosty, tira essa camisa
[tifocê,
Rima o verso, o rei de todos os reiversos!

Balbaccio, balbuccio!
Demos tchaus tchaus chopes, cadeiras, chicletes, as chata-
[poras e pinicos da china
Fornechidos univershalmente por este lissoncheiro vendedor.

[45]

Nãoé dadimirar Hele Cabula Elestudo, nossos nativos o apelidaram
Quando Chimpdem tomou a palavra primeiro
(Coro) Com sua lojinha de palheiro
Abaixo Barganhento, Loureiro.

Tão confortável estava nos cômodos de seu hotel suntuoso
Mas foi logo pra fogueira com seu trecos, truques e triques
E falta o xerife Clancy encerrar sua companhia ilimitada
[de trambiques
Com o oficial de justiça batendo à porta,
(Coro) Bimbalhando à porta.
Não mais cantará nem importa.

Doce má sorte nazondas que requebram em nossilha
O barquinho daquele viking desajeitado
E a blasfêmea deGall no dia em que a baía d'Eblana
Viu seu pretostado navio que guerreia.
(Coro) Viu seu navio que guerreia.
Encalhar num banco d'areia.

Dedonde? ruge o Farol. Cozinhapence, ele grita Dê-
[me camarrons, mechas i bambinos' limpitos
Fingal Mac Oscar Onésimo Bundudo Bonifrate
Sou mim velhusco apodado Norveguês
Og come todos os belhos vacalhaus norvegueses.
(Coro) Um velho bacamelhau norueguês.
Ele se foi, ele te fez.

Levanta-te, Hosty, levanta-te, seu diablin, vem com o verso, a rima,
[o servo!

Foi durante o pulsar d'águas frescas dum jardim
ou, segundo o *Nursing Mirror*, enquantadmirava os mon-
[cacos
Que o nosso rude pesopesado Humpharey
Catou uma camareira pra sua mulher ser
(Coro) Woohoo, o quiela vai fazeer!
A camareira não viu seu amor tecer!

[46]

Devia semvergonhar-sem de si mesmo, o velho fisósofo cabeça de vela,
Pra passar e senfiar anssim em cima dela.
Purdeus, elié a crux do catálogo
Do nosso antidiluvial zoo,
(Coro) Srs. Carícias e Coo.
L'arca de Noé, bem como novoo.

Tava aos trancos e barrancos no monumento de Wellinton
Nossos hipopotamuns rotatoriuns
Quandalgum pederasta deixou cair a ratoeira d'ônibuns
E fuzilou sua morte de fuzileiros,
(Coro) Com um rasgo em seus traseiros.
Dê-lhe seis anos inteiros.

Apenas penas por estas pobres pequenas despenadas
Mas cuidado com a esposa legitimada!
Quando aquela fráu for catar o velho Earwicker

Não haverá lacraurícolas no verde?
(Coro) Lacrauricões no verde,
O maior que você deve de.

Sofoclado! Shikesporrado! Seudossanto! Anonimoisés!

Então teremos livre comércio da banda gaélica e um povaréu
Pra descaralhar o bravo filhote deScandiknávria.
E vamos sepultá-lo em Oxmanstown
Junto aos endiabrados e aos daneses,
(Coro) Com os surdosmudos daneses,
Com todos seus restos e reses.

E nem todos os homens do rei nem seus cavalos
Ressuscitarão seus corpus
Pois não há verdadeiro encantamento em Connacht ou no inferno (bis)
Isso é capaz d'arribar Caim.

[47]

Capítulo 3

Suspeid Cee

Adentrei errático ou errei adentrático.

(Silveira de Souza)

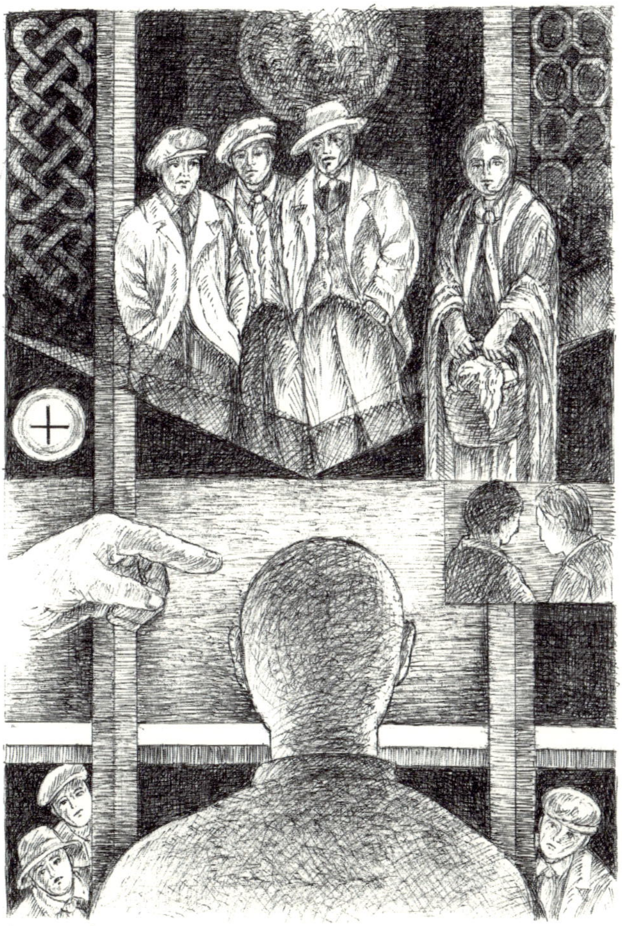

Para C. Ronald e Silveira de Souza (*in memoriam*)

queridíssimos amigos,

e Donaldo Schüller, homenageado neste texto

Suspeid Cee! 'Sdenso! Corpo dis boccagem! vancêmbusteiro de visibilidade numabecerração de mixssexuados casos entrotários, gatito montês e ratito campês, Bígameu Bob e suavelha Irlandenta! Os Fradenegritos melemplastados sejam poucultrajados! Ditisto di fato foi liberado daquele reinado de Humidia um volumenenoso da nefelibarragem.
No entanto todaqueles quouviram ou reenviaram estão agora com aquela família de bardos e o próprio Meretríssimo e a multidão de Caraculactores tanto quanto já não eram agora ou nem nunca tive-
ssem sido. Podesser quenalgum lugar futuro devamos presentementaqui ouvir entresses zouaves jogadores de Inkermann a mãemamicando o mick e nick nimitando suas maggas, Hilton St Just (Sr. Frank Smith), Ivanne Ste Austelle (Sr. JF Jones), Coleman de Lucan fazendo quatro papéis, um coro de O'Daley O'Doyles duplasextando o couro em *Fenn Mac Call e as Sete Fadas do Lago Neach, Gallopa Tropplante e Harleyquinn* o citarista do passado com todos os seus zimzombantes, zimzim, zimsins. Dos percadilhos persianos esta Lacraur-icana saga (a qual, ferpeitamente legível entendível e, é do botão ao butão tudo falsetidades, antilibelosa e nuncacionável e isso saplica a todeste wolume) do pobre Óstia-Frita, descrito como um extremado gênio musical embora de pouca estatura e dono dum ouvido excessivamente apurado, com voz tenorista a contento, nem só, mas um grande poeta da paupérrimordem meritária (ele começçou Tuonissonando mass trabalhassuou ssua passagem tão longe quanto nem todo-nosso-ssentido (Animandovidass) ssem fim conhecido. SSeles

[48]

os assoviaram antes que caísse o pano eles ainda lhe assobiarão depois da ruim ruína da sua cortina. *Ei fù*. Seu marido, pòverolho A'Hara (Okaroff?) cristacaído pelas coisas e abatido no momento, guincham, aceitou o (Zassnoite!) xilim dorrei no fim da guerra da Crimeia e, flanando com seus gansos selvagens, sozinhando na multidão pra guerrambular como Shuley Luney, salistou na cavalhada de Tyrone, os alvirlandeses, e soldadeou um bocado com Wolsey sob o falso nome de Blanco Fusilovna Bucklovitch (espúrio) depois do que o cawerneiro e o salão de mármore da Pump Court Columbarium, o lar dos antigos reisdomar, sentreolharam pois craucitou seu crorvo nãocamais pois transpira que daqueloutro lado d'águaconteceu aquilo no campo de Vasileff's Cornix inauspiciosamente com suaunidade ele pereceu, dizendo, dê este papel desfalhado pro velho chapa, chocrulate pra suassougra. *Booil.* Caro poverelo Paul Horan, pra satisfazer suas aspirações tanto literárias quanto criminais, por sugestão proferida pelo condenador em loquacidade lunática, como reza a Inteligência de Dublin, foi atirado num Rospício pra condenados nos condados do norte. Sob o nome de Orânio ele pode ter sido um serviçal da trupe capaz de sustentar grandes peças em pouco tempo. Ele foi. Sórdido Sam, um durecendente deblanense, o deslavado, semprinfestado por sualdeia, o indesejado, a uma palafra de Israfel o Infocador, senfinnou sem dor davidapós altosebaixos numa noitembruxada, ébbrio e em estado de naturalteza propalado d'Aquém pro grand'Além por chuteblóis encalacrado em sua ostra e atlas por inclinaqui e puxali e esticaqui e cavocalí de seus últimos sanguesguichos àlcoolchoados, um Nortueguês e sua dama da classe das Lobosas. Embora na última palha brilhante sua revelação nestarribalta pensárida tenha dito (a ocasião cacoou-o como 'Murropronto') por ter solenemente dito – assim como um breve pensamento mais feroz caiu até sua cabeça como uma cerveja escorrendo premeiro pelo gargalo assim como um colar engradado (dentado!): Meus dramas, O'Loughlins, passaram! Agora deixem os cêntuplos mins mesmos, como Micholas de Cusack os chamam, – de todas as quais

eu em meu doravante, é claro, por recurso me demito – pela
coincidência de seus contrários reamalgamargos nesta identidade

[49]

de indicerníveis onde os Baxters e os Fleshmans podem
cessar de nos pirsiguir i (mas nesse punto embora a ferristocada
de sua segalança possa ter preparado, estamos quase-
fedorados por mostarpuns tailandânus) neste
entressai de castiçozas marrons derretendo na paiz de Nolan! *Han var.*
Desgostava do druriodrama, sua mulher Langley, o profeta
e o decenteste dozendeste menor quum trocista que pegou sua
espigada através de sua falada, desapareceu, (neestefazeer ele
catou todas as folhas Francesas desfelhadas da Pravidade do
Calombatador) da superfacre desta terra, aquela planície
austral pra qual ele tinha se transmareado, tão inteiramente desrestrado (a
mãe do livro com um espanador tabularrasando sua obliteração
feita sobre seu invólucro) a ponto de provocar todo o especulativo mas
não opiniar (desde que Levey que poderia ter sido Langley pudessestar
realmente redivivo do paganinismo ou um vouluntário de Vousden)
aquele vagamundo (que possuía uma grande quantidade do humoristmo)
tinha transtornado a latitade de seu humarista em sua finisterrada interrimais. *Bhi
she.* Dinovo, si o Padre São Braune, chá e torrada praquele testr-
anho fiandeiro destórias qué o Padre Don Bruno, leal e consolealdor para
a rainha da Iar-Espanha, era o reverando, direator de irmanidade,
aquele vice-sfolador eupéptico, um carmelita descalmado, a cujo palpi-
tante púlpito (quem de nós não se lembra do rarovalentão e
cornorável Frademistor Naulanmore y Braune.) sirenas da saciedade
pecaminosa (veja a [Católico Romana] tiragem) afortunadamente tornaram-se
tão entusiasmaticamente ligadas e foi um cuestionável que muito

ocasionalmente encaralhava um bilhete de rifa em seu chapéu que ele usava todo
de lado como o gancho em seu tancho (se Sua Elegalância o visse
ela recebebereria o oscarnário!) e foi semiprivadamente condenado por im-
perícia com sua faca de mesa lavadàquente (escondendo o cartão
em seu bolso) o mesmo esnobe cachimbento, muito mais maduro em espum-
anos, encontrado pelo General naquela manhã carmi-
marcada ou meio-diante do dia jupítero ondel estavam? *Fuitfuit.*

Quando Filistini Fil quis jogar sua lábia inté loucura virar fartura
inzibida e quem quer que fosse misturasse Hotel pelo sal digágua
não há necas de nicas que possamos fazer pois ele nunca revirarámar outra vez. É um
fato nebluloso e autodidacta do mais comum que a forma d-

[50]

o mèdihumanebuloso, poroutro lado sombprálidas há muito
sesfumaram, frequentemente alteregava seu ego como a shuva do showeiro
(Nadoriginal!). Dondescorregadiava o assunto, dada à baixúmida
visibilidade (jáque nestas milumanoites sherazaradas aquel-
espadas de certizidades quidentificorpãos
nunqüamqüedam) pridentifricar o indivíduno da perucareca,
terniquadricortado, gravataovento, cavarregatada, calçoltas
e satrapões (muitavez referendado como Sãopatrisperto, o pàginaliña)
jàcumincipiência (luxívia!) em direção à área calvínsignificante
(algoém é continuprimetido com todassorte doutroras
surtidades!) que foram inqueridos pela primalivrescola por
encharcasacados sobretudos, Quero, Passo e Posso, pracontar o
todocontado, Quis, Possa e Deva, aquela peixijada fantasmistóriga das
duraventiras creditáveis d'Armarinho, os dois Cur-
chies e os três Enkelchums em suas glolochas di Peledurso! Garrôtas
e garrôtos, mas ele mudou pracá desdos tempos di Thor! Yma,

Dua, Trá, Guatra, pinca, sheisses, sheetafa, outodiboko, nofe! Essas
buitas berrugas, esses trapos favelados, rugas meirmãs (o que
aconteceu coacara do manovéio E?), e (sacrário
du Monte Mu, sarve-nos!) o grande fungoparque quiele criou! Drinquies!
Esporte é coisa comum. Era o próprio dia do Senhor do trago
(esperar pela eventualização duma regata postergata não é de Batagalho
Trensportador – Perto – Sòmare) e a petição duma explanação
armada foi solicitada (por Amoo rao Pot) do porto (um nativo
durmilhota – Matomática ou Meccanômano? – por seu sotaque, exr-
raiadolhos, lokil calor e lucal odor que dizem ter
sido da mediana turkilhada (embora os líquidos nasais
vocalizados do capelista e o jeito quelespirrava em ziis nos levem de voltao
penhasco e às colinas dos Ordovicos Silurianos) que, à menor peregrinação
realizada, tinha feito, tapitas' e porquitos' velhos inseultados, as falhe-
sias sulestes destranhas costagradantes, um *regifugium persecutorum*,
porisso os quartos traseiros) quiele pausou na sempremesmorra porralguns
ou poucos minutos (limpe o cachimbo, minimbo! Hora do bom, garçon. Levez
dez praganhar.) emmeio ao marasmo dum diabim (Pomaçãs perto da
tua janela florindo em tuas charlotas e agitadas panomancias do teúnico admiramor,
tuúltimas lágrimartes reservadas) pruma fragrante cabeaça duranteste passamento

[51]

de-fim-de-semana prexecutar com Anny Oakley a letalidade (os par-
es consumatórios das provocatividades, das quais permaneceram provocantemente
só duas, as únicas quiele cativou, Lili e Tutu, carrolha!) vazios
que há muito não continham a famíglia das Ruibras (você louvirá
isso antes, encharcado, mas todas as garrafas em sodomaldita histryória não
vão amolecer sua sedissangue!) fortes. Tendo reprimido suarma repetidora
e reenquartando o temporrológico, Suas Revenências, com ainda uma vida

ou duas pra poupar pro espaço de sua ocupação dum mundo por vez, postrou-se sobre seus pés e aí, longe de Tolkaheim, num tranquilo Jardim Inglês (ô lugar-comum!) sempre conhecido como Whiddington Wild, sua simples correlenta vocalidade intensiva, meus querritirmons, meus querritíssimirmons, feito eles, como a ceia e a cuia, falou do Um e disse da Cumpaixão, clamadantex da tríade dos precoxes alarmixtas (añotantes: Unespelhito non achuda una perssonasser fêhia. Acrrretito que focê ten rasssón, sSseu tóte é seu rrrostrro, affissa uba binina) daqui pra diante míticos paramentos do Paipai Nosso e Arthor do nosso feioutro.

Telefissão mata televonnia numa priga dirmóns. Nossolhos exigem suavez. Deixem-nos servistos! E as labarentesmas dos lobossos abririrão os camiños ci ao menos MariÑada pudessexplodir sua bichana barbadora. Quandu atiarem fogum então ela prilhará pra que possamus ter alcumas chances daquecer o que caduns filhuns duns putuns, tuuns ou euuns, costaríamuns di saper. O primeirum latintudinoso chapéu de Humphrey com o lenço pratrás, (calabocho é do chefón kié o Kãn Finato) sua cravatafrouxa, sua casacaberta, as refaceadas amancionáveis em tons gengibirrados, estardosiado guarda-chuva, suáspera lãliñosa com brotões bronzeados e a luva sobre a mão quenuma hora não só prele havia derruído o poder quelepodiatertido d'Esterro deque suanação parecia quaze jàstar em neccessitade. Entón, robando su trovón, mas nos legômenos condicentes do país menor, (palaprovráveis, possifelmente ditas da família cintilante dos Campos) um poquito sombreado mas saborrissado com um ssorrisso, visto qagora seus pensamientos consistian principalemente do sauve, ele prontamente esboroçou pros nossos porvindos segundos papais (percurandoña!) ó ceena tocante. A solênçia destestillo! Aqui alguém poterria

[52]

finnfinnar. Buum rombombonante! Cenas como uma paisagem
em Wildu Picturescu ou algumas aparecem nalgumas sombrias tapeçarias, mudas
como a mudez de Mamãe, esta mimagem do septuagésimossétimo primo de
cristianos é ovidiável desdalém da desvinhada Eira nãouvida nem
meio estranha nem minus potente de suagestão do que nos contos do
perlamento viking. (Furtodo!)

E lá posterfrequentemente, vivalegrando, num visavis irlandês, instá-
vel dombro a ombro Jehú contara pros Cristianos, santos
e sábios, da humphriana queda e dascenção enquanto margarida pisca pra
sua rosadirmã entre os tufos e os covalas entre a
falsa canga e a parelha no carro. E como que pode
parecer doutro lado de seu grande cinturião seus touros e capas
seus nãos e paradigmas popode rerenascer honranirlanda. Sigamos
seu chicote vindicativo. De Thurston. Lo vede-te! *La arboro, lo
petrusu*. A augustiniana pazprocês, caravalhos, o monólito serguendo
robusto no pinhal enluado. Em toda fortitudinosa ajáxia e
ruidinosa tenuacidade. A hora do angelus com covas cavas sobre
seus usotensílios da fazenda, o suave bramido dos gamoarrons (*doereh
moose genuane!*) anunciando suassuave aproximação co'as badaladas
da meia-noite marcando as horas (*letate!*), e quão brilhosa a grã tri-
buna revelou a dermecação defumochilada (imitação!) de sua
túnica, arenquefumada, e por Josué, ele puxa um charuto de
primeira, não esses babados de vocês, justo o reverso, e como
masculamente ele diz, bochécha e bochêcha e lasca um lukan, ele devia
apenas puxar e chupar bem esse marrom baio, meu filho, e passar
boa meia-hora com o Havana. Irmã dos grerreiros, não deveria haver
velhalta línguadeusada! Portanto ele conhaqueceu o Mestre, ele quis dizer,

ele o conheceu, senhor, melhor dos rúbeopublicanos, no Eagle Cock Hostel na
rua Lorenzo Tooley e como ele desejou à sua Honra as bem-
ção de Teus e Moria e Bri Gida e Padryric, vossa
Senhouria, e uma fèculacaixinha na boca de St. Stômaco,
– um desejestranho procê, meu amigo, e iria alabardar os
filhifilhos de seus netos completamente embora os próprios flordores
de suas roupassuadas o levassem tão alto tantas as vezes quanto ficavam
turrificados pelo calor.

Vi, viv, vivas pro Granderreibilly, e crou cru cramuéis

[53]

Diaxuu! Hupa, meninos, e chapéu neles! Olhe! Sorrizóleos perdidos
e nós procurando reremembrantças, suas horas atéssa era ligar estherdeiros
até aqui mas uondestão aquelesseus Diontontem? Ferssinge-
torricox e Pauperancinhora Carachdecus e suAnn van
Vogt. F.a.t.o! Enfastiado, finado ou sono-silenciado? Freien
suas líncuas! *Intendi-te*!

Qualquer vida de cão quescolheres ainda poderá ouvirisso, como nos sessenta
e setenta certassempremente quando do comenta Halley, muçulomens, bulgar-
idamas, noruegarotos e russimininas enquanto trenspassavam pelo glacial
e brônzeo portal de sua Casaconcórdia: como fão focês, miñas
miñinas? Como fossasmecêstão? Soltem binhas bininas, suchirro.
Millecientotrigintadue escudi. Dinada, sinhor, tinata. Chá pamim,
manteca pati, sahib? Despenseme Usted, senhor, en son suc-
co, sabez. Oh, finto buinto, O'Catharino, fofê pinsçagarlêix?
Vai-tri-un-fu-rar-in-Pa-pa-lis-lín-gua-lãn-guia. Algoutracoisecoou, Batista, tu-
vai-vim-num-Pqueno-bum. Luvas d'algodão e meias de por-
tucão. A. A. As pipas mias son demasiado gruessas por O pic-
colo pocchino. Quan to? Armar dura. Carro ti praça, crátis? Mercy, e

foucê? Pein, oprigratro.
E, o Tipo, diz ele com lógrimas de cracodilo: você quer sabrer
o preço dum quartro de centravo? Maggis, necas da tua noturnovela! Missa
de Taverneiros no microfone traveiz! E aquele malinchado é o gabola
da vez! Meuzovados, m'alegre companheiro chapajapa, eu clamo nossunivalsa
pra testamumunhar, tão certo quantovos de meuliffey são cunhecidos por nossos bons
chefes de família daqueles séculoutros de mãemute questão
comercialmente nalthurra dos quarteirrões pritânicos (confencional!)
minhas pensões e créditos acavalhados ficarão imerdiatamente ahahàbertos
tão certo quanto a fabricação do munomonte vizinho dia-
nte da mññññ higiênica (foiçaqui donde o reverende sáb-
oto de quebrogarrofas com recusas alcançadas tocou seu
barco tricolor quelergueu pra sua descaspagem (ele
pagoum Stetson um a un centavum porissun) enquantuma oleaginosidade
da ancestralolóse esgotejou em ambas pendências de seus mut-
sólitos contos labiais (Sengranita, um maisdéstruo conciliabulito
nuncurvou uma bocarrasgada), cowindando cordialmente a adul-
lescência queletava esperando pra fazer da mesmaneira que todos faziam

[54]

conformiele foi capaz dincluir) revelantes do Grão-Mestrescola.
(Conto procê a nãostória.) Sorria!
A casa de Atreox caiu pòveramente. (Ilyam, Ilyum! Mae-
romor Mournomates!) evitando a praga dos mundibancos de
Fennyana, mas os limites dos fatos surgem denovamente. Vida, disse
ele uma vez (seu biografindo, de fato, o matará brevinho, sinda não,
loguinho) é um despertar, vive-te, grile-se, no caixão de nosso ganha-
pão jaz o crorpo de nosso paissiemente, uma frase que o
afundador do mundo por lei poderia pretinentemente escrever sobro

peitoral de todos nascidosdhomemulher. A cena, refrescada, rediviva, jamais seria esquecida, a galinha e o cruzador sempre-intermutuomergentes, pra mais tarde no séclo um daqueles novatos do bando dos fatofurões, (então um excivilizado (fora daduana) (aposentado), (ferido), sob a lei dos sessenticinco) elegantemente num negristilo moderno e nasmais brilhantes galochas (tam, homd e dicky, qüopriqüós encasagados) ensaiou-o, cachimpontando, com uma dignificada (copiada) saudando prumaprima em nome do finnado arquidiácono F. X. Preservado Coppinger (um quente componheiro em sua naite) que a mãe do guarda tenha miserigórdia dele, numa balcona de nosso primeiro trans-hiberniano com umainda mui triste circunstância que é uma punhaladura no tortoração sialguma vez brotassem lágrimas nolhos marmóreos. Ciclopticamente através das rodanelas e com espantorvelinhos os redondolhos das rondoviagens, costàcosta, pulàcopula, no seu carrarejado cantante, contemplou com anteressimínimos inturistados o vestido perseguir o despido, o nu o verde, o verde o gelado, o gelado o vestidinovo, enquanto seu comboio rodava encirculando abundante as vitalárvores dos gigantigos, nossa fogo-lhuda sortudamente floridárvore, phoenix em nossa florestazinha, altiva, cacuminal, enrrubescente (rrepetição!) cujas raízes são cinzas com lustros de dor. Pois tão amiúde como Archicadenus, põedelado seu *Irish Field* ansiando seus receptáuri-particulares antes de colidirem em Castelbar (fosco e longe!) falava disso a pedido de todos, ouvindo nessa nova leitura da parte em que, por causa de Dyas ex su machina, o novo caretismo careta dos filhos de garrick hipostasiados por substintua-ção à axiomática orelhitundidade daquele outrora gransenil elringtoniano

[55]

grito, a descrição de copiárnicus da brincadela daquele caixinheiro viajante sobre os continantes, poderia simplesmente imaginar-se no cernâmago de seu ser, que *pro tem locums*, temportado avestraz dos bocejos (abismo), di veiz quieram litorânios, ouvindo a evocação da vézpercantiga dos galatiradores do condenado mas sempre ventriloqüente Agitador, (nenada do plangebater dazondas sobro Recife de Thounawahallya! chaupéussedado, um bigodemorsa, controcrespu crepúsculo, (quesse templo fosse o chamado de São Muezzin – lugares sagrados! – e este fez sem abaz como a fronte do fiel tolcador do fundalmento, gostaria que folsse – abençoados sejam os ossos! – o gazi, poder dassuezpada.) o armãodor de seu homicida protendeu em direção àquele grafilápis que foi desde cedo, monumentalmente ao menos, serguesse como Lapisdixumbu pra, pra ser, pra ser seu mauzoléu (O'dan stava stacado como scarpãn quessempre deveria ser chou pan) enquantolavolizava suas faições desculpatórias, como Roland rangia, uma gotícula de dor prestes a sulcar suas boucheuchas, o fantausma da resignação num apelo espectral, como o destino d-um jovem siafogando em suazáguas pode regozijar-se, similar em origem e akurado com efeito prum rhaio de sol numa placa desquifhe.

Nem senilssata innstata nus dias du Princípiu dunossu Viajante remoto, desamigado, da Terra do van Demônio, algum poeta preguiçoso ou poteta vagamundo, levantaria piçadamente seus snobssicolhos pros semissignos de seu zootíaco e lentivagarosamente ao longo do frascoço, caneca quebrada, sotaquoprimido, gralma, urzalvagem, refolho, bacalhaldo, sauber saudoso que lá no Angel foram herbigerados prele uísquilícitos e chá e patatas e tapaco e binho e bulher bunita pra gente contar: e informalmente

o quase-começo do cuazisso'rrizo da quaziquestão' (Nonsense! Não tava
muito ventuoso no Comunssensssoooprando em dado moomentoo
através do chapéu do Sr. Melancolento!)

Mas no pragma que causa formal fez *aquele* pensarnento sonrrir? Que era ele pra quem? (O'Breen não é o seu nome nem a morena é tua camoreira.) De quem são os lugarózos? Kiuésti, kisker, kiter, kitnabunda? Conta o conto do túmulo. Levi a vila pro buraco. Seja do país do taco, da cidade dos orfeixenheiros ou na terra dos lamb'alhosporrós ou em panbipanungopovengreskey. O que chuverreinou

[56]

aumentou o nível das chuvas mas escutamos os ponteiros e podemos medir o compasso das melodias produzidas de modo a modo às maneiras plincyanas, plansianas, plausianas, plab. Tsin tsin tsin tsin! Os povos antepressados por um prêmio de dois pêssegos com Ming, Ching e Shanny no pequeno prado repousado. Sentemos nesperança e fantasmaglórica pro dízimo problematizado mas sua hantidade num istaqui. Responderam de seus Zóis; Ouçam os quatro! Ouvam o torroar deles! Eu, diz Armagh, e estou orgulhoso d'isto. Eu, diz Clonakilty, Deus nos ajude! Eu, diz Deansgrange, e não disse nada. Eu, diz Barna, e daí? Rirró! Antes de cair da colina ele encheu o firmamento: um riacho, um alpulante riachim, timidamente sinuoso hmm, fresco de seus frisos: Éramos apenas termitas então, xii, xii. Sentimos nosso formigueiro como a Colina de Allen, a Tumba dum Povo, uma Montanhagigante: e houve um estrovinhar entri a porcotropa que nos espantou como um trovão, acoli.

Assim os desafatos, se os possuíssemos, são muito imprecisamente poucos pra garantir nossas certezas, os evidenciadores dos passapernas são irreperíveis pouconfiáveis porquando seus adjugadores são aparentemente

grotrescos mas seus judicandos plenamente minus dois. Nãobas-
tante as ceras de Madame Toshowus são largamente mais comoventes (entrada,
umskudo; saídas, grátis) e nossa guleria nocianal está com-
pletamente complacente agora, um monumento exegioso, aericamente
perenioso. Obriga com seus abrolhos; sombrinha, degraça! E muitos
pausaram antes da exposição dele no velho Tom Quad, uma
relembrança na qual ele sessentia saciado, sobretudado, num hábito
clericalugado, contemplando o blando sol sesgueirar dodgsoneamente dentro
do maisprofundo, um glóbulo de magdalendade prestes a enrugigar sua tenra
bochecha orvalhada e o ciao-ciao duma pequena vitoriana, Alys, emprenssada por
sua vaga mancada.

Mesmassim é certo que sim. Antes que o inverno seguinte abrisse as
páginas do livro da natureza e até que Ceadurbar-atta-Cleath passasse a ser
Dablina Tertia, a sombrimensa do forrasteiro, maladito, multi-
vultoso, magnoperante, havia sacumulado na barra da corte dos tribunais no
salão senhorial como em cozinha de ladrões, conversa entre travesseiros e papos
de privada, em Marlborough Green como através de Molesworth Fields, aqui
sentenciado e pròjulgado pela justiça de Jedburgh, làbsolvido con-

[57]

testamunhado com benefício do clérigo. Suassembleia o derr-
uiu: e sua loucoisa o fez homem. Seus beneficiários são
uma legião na partição quiele criou: eles numeram seus anos. Greatwheel
Dunlop foi o nome que puseram nele: pendurados, todos nós somos seus bisados.
Como feriado em sua casa ele era padre e rei: vulva
veio, inveja viu, ivi venceu. Menas! Menas! Eles chacoalharam suas
ramas verdes sobre ele enquanto rasgavam carne de carneiro.
Por sua muertificação e uxpiração e dumnação e annu-
hulação. Com choros e gritos, suspirus deprofunditus. Firmes,

sullivans! Manequinhos pausem! A pontdelondrx caiu mas a asa da Graúnia surgiu. Todosvóis, fidèleones, sintam o grito do Maldito, pois toda sua mofa não é fito se for fã de seu feto, Oh! Pegue um aro e cante caro! Chin, chin! Chin, chin! E é claro tendo rimado com a almócima bovialidade. Talagadas de runs e vinhos e xerez e cidras e quentães e caipirocas também. Os fortes. Oho, oho, Mestre Begge, vocestá prestes e ser ensacado no charco traveiz. Chaco. Mas souavis seus-rrisos. Aiai, fu ghazis! Mas, eis! eis! pelos deuses trinos, humanos, errantes e condonáveis, qual estátuos do nosso qüo, quiéazurra da nossa luz, álvoles clalas lá, as inesqueçáveis sombras dárvores surgem por trás dos julgamentos acotovelados daqueles, como todos deveriam, malrrecapturáveis dias.

Tapa, pata e retapa, (primeiro trafogo, Missier dos Refuseleiros! Pinguepongue! Pros saxãolutienos! três tomesclados, livres soldados, sopalenta da cabeça aos piés, dum Caldofrio. Os guardas caminhavam pela, (*pardonnez-leur, je vous en prie, eh?*) Rua Montgomery. Um deu sua pinião na qual cadum dos lados (*pardonnez!*), cabeçeando, todos de Campos Finnados concordaram (*je vous en prie, eh?*). Esta foi a primulher, disseram, que soprou, naquela fatal quartafarta, Lili Coninghams, sugeirando que fossem pros campos. Fúria contra painúria, compaixão salva caixão, ira destroçida, confessou o praivado Pat Marchison *retro*. (Conciso!) Assim comsenhores brincam comssanteiros. Uma de nossas vindas à bordo do Vauxhall questá descansando um momento (ela foi pinçada por um notável elecioneiro de palco dum cesto de lixo datriz Saittons) e foi interfristada no salão de puteza do treato. Parecendo talveizinda mais putrirrubra em sua sedace-

reijada de pàduassouja, espartilho e suspensórios em meia-lua e Seven
Stars, acastanhados Blackamoor's Head, entre os meninos
escalando suas Eagle and Child e sobre os compradores de milho e feno
em seus Black and All Black, Sra. F . . . A . . . à parte, meio em
cena de sussurro ao seu espelho confidente, enquanto recuuperava seu
chapéu chapôte (ahat! – e sabemos agora o que dedaleia
uma siririca e um pinto duro), ela esperava que Sid Arthar
comprasse um rotrato da Chrissman dorquídeas laranjadas e limonadas com
hóleos e héter, do featro do Inocidente, como o
mundhórrido tinha sido descainado. Então, embora seja odioroso
comparisar as primaflores de seu aniferváro que foi uma verded-
adeira deussignificância pras chuvermadas e as charlatinas e todas
as ramas de climatitis, tem sido uma moravilhosa noyteiramente,
acrescentou ela, com muitos comprimentos aos prãnaprincípios de Maya (Ácida!)
Pré-histórico, obiterado por seu dictafone num enticologista: seu pro-
penome é um properismenon. Um varredor nomificado Setigrejas
a serviço dos Srs. Achburn, Soulpetre e Ashreborn,
oradores, monosteiros, foi questionado pelirmandade
sobre a vexada questão durante seu lanchinho do meio-dia de fígado e
beicron alternativamente com bife e torta-de-rim num pé-
sujo e, graçasaoscéus, respondeu impulsivamente: Acabamos de
propagandar seu pedido de nulidade e o que tiraram do seu ouvido
em meio a minha própria ruína. Todos os nossos companheiros de sagas com
Aratar Calaman dizem que ele é um tijolouco, enfrenta tudo! No mais nem
mesmo um motorista sóbrio, questavalegremente regando seu carrinho,
Ginger Jane, fazia vistas grossas. Lorry esguimijava nele enquanto falava
e isso é o que ele disse aos reescritores: Irlandespertada é apenas uma simples

reforma rosada na vida privada mas todo mundo tem isso pelas leis
dos adevogados, ele tem honras parlamentares. Eiskaffier disse (do Louigi,
você conhece daquele homem, o brilhante Savourain): *Mon foie*, você aprece-
aria uma homelete, sim, senhora! Bom, meu querifígado! Seu hovo você
mesmo quebra. Veja, eu quebro, então, ele sassenta na panela, em todaela!
Um transpirador (acima de sessenta) que guardava seus tênises ofegantes
sajoelhou oh que calor prinfofocar a infamação mas uma flanela desparceirada
esvoaçou pela parede até a campainha. Após o desabrochar de Braddon escute
esta troterella freskinha. Avisão duma garçonete de ferrovia (chamam-na

[59]

Rua Vaza Lágrimas) expressava-se assim: pra simpatizantes da Linha
Melancolia, Avenida Morte, concernente a esses objetos de ministrança
de sua piedança, a sabir, o homem e seu sifão. Eele! É sempre
tardemais prassoviar quando Phyllis lava seu estábulo. Seria uma vergo-
nhescarlote enjaular-lhe em cela como foi proposto a ele pela
criatura Seddoms, quimporta que a merretrix gozejá com sua
revulvela em conexão com eele sendo un nórfão e praguejando
una doença tão cruel, eele! Bem feito, Bumcollaki!
Kitty Tyrre está orgulhosa docê, foi a resposta dum oficial B. O. T.
(Oh, não culpe o conselho!) enquanto as Filhiotas de Benkletter mur-
muravam em uníssuon: Deuxperdoesuaxpeirnaxdejúri! Brian Lynsky, o filhim
amaldiçoado, foi questionado em sua caixa de brados, Bolonabraggat, e
deu uma resvolta rápida, ao dizer: Pauta! Mais uma vez vou
rolinfernar! Sou a favor da caça ao cavernomem e do sexo no sahara, emburre-se!
Essas duas cadelas deviam estar presas, cane! Coma porco e cace
javali! Pata! Um pretenso martir, que frequentava o sano Asitas ondestá
sendo ensinado a usar braceletes, quando grelhado ao ponto,
revelou o indubitável fato de que a consequência seria

quenquanto Sankya Moondy divertia-se com seus truques de manga sob a
mistetria com sombrapsaras siabrigando em suas licencifolhadas e
suas sombras torrifritadas pelos potentes raios de indradicção, haveria
disputa por toda Cuxhaven. (Tolice!) Missionária Ida Womb-
well, a revivalista dedezzessetanos, disse concernente à coinci-
dente do interfervecente com granadina e outras pessoas respeitáveis e
enojadas usando o parque: Essa perpendicular pessoa é
um bruto. Mas um magnificente brutus! 'Calígula' (Sr. Danl Magrath,
editor, bem conhecido pelos pobrileitrores Estrailianos do Sydney
Parade Ballotin) foi, como sempre, antipodal com o seu: sesforce houje,
espere amanhão, Borrifiu. Saprateiro. Comemos carne de duas em duas
horas, cantalou El Caplan Buycout, com a famosa capalançante
do padre turriduro, conhecido tamém, mateador! Dan Meiklejohn,
precentor, da S.S. Smack e Olley foi probiverbal com seu
upsiduxit: *mutatus mutandus*. Senhor de Dauran ('Cheirarrapé') e Sen-
hora de Moirgan ('Beligracinha') tomaram partido e cruzaram e curvaram-se
aos pontevista um doutro e recruzaram-se a si mesmos. O charco chujo com
chuas moxcax, mui livre, ecoava as dublirrentas putas descendendo suas

[60]

ceninhas, una mona. Sylvia Silente, a menina detectiva (*Meminerva*,
mas poragora ouvem-se cágados por toda Pomblândia!) quando suprida
com informações sobre as várias facetas do caso em seu confornolento
apartamento de solteirona com vistas pras gaivotícias de João as'Sonhando,
racostou-se em sua realverdadociosa poltrona prindagar relaxadona por meio
de suas vogalroscadas silabelas: voucê já peunsou, ruimpóu-
rtiu, que graundeuza foi a sua traugéudia? Nuentanto dac-
ourdu cum minhas autituldes consideraudas para com esses autos ele deve pagar
a peuna toutal, pendeunte pros-seus-cus-são, no baunco Subsec. 32, secção

II, do decrato C. L. A. 1885, nãostante qualquer coisa nestato contrauventário. Jarley Jilke começou a salquebrar porque não consiguia voltar pra Jelsey mas terminar com: Ele pôs tudo no saco o que o ajudou a trocar seus melhores trapos. Meagher, um navaloroso, sentado num dos conjuntos de cromeníres de granito na nossa nova banca de peixes pro usual papar-moscas após o ato sempre popular, com quem estavam Questa e Puella, picante e baustante, (esta com um resfriado em seu céurebro e aquela safundando em seu auvental, cri com cra, cró com cré) foi encorajada, embora nirvanecida de si, por um de seus co-afiançados pra recuperar seu fôlego, Walt, o empanturrado e quando lá repreendido por suas tias e irmãs pra encher sua pança, Naville, assem cor respandeu à beijação doutro: Eu boto meus dois dedais, noiva Meagher, (ele fala!) ele era o culpado por suas duas meias de veludo subindo as Cornicolinas – como sinta e liga censurando-o ou qualquer outro pescador? – mas também acho, Puellywally, pelo jeito de suas calças havia algu-
ém por trás – pode apostar seus bajuladores comprados – sobre seus três calceiros descendo a Keysars Lane. (Banal!)

Serestas meras alfaiábulas duma estirpe referendada com estranhos reis? Agora tudo é visto e logo esquecido? Poderia ter sido, é de bom graldo nessas plumberas das cartas agora a saber, que tão diversificados ultrajes (eles ainda estão por vir!) foram planejados e parcialmente executados contra tão ferrenho presbítero se isso for verdade que qualquer um dos registrados nunca acreditou num lugar pra muitos, truismamos, comprados por e denunciados de, são dados a nós por alguns que usam a verdade mas com moderação e nós, deste lado devemos lamentar por esta escrita picada por conta disso. A sétima cidade, Urovivla,

[61]

sua cidadela de refúgio, para qual (acreditamos nos leigos e
suas contas), pralém dos vendavais rascantes do Athreuático, mudandas
pistas com um mestridebaurcos, o hejirita fugira, silencioussu-
avemente sobaltassonoridade da noite, sonavio, um corvo sobrasondas,
(tenha missericórdia, Mara! A ele daonda Rahoulas!) da sujidade dos
lestegueses no velho vic, presquecer em expiação do homilaricídio culposo e,
reberçonascente em recasamento fora da procura morta da divina previ-
dência (se procuras por imagens aprofunda teus ouvidos nos
cinetons!) pra ligar teu lote, palma e pata, às papifadas.
A minha patroa casa contigo e ao meu patrão te cinta-
ligo. A terra desolada, a terra de lótus, a terra de lutus, Esmerald-
illium, os pastores pastorejam, na qual pelo quarto mandamento
prometem que seus dias apostólicos serão longos pelabundante
misericórdia d'Aquele que Troveja do'Alto, murmurou,
se levantaria contra ele com tudo que nele havia, franchic-
ados e inabitados, cidades como ágoras, fiadoresfilotas, dou-lhe dor,
pobrincadeiras, fantasmagórico seguindo corporalmórico, como se rougassem praga
pra eles, o corruptível jaz já, todos os santos da incorrupção duma
santanação, o naufragado comum no irlanjardim, em ru-
brissurreição pra condenar os que possam convencê-lo, primeiro fa-
roá, Humpheres Cheops Exarchas, de seus propripecados. O comé-
rcio foi criado pra falar com o lábio superior rijo pra todos os homens e no mais das
vezes o Homem que conhecíamos teve poucas chances de lutar mas mes-
muassim ele ou o dele ou a seus cuidados foram sujeitados aos horrores do
primeiro terror da Errolândia. (talivez!)

Parece-nos a nós que (o real Nós!) lemos nosso Amenti do
sexto capítulo selado indiante prescuridão. Foi depois

dapresentação em Wednesbury que um homem alto, carregando um pacote
suspeito, quando retornava tarde em meio a um densacontecimento em seu caminho
pro lar da segunda casa dos Boore e dos Menestréis Burgess Christy
pelo velho ponto, Esquina de Roy, sentiu o bafeijo dum revólver
posto em sua cara com as palavras: você é o alvo, major: por um assa-
ltante desconhecido (mascarado) contra quem ele tinha tido muito ciúme,
Lotta Crabtree ou Pomona Evlyn. Mais do queisso Quanndo
o Emboscante (não um diocesano Lucalizado ou mesmo da sé de Glenda-
lough mas vindo da proa da Britaninha, mencio-

[62]

nando de passagem quiele, o ensopador, tinha, em edição ao
centíbulo cutelo de Reade, um Hobson carregado que deixava apenas
alternativas gêmeas como, vice-versamente, senão ele certamente atiraria nela, a
putia, com pistola, (ela podia estar certa disso!) ou, falhando nisso,
esmagar a cara branca de Patch pralém do reconhecimento, pontoalmente perguntou
num gaèligalês enwordekado que blizarro neigrócio Thornton tinha com
aquele guarda-fogo de Kane só pra ser respondido pela agressão
agravada que que que era só um trago pra ele, Nomeidassemana, só pra... quecer,
bem, agora vá e descubra se ele era capaz de chorver bem. Mas quão trans-
parentemente falso, gentilescritor! Seus pés não são dum cara alto, de
jeito nenhum, cara. Nem tal pastor. Nem tal guarda-fogo. Nem tal número. Nem
tal raça. Foi supostamente em conexão com uma menina, Myramy
Huey ou Colores Archer, sob a Ponte Flaggy (pra ann hápenas
a lívida novaponte é a velha dela) ou prexplodir suas
dozecâmaras e forçar uma entrada que o pesadão
Abelzão num avental daçougueirazul d'Uma Vida Um Terno (uma
loja de roupas masculinas), com a mais decisiva garrafa de solteiro em sua
posse, apreendida após o anoitecer pelo guarda municipal no portão da temp-

erança de Cêtemorróida estava lá a caminho do portão.

Em quinto lugar, quão parassoliloquissomente verdassonou-se na prima vez qouviu a lazarenta afirmação disso, balbuciando irlandês, ele havia havia havia bebido o'gloriosamente m'uito muito mesmo, finamente penduricado ou ferrado na Casa dos Blazes, no Papagaio do Inferno, no Laranjeira, no Raso, no Sol, no Cordeiro Sagrado e, tombado mas não atado, no navihotel de Ramitdown desde manhãmento eli pudia dixtinguir um fiu branco dum pretu té qui a máquina das leis desclinou inté Murray questavapenas caindo cheìndolofotes batendo contra um píer de pedra que, com o chapéu de vaca p'racima ou'isto, falsitocou com uma cangadegado com a mais puracífica das intenações. Aindassim como manca desajeitado o jovencito em suainda pseudojoycosa axplanação que, dacordo com sua propriestória, ele erra um processervidor e tava meramente tentando abrir um zózimarisco cuma garrofa empoeirada martelando mortalmente seu *magnum bonum* (o curto o clube o severo o selvagem) contra o duro muro pras botas do poeta, Maurice Behan, que apressadamente vestiu seus sapatos sem nada com suas pontas de prego e desceu um pedaço,

[63]

chepo e phula pro quintal dos sonoestes em suas obi sem colete ou gravata, atraído pelo nórdico brinquedarmas, Delandy é cartaginês na rocha reigular pra Dulyn, disse quia batalh'é apreciada com segurança da cama enquantuele sonhava quieram deli'as riquezas dossalões mórmãos quandespertou dum quarto sonorronco praláda terra dos sonhos enquantistômico dhistrérica pastavao luar aouvir batimentos em escala raivosa emanando dum péssujo ou algassim (oonagh! oonagh!) nhistórinha dhospedaria Mullingcan ele nuncan. Essa bateção

babélica ia da porta aos batentes, ele sempre dizia, não eram nem
um pouco remotas como o balbúcio belzebúlico da garrafa de birita
que não o despertaria do sono profundo mas o lembraria
muito mais das marchas marcialheizas dos estrangeiros instru-
mongos musikantos ou das overturas dos últimos três dias de
Pompéria, sisso. E que depois desse maximalmoço
nokturno a jovem reina desceu desesperada e o velho
liffopotamus começou a chover por toda a planície, como lama
que clama, arruinando todos os aventalçougueiros e
limpadeiros pra que fossem os candelários dos Rejaneylários
que passaram a noite toda secando gelo de, os ensopados enxugadores
fora de. Noitalva.

Sóumomento. Uma pitada no tempideal, musketeiros!
Alphos, Burkos e Caramis, deixem Astrélia pros astrolojoeiros
e por amor aos sansos e à honra do Karaíso piquem uma palmada
na bunda da Munda. E rolem pra longe o mundo rolado, o mundo ralado,
o mundo relado! E chamem todas as suas neblirosadas,
Brancadinieve e Rubrirrosa, se quiserem o cremerreal. Agora pr-
uma moranfolia! Fiado, fadido! *Cherchons la flamme!* Famm-
famm! Fammfamm!

Vem cá, humordinário, com esta grandtesta testecida, e
questa barbranca ekkspression fisichial Machinsky Scapolo-
polos, Duzinascu ououtra. A perna do teu carneiro borrego tá ficando
musculosa por ser tão puxada. Noah Beery pesava miliuma pedras
enquanto Hazel era uma galinha. Agora a gordura dela tá desengordando branda.
Portanto, papudos, por que não as suas? Há 29 doces razões
pra que a estação da floração seja a supremação. Anciãos são sãos
por amêndoas verdes quando

[64]

são pedrirralados com raízes de gengibre macerada ainda que inverneve
em suas cabeças como sioutonasse involta de suas cinturas. Sessentissem
dor nos cabelos não parecerima tão bacalvonais. Você teria
Colley Macaires na sua cabouça dura. Agorouça, Sr. Leer!
E guarda essa suadorrisívelação Sorrissínica! Torne-se o velhembusteiro
que você chama de sua miniminha. Note seu cabelo liso, tão elegante, *tableau
vivant*. Ele promete quiela será sua própria melguice, jura quieles
serão amigos de papá, por Jura, i diviverão bons tempos na direção d'oeste num
garantido felizamor quando a lua de Maio brilhar e eles
piscapiscarem a noititude alisando a cauda do cometa e
apontirando as estrelas. Cremelufadas todutempo! Tudo
legal, meninal! Pro queridoso raivovôso, ele foi pra
farra, totalmente esgazeado, enloucado, rebrilhado d'estrelas.
Comprendo! Ela quer que seu guarda-roupa escute o dictacima e revenha
com grana praquela possa comprar seu enxouval na Peter Robinson e
sair rebolando com Arty, Bert ou possivelmente Charley Chance (quem sabe?)
e então deleleitar-se, Sr. Hunker, você dadá demais preu dançar (antão
ses vai!) e é porisso que metade das melinas da cidade têm sido incomodadas
enquanto o raivovôso istá tentando engatar seus suspensórios nassuas
carça. Mas o raivelho num tá tão loco entrocê
ieu (num nessa vida, rapá! nem qüessas carça! nem por um
cunecão!) pralgum lugar escondido, onde Furphy nunca há ido,
raivovôso tem a melina dois (bravovô, nosso Raivovô!) e ele
gostaria dacariciá-la tamém nalgumas parte de tempo pois ele é
mui afeiçoado por sua número um mas oh ele é mui gamado
na pêssega número dois de modo que siêle pudesse apenas ficar com as duas,
chove-chuvendo, todostrês sessentiriam gemininamente felizes, é tão simples

como o A. B. C., induossociáveis, queremos dizer, bolinhos de chereja
(porque elié um repleto fingido) se todos eles flutuassem
num bioarco dos sonhos, abraçadois a dois num zuzobembom,
um tofftoff pra ti, um missymissy pra mim, comu-éo'cumeço da
Pintura, no seu trago, virado dicimabaixo, tiptoptapaixonado, pod-
isso?, Finni.

Plack, plack, plack. Com o que clapaudo, truque e sentirrepente, três
pra vadiar, nossos mùtuamigos e a defesa e a garrafa no portão parecem
estar implicitamente na mesma barca, porassim dizer, trazendo também

[65]

variadas aurimarcas de design, pois de fato não é
usual botar um dente em fofocas desse tipo e a quantidade de tode-
sse tipo de coisas quiestão acontecendo uma vez por dia e
duas vezes por dia e em cadoutro noidia entre todos os tipos dindiví-
duos promíscuos das todidades em casas privadas e nas coisas
publicadas e em toda parte toda e em outros lugares inteiramente da sequência
secular e dentro do país e no exterior têm sido particularmente
estupenda. Continuará. União' Federal' de' Transportes'
Unidos' pr' Exultação' de' Triunfantes' Ecstasis'.

Mas resumindo as investigações. Será que será na proximanhã a postalgem
do sindicalista (oficialmente chamado de transportadora Cartas Escocesas, Limitada)
fatestranho (Fierceendgiddyex, sualteza, i. é., o inúteu que
barganhou as camissivas gomascadas) prentregar umenorme
corrente denvelopes, escritos em setestágios distintos de tinta, da branqu-
essência ao lavandete, cada gancho e garrancho sugirando
as falasvadeiras, sobrescrito e sublapisado por seUm Part-
ido Risível, pralogasseguir, S.A.G., pra Hyde e Cheek, Eden-
berry, Dubblenn, WC? Será que tudo quanto forescrito em linguagem

lapônica com explosões de Maggiares sempre parecerá semposto, preto parecendo branco e branco pretogendo preto, neste siamixado duoleto usado entre stern swift e a bandeira pirata? Será queisso brilhará entre nós, noitívagos, e mergulharemos em nosso apuro? Bem, poderia, mirlargre, brilhentão. Sempre e já até que a mulher de Cox, duplamente Sra. Hahn bote o bico na questão com Owen K. atrás dela, pra saver qüéqüi sujavatrás, esta bolsaboborada cheia de fragmentos lixerários ficará escondida na pança daquele meirmão hermeneuta, um pilaroco?

O caixão, um trianfu d'arte do ilusionista, dinício naturalmente tomado por umharpa demão (é umamão d'obra tristingüir jubabe de jabube ou outro de tubote quando todostrês acabam sendo invenentados) tinha sido removido das quinqüilharias da loja de Oetzmann e Sobriño, uma notável casa decujos, que no curso natural de todas as coisas continuava a abastecer todos os resquisitos funerais de toda descrição necessária. Necessária por que, entretanto? Necessária de fanto, (não ti sintirias como galinha empalhada se não tivessis oscaramingüás!) porque as noivistosas ou noivosas em seus bolírios

[66]

brincum no bailegante das Nevenuvens e seus noiveretos que sempre vêm com você (e por jingo, quando se vão!) o que mais nesse mundo mortal, agora nosso, quando juntos à noite, no meio da média-noite, eu nu cá, fazendo nonadas nas horas badaladas, iria trazê-los de volta à carnumana, dedão descido, pros seus resvalos e suas chinzas.

Prossigamos. Poderíamos deixar que a nitriência dos oxigigantes se livrassem do ar e simplesmente analectralizassem aquela combinação muito quimérica, o gàslão onde o vigiavê. E tentar sorver só mais um pouco a cenalegre pralém da quasesfera. E continuando no caso da heliose engarrafada, Long Lally Tobkids, o especial, exportando um belo peito medalhado, e um consciencioso leitordescrituras prarrancar os tijolos destanho daigreja darredondada couroua, praguejou como um alfaiate Noreueguêis nessistante diante do funcionário apropriado quiele tava enfrentando um verdadeiro cortesão de avental de açougueiro azul que, ele gontinuou, na última noipe detois dentregar algumas carcaças de cortela de casneiro e cardecalne em favor dos Senhorres Otto Sands e Eastman, Limericked, Victuallers, foi se, com seu desmitigado espanto, escoiceou na barda boorta contra todas as runas e, quendo quastionado sobre o pretenso chute (foi chutado decimabaixo com ele) em seu solene pêlo emputante emputado, disse simplesmente: eu jurentortado, Capitão Phillyps. Tu feiz, como sistressei antes. Vancê tá enrrado inté us joelhu, sinhor, Madam Tomkins, deixe-me dizer-lhe, respondeu com uma gentilfeminada salameleca MackPartland, (a família do açougueiro é a mais velha do mundo exceto ape, lido.) E Phelps tava espiliado com seu pilicial. Mas sua fizzionomia faliu.

Agora o obverso. Das vulvelunosas aos algadães são só umas questães de opãesnimães de cinco dedães e daqui esses excessos corcovados são considerados como tendo sido instigados por uma ou outra das causas causuais totais, essas russas heroínas hocas em suas mangas de camisa sejiela magretta sejela o posquê. Oh! Oh! Posquê é uma coisa horrível ter que dizer que dizer todudia mas uma dilaláh, Lupita Lorette, pouco depois dum ataque dimprevistos bebeu carbólico com toda sua querida vida plácida diante dela e empalideceu enquanto a outra pomba suja que é sua irmânte, Luperca Latouche, discubriu

[67]

um dia enquanto fugia dos seus afazeres quando ela se estripizava pro ho-
men binocular e quando suas pernas ficaram saltitantes vendo-se umàoutra, e
a dançarindianinha logo achou seu frutichapéu mui pequeno pra ela e
rapidamente gastando tempo, veja, ela rapidamente começou se agarrando, festando
e vendendo seus parcos favores no celeiro ou em cubiminúsculos
ou em gramíneas *ad huck* (há certas intimidades em todos os
lavastórios feminis que apenas guardamos nimaginação) ou no doça-
trás digreja prum bom carvão em brasa ou uma cueca
fina, servindo enfim a quem aquela mesma coelhinha quente *a la Zingara*
qual nossa própria Grauninha de bochechas apimentadas servia ao
grãossenhor d'Oscaralho, aquele filho dum Coole. Houri das costas
desmeraldas, hurra, a dos beijilascessivos, Aslim-all-Muslim, e
resignada à sua rendição, não veio ela, veio eve leisteriana, ferdadeira
felha dum dearmoto, (sua banqueta era a Quarenta Passos e seu poleiro o velho
Querteirão dos Cromwell) com uma lincença tão valquirridente quenviou um
pacote de pregas pobres pra perdição, denovamente, ai, e de novo
desafiá-lo, des confio, eh desc onfio, eh eh descon fio, sortes tombam
tombando, para, cavão dum cão dijahoje, ié! Angealousmeu!
E ele não, como Arcoforty, vovô longe de Bissavôlo, sinherrou
seuportamento com irridescente chorotonado dibaixo à direita meio falsa
sopa lambida droga dorida? Merdiablo! Um reinado das fodas, uma reinha
de shebá, uma rainha das travessouras. Um homem real, daspecto reau, regiamente
vestido, exaltada seja sua glória! Tão dado tão cobrado: Agora não,
não agora! Ele ficaria só um min. Trombretra sofredrora! Ele pensou uquiele quiria.
Uquê? Ouça, Oh ouva, vivendo da terra! Senhorcado, era morta,
ouça! Ele tem olhos ávidos em sua língua lambente. Elouvê suavó
zdiária dizssendo. Eliouvê! Diz, diz, diz! Mas pelas birras de seu
profita, ele não pode rexplander. Acimadamissa até subir e brilhar! Sem precisar
de nenhum eixo nem estela da Fenícia ou da Pequena Ásia prabelizar na

bica, nem populógio nem pedraça, nem afundamento no Bosque de Tomar
pra revelar como uma gangue de jornaleigos escravando com caniço.
A boca que não diz jamais trairá a língua impensável
e quanto mais o observedor distorcer a dele coisa que nãouvirão por muito tempo
até a estupidez da terratoda os cegos guiarão os surdos. Ferdade,
netinhos! A coluna de massa empesta a trilha das folhas atrás de nós.
Se a violência à vida, aos membros e às posses, frequentemente ou

[68]

não, têm sido a expressão, direta ou através dum agente masculino, d'o-
fensa à feminilidade, (ah! ah!), não gozou da taxação de xantaxem desdos
tempos em que as fadas tavam nele, e feliz de wilde terraflorar
seguindo uma impressionante reputação privada de pecadilhos segredados?

Agorinspirado pela memória, rode a roda de novo pro muro
todo. Onde Bliante Gigante enfrenta Penaloonga Era uma
vez um muro e um altalto muro e foi e tal um
muraco existiu. Era ore ou ira na Aaarlanda. Ou você Peludo Papai
ou vossa Senhora Mosses ou sua horda de fílhios e fílhias pralterar
o jardão de Odin e os paládios perdidos quando todos os edâmicos
terminavam em aves. Armén? A casa é deles e ainda dá pra ver se sozinho
ele descobre um iluminador e chegaremos àqueles engraxates
dolhos vazados se você discorrer um segundo. E deixem ozóvos serem os bons
e velhos grasnados Isther Estarr interpretando Yesther Asterr. Na sonhação
da Livrestoda Arlinda, Doentia. Um portão de stonehinged era então
proutra coisa enquanto a suroptimista tinha comprado e aumentado
aquele barraco sobo justaluguel dumavelhanual, (princípio) valor
de seixpence, e uma cabritanal (cacete) valor de oito-
pence, prengordar e alegrar (possuir e brincar com ela) pro res-
to dos seus asnos; e quando tudo tava enfeitiçado

propropósito ele pôs maçãneta no lugar d'algum modo como
pretexto em vez disso um estrado praproteger dos burros (a suj-
idade pendente dos entalhes até esta hora deixa isso claro) e só
então sobre a boca de ferro, por velho costume deixada aberta previtar
que os gatos ganhassem uma gota, foi triplatlocada sobrele
de propósito por seus fiéis cidadãos pra mantê-lo dentro provavelmente e
possivelmente no caso dele sentir vontade de esticar seu peito tão longe e
e tentar a graciosa providência dum passeio do dia do-o-vo-do-
po-vo, desacostumado dainda não ter sido livremente enlameado.
Oh, a proprósito, vamos à diminuta fanfarrice das patatas, téfe serr semprre
relembrrato in conexón con o caconteceu antes
qhafia um northóspede, Herr Betreffender, atrrás dum quarrto pra luc-
car, alochado no númerro 32 no Rrum di Parril (Filial da
Dirty Dick casa vaga) em Laxlip (onde os Sockeye Sammons
parrafam um momento pro chechum larrancha) antes tisso, um Kom-
merzial (Gorbotipacco, ele tava tessafoganto como Zentral Porrachóleo)

[69]

d'Óstria, os U.S.E. pagando (Gália salve o marco!) 11/- na
semana (Deux, exxes xagrados romanox!) dinheiro da consciência no
primeiracordo de Natal porque ele tava xiando nigácio com pla-
cer, e suabiando sotaque iirlandêix e comimitando que bradho landêix, faz-
endo reporteragem sobre o Caso Adams pro Chornal de Frankofurto,
um perriodículo Continental, e êle, consstatato que tinha sobrêle
o Lynn O'Brien, lanosa lã de cordeiro, perturbado, e prala
doquele poderia ter de volta o mesmoutro quele faria, com milhares
e molhares de travoadas, os danos dum macaco se tornam.
Agora deves saber, francês, fazer um coração de vidro, que
o jogo dolhar e a chacina do coreto era mera mente uma série a la Patsy

O'Strap de tretas e obuses como o cabrito berra no
pico do pináculo e depois dessa espécie. Visitante insolicitado de Humphrey,
Davy ou Titus, na marcha do clã dos burgley pro meioeste,
um provavelmente excelente homem rude sobre a estrada que conhecia suas
Montanhas Bullfoost como pàssarestorninho, após obrar longa louca dança
pra Cloudy Green, depôs seu copo de cerveja preta no esperacêpode-
mesquerer, após ter bafejado alguns quakers (procê! Juramentos!) a-
través do buraco da fechadura da casarreial pratrair àtenção, baliu
de través no vendaval lá fora do qual o alfaiarte de suas roupas tava em-
porcalhando, primeiro, sendhirsulto, quele quebraria sua cabeça cabri-
oluda prele, em seguida, sendo restolho, quele quebraria
o medidor sobre sua cabeça de patinhofeio do mesmo jeito quele
racharia uma noz com uma chavinglesa e, porúltimo, sendum
mexeriqueiro, quele lhe daria o seu (ou doumperomador ou doussangu-
algum dalguémais) maisespessoquiágua pra beber o sanguodiento de seu mei-
ermão dentro do balde. Elexigiu mais álcool metílico pra
funcionar com, alegando que seu avô tava em todos os táxis e que
passava das dezhoras, e que seu beber era um forno
público pelo bem dirlanda uisquenta, eentão, não facilmente des-
encorajado, abriu as inundações d'ira de sua attilaria e continuou
num ritmo perverso, intemperrindo contra ele em metáforas musturadas
dazonzemeia às duas da tarde sem nem mesmo prum intervalo pra lanche-
nette por conta da Casa, filho de Clod, sarta fora, seu mendigo
judeu, pra ser Executado Amém. Lacrauricola, aquele
dementepaidrão, aquele paradigmático auricular receptoretentivo como o de Dioníso, gransofre-

[70]

dor embora embranquecendo sob restrição dessentado no canto
de seu cansorvatório, atrás de muretas feitas de fome, sua garrafa térmica e

flâminas flácidas a seu lado e um bigodurodemorsa prum palindentuço, compilado, enquanto lamentava a fuga de suas gentis guiness, uma longa lista (agora temida em parte perdida) guardada no arquivo de todos os nomabusivos de que o chamavam (fomos compelidos pelo regozijoyce das finas damas i dhumor de Milltown etcetera por Josephine Brewster na colisão conhecida como Contrastação com Inkermann e assim por diante e semnemproteção, senhoritárias dáguas, livril, celestial, o sujo limpa): *Primanoite, Infarmante, Prutra Frodre, Amarelo Negranco, Papatrigos, Cabra Dourada, Lodo Belo, Zim Dós Têbos Badanas, Porco d'Yorque, Caragozada, Na Panda do Bagode Pateu, Graxi Mantêga, Porta d'Auspícios, Caineabel, Oitava Maravilha d'Irlanda, Bate Meu Preço, Deusujomem, Caradelua o Assassino, Cômico Cabelo Cinza, Clarão da Meia-Noite, Remova essa Bíblia, Publocação Hebdromerdária, Tamer Merlão o Tirânico, Barro Azzurro, Chá Chapado, Lê Teu Pantojoycoso, Distúrbio Acústico, Pensa Que Vai Explodir o Bom Dooque d'Orguile, W. De's. Graça, Fofoca da Bocabahianizada de Dublin, Seu Pardre erum Bocamole e Ela o lavava no Copo, Burnham y Bailey, Artista, Indigno da Religião Protestante Nativa, Terri Cota, Benvindo à Waterfooda, assinalado o Ribbomens, Lagosta Lardeada na Panela, Tudo pra Arthur dessa Pólis, Espanta o Gato do Bacon, Jaqueta de Couro Donaldo Schüler, O Craque e o Capeta do Paupérrimo, Delícia dO'Relhia Beijand o Cara depois da Birita, Gagomagog, Doce Solgado, Gotoso Guibelino, Luther Livre, Ovos de Galos Chocos, Mudar os Planos, Sorte depois do Casório, Divorciei Trêis Marido, Meio-Pila Meia-Pataca, Fica com Helena ou Vem Comimgo, Piobaldo Puffpuffa Sua Noiva, Purgou no Pub do Burke, Ele Dão É Beu Brimo, Barbárbaro, Passoa Perticular, Grunhido de Coruja Facktotem, Doze Meses Aristocratas, Licantropo, O Bajulador foi Babujar e Não Ouviu o Tom Tonar, Trovão e Turfe se Casaram em Clandorfe, Bota Esquerda Enviada Com Aprovação, Incomodação do Sagrado Senhor da Relgião, Estagiário*

Bunda Mole, Tchitchia Coçacuça, Tommy Furlong Prestas Pragas, Arquiduque Arfaiate, Úrtima Passada no Posto, Kenneli Não Conta Pra Ti do Vestido de Nancy,

[71]

Tampa de Cesto, Cata Salário, Andy Mac Noon dentro do Quarto de Annie, Tudo Desfora, Beliscasbolasdaviola, Belhor Rua Bombarda, Sublime Porter, Banição pro Rei das Barganças e Bonificação Procê Senhor de Todas as Bonâncias, Precinho d'Ofélia, E a Número Una *Una Una, Oquele fez pro Castellocostello, Dorme com Penas Enfinadas, Sabe-se Quem Vendeu Horácio o Gago, Incluso encontre os Filhos de Fingall, Balançado em sua Queda, Quer uma Mulher e Quarenta Delas, Deixele Fazer a Feira, Apeegueei-mee ao Esquiilo, Plaup Apita Seu Apito, Ruína do Mercadinho, Ele -- Leitinhoemeldocastorcorreia, Vini era um Vinhiteiro, Semeador Destrupros, Artrocidade Armênia, Peixenfermo Barrigarriba, Edomita, – 'Homem Destituído da Característica Comum da Naturesa Irlandeza, Mal Humborgo, SenHoorSinHoor, Manipulacoocoos, Sujo, Papaimixinho, Nasce em Primeiro lugar o Pé Melhor, O Pior do Woolworth, Isiático Phalusafista, Bastardo Porculpado, Rápido no Barril, Borracho na Cama, Senhor Gorducho, Em Custódia da Pólis, Alocucionista Beincurvo, Deposto,* mas anarquisticamente respeitoso das liberdades do indivíduo noninvasivo, não respondeu nenhuma solitária palavra cunhada além de tal semdentarismo, embora fosse tão fácil quanto beijaremqualquerlugar pro resistente passivo na cabine telafônica quelestava probter os tons do alô e discar pra Kimmage Externa 17.67, porque, comexplicou o fundamentalista, quando afinal focado com a fala, toucando seus sentiferimentos fucsiais a missão dominicana pro portido saucialista tava em andamento na época e ele pensou que a devoução roumista conhecida como

rougido do rousário podia refourmá-lo, Saia. Esse agressivo mais
que consideravelmente desagradável antes de finnalizar a bebadeira
atirou alguns cacos de vidro, todos do mesmo tamanho, por meio
da mofinal de suas uverdes, no arco em suporte às suas palavras quiele
não era culfado mas, depois de ter uma casa tão segura, reconhei-
ciendo através de seu semisubconsciente a seirieidade doquele
poderia ter feito siele realmente tivesse polido suas terríveis intenções
finalmente o fez mudar de rugido e deixar cair todos os coágulos
dos riasseixos pangpung e, fincando um pounco sómbrio,
despasseiou o seu anciãchão dessua diablin melan cólica, o susto o
surto, o carnívoro flautuante (ufa, ufa, ufagante, vou s'plirrar
s'pluma em toldlos!) essas rematas rudes e bruscamente postas fora

[72]

de sua lingoagem e quasi quites com a cena paleológica, contando como
por sua ordenança autonegada ele havia deixado Hilanda na mesa
das dissidâncias, após exortar Lacraurícola ou, em fraseoligeira logi-
camente modificada, Sinhorr ou Sinhorra Lacraurícolas, Vid entes, seu nome
feminizável na multidão, pra cacau vir de fora pra Mockerloo e fora disso
pra honra de Crumlin, com seus vetustos carrancudos deosespliscosos, a
maldição de Gog preles, pra quele pudesse sesforçar e troná-los todos tontos,
podiscrê, como Pés Que-brados fez com Kid Nalizo e
ninguém ital com Mutophemoso e levantou piedras sobriele, ou
se não o fez, por duas e trinta nicas, seja Cacau Campbell, não
sabia o que não faria por ele nem por ninguém mais ne-
mais nem por ele depois do qual, combatente martelo, quebra arrebenta rasga
espanca, daí a ira de Malbruk, apostando na menor mudança
de sua voz manjestuosa, o primeiro par heróico da fuga
tropical, Opus Once, Trontiduos: *Meus esquemas em obediência*

pra Este tempo tão quedante: deram adeuzinho pro seu dedão e, sua
bandoll eeira pro seu shombrado, pingapengaponga na poça ou no poldado,
desejando ir pra falladelfiana da mãnha, prosseguiu com um Ent-
ulho desleixado em suas fugidias rudespostas (*Et Cur Heli!*) em direções
das sordu-modas instituições há cerca de dez ou milecem
anos balouçando ao longe no briluar do estreito do Gorgoleijo do Riachim.
Adieus!

E assim, com esse porto partindo de Boi Aracre, chega a
fechar-se este último estágio nas cercanções ao redor de nossa arquicidadela que
gostaríamos de recordar, se o velho Nestor Alexis desse a dica dada
por nós, como em Bar-le-Duc e Bebar-na-Portar e Montim-di-Zum.

Ele deixou ainda muitas portas ao lado da Chapada do Boiadeiro pra
testamunhar suas groutas compartimentadas numas silenciosas questães serrapilheiras
subindo a colina e descendo o vale no paveólico, em
Howth ou em Coolock ou mesmo em Enniskerry, uma teoria não muito
retilínea devolução da saciedadhumana ou um testamints das
rochas de todos os mortos iinté dalguns vivientes. Nós, os chamados Cordeiros
d'Oliveiras, escurregamos duma pedra, e eles serão reu-
nidos a ele, seu rebanho e peladino, como nubiletes pra cúmulus,
naquele dia cuando, como os lanceiruzentes de Azava Arthur-

[73]

honrrosos (algum finnlandês, algum finnlandês adiante!), ele deve despertar do
terrissono, altivo cristado elmoso, em seu vale de sarças de Pegapega o do Grem-
madO, (líderes perdidos vivem! heróis retornam!) e sobre prados
e vales o Loborruivissenhor (projeta-nos!) seu potente chifre deve
rolar, orlando, rolando.

Praqueles dyias seu Dieus deve prergruntrar por Todorigem e ch-
amá-lo: Toldorigem! E ele formular a rispasta: Toaquí. Nem

pica nem punheta. *Animadiabolum, mene credidisti mortuum?*
Silêncio fazia-se em teus faustivos corredores, Oh, Truiga, quando tuas verdes florestas secaram mas haverão rumores de muitalegria nos noitouvidos zunindo como nosso pantriarca de Constantunoble botando pulôveres cum suas botas.

Liverpooble? Bebum pouco disso! Seu célerbro couzido, sua pele najenta, seu caração azoado, sua sanguicorrente engatinhando, seu bufo como um bafo, suas extremidades extremando assim: Ventinho, Peãoquebrado, Fim de Sillyment e Pythagoras. Humph tá cochilando. Palavras não não pesam praele mais que gotas de chuva da Respingação. Do que todos gostamos. Chuviscos. Quando dormimos. Gotículas. Mas esperem nossos adormecidos. Esgotamento. Saltriste.

[74]

Capítulo 4

Taleão

Agora estou irremediavelmente com as cabras
e só posso pensar e escrever caprichosamente.
(James Joyce)

Para Paulo Leminski, o filho, que andou por aqui.

(Publicado também no Coletivo Finnegans, com organização de Dirce Waltrick do Amarante, sob o título *Finnegans Rivolta*, Editora Iluminuras, 2022.)

Comoleão nonosso lacrizoordim relembrando os nenúfares di seu
Nilo (deve Ariuz esquecer Arioun ou Boghas os baramigados de
Marllarmazares de Marmorenim?) podaté ser, inté semsentido
vintenovemente sigipostado na nossa caixapastal,
na sitiada camassanhada ele unicainda relembra daquelas lililiths des-
grenhadas que o haviam enfeitiçado, velhifodido, e não sabia
que os trivigidentes de seu despertar vinham pra ficar. Fooi, fooi,
as embaixatrozes! Zeepyzoepy, rapagalhões! Zijnzijn Zijnzijn! Será
que temos que declaralho o que ele realfirmou?
predito? os Campos calourentos de milho pipocourados
de Ysit? envergobrilhantes. Pode será, habemus que sobreprocurar una portí-
cola em nossos curiósos meunicípios se é que queremos sabê-los, com isso
vendo suas profundesas (não desejava tersido um tempo tãobém
desperdaçado), dentro de seu xamânico patriarcado, alrededordaurbe
(Gêmeopar! Gemêopar!) ele cônscio dozenemigos, um reipaz cava-
lobrancando num moinho em Finglas, orou, como sessentou no assento ansioso, (caçar-
vos um presenturo nomeu duplo globoculardе) durando as três
horroras de agoniato silêncio, *ex profundis malorum*, e
criado com fingida descaridade palavrilhada (e ênjos
dentados que, nominados Nash de Girarracha, iriam a qualquer lugar onde
omundo chorando com sua barriga pintalgada (a rai, a kripons-
tonista!) pra leite, música ou casadas missizinhas) poderia, graças a
providencial benevolência de quem odeia a prudênciastúcia, des-
dobrar-se na primeira distintonastia de seus posteriores,

[75]

carapreta connemar não da dobra mas dos filhos mais velhos de sua
casa, seu perseguidor de ideias (suas doze passopaixões pedrami-
nantes) sendo a formatação, como nos climas mais favorecidos,

onde o Prado de Mel é convivamigável e na Montanha
de Joy se recebebem, dum estrato veramente criminal, berço do Presunto
crocovos, assim finalmente eliminado de todas as classes e massas com
uma diretamente derivativa descasualização: *sigarius* (sic!) *vindicat urbes*
terrorum (sica!): e então, pra marcar uma margem tal ela alterava a
odebiância dos cidadãos e ajudava a aúde da ova.
Bem, baum. Vamos deixar de teorias e revoltar no aquiquiéaqui.
Agorescuta. 'Tàtudubem. O rocaixão, Puglipainelmontado,
péspraleste, pra revoltar mais tarde, à covacava pertodo-
finn, afetando maferialmente a caufa. E isso, mentivividor, é a
caisa. Qualquer número de corpos públicos conservadores, através
de um número seleto de outros comitês com poderes pradicionar os
seus números, antes de voutar a si e em si mesmos, cidade, porto
e guarnição, por uma própieculiar resolução adequada, seguindo uma ordem
da curte escurrasgante, um-por-todos-por-um fora da existência tramada como-
por-um-corte, então você acompanha você mesmo cortar um
neuvoso pacote de kertas, feito ele, enquanto seu corpo ainda persiste,
presente deles numa provisória sepultura em Moyelta do melhor padrão Lough
Neagh, então como muitos em demanda dentre os misonezanos como
na Ilhotomem hoje entre os limnifóbicos. Pèruminuto! Tava
numa frigi di peixi bem xuspeita, despois do capataiz di Fianna fazer
suas tarrefas, enricado com florestas antigas de queridos plântanos holan-
desses entremeados que floram dos montículos de trutabeça, vaidosovão
de suas calçolas graçitagarelas com qualquer Wilter ou Walter que iriam
como ela fazer como Izaque que fez cócegas em sua vara e ver suas
anáguas de suas apatetadas águas e lá agora pedr-
arrepios (que a sua colcha doure levemente sobre sua forma son-
olululenta!) Quemprati mente teu último pela ira do Brejo, como o
primeiro golpe Huno na cama de teu triazul Donacuem?
Melhor. Foiprater o céubterrâneo, ou o paraísso
dos molhes o que provavelmente também foi uma inversão de um falofarol,
destinado a fomentar as culturas de gengibre e a melhorar o comércio turístico

(seu arquitexto, Mgr Pérrilachèsi, tem sido obchecado para que não

[76]

ficasse petrificaldo nonuncassim enquanto os contratantes Messrs
T. A. Birked e L. O. Tuohalls foram feitos invulneravelmente venenerr-
áveis) primeiro noeste, nossossenhorimago, Castlevillainous, abertamente
amaldiçoado e explodido por meio de uma hidromina, sistema, Sowan e
Belting, explodindo da reinventada bombazuda T.N.T. até
cerca dazonzetrinta desponteirasas (*circiter*) para estrelar placas
de seu aéreo torpheto, Auton Dynamon, contactado com o ex-
pectante campominado por latas de ammônia melhoradas
blindamurradas nela, e fundidos em cabos trifásicos, escorregando
por eles da torre de conexão abaixo pra dentro
das caixas de fusíveis da bateria, tudo diferrindo como relógios de chaves
desde que ninguém aparecesse pra fazer a sempre mesma barba, alguns
dizendo que seu Orrológico marcava Siguistrigos pras nove, outros assegurando
que como o de Ryan queram dinamarquêis pras finco. Ele depois sem-
pre que seu melhoramento começou a falhir com sua cascáspera e
rouquefenhando e, passosapoços, ele saproximou (pòbromem!)
cuidadosamente alinhavado ao ferroconcrete armado com tijolos rotativos e
argamassadas, faceàfoça, e se retirou sob a heptarquia de
suas tourrettes, os Cambons, pordiante, touro e leão, o branco,
o armário e o sanguinário, tão encourajador (cujuntos, como se todos
os chapéus crescessem!) fora da cabeça negociando conselhúteis adi-
cionais que foram sastisfeitos de leidecantadas dahora como a
União Criadora, Guilda dos Mercadores de Grampos *et*, a.u.c. pra-
presentar a ele com pompa funérea, metalém disso, uma laje
tumular com o habitual endereço e discurso de despedida a la Mac Pelah, com-
ui justas palavras de falsificação adãomológicas: Fazemos nossa

idaozinferno com tu, Herr Herewhippit, maisdocaqui. iskindô! Maisascoisas transbordamloojas! Xoudecaixões, papèisdembrulho, bons esquifesjustos, urnas cinerárias, rosários abançoados, boilachinhas, uixquirlandêix, vasos lacrimais, caixepûz, caixeirosinhas, quebraqueixos, petiscozitos, incluindo-se assuassaúde, sarxicha virada e carneirinho macerado no garfobifurcado e nesse assunto, inté disinfetante, todo tipo de inumacionário bricabraque para adornamento de seu vidrotônico honofreno, foram, com esses teréns koantidianos, seguir naturalmente, allah!, no cursordinário, permitindo que o vagamundo vagamundeie assim com

[77]

eles, pra viver satisfatoriamente os pressenìs dias de sua vida de opulência, ancião antes da decrepitude, última doação última mansidão, até o empanturramento, embora a embarcação embale o enquanto (*hypnos chilia eonion!*) Letembalando entre explosão e reexplosão (Donnadáugüa! Troatrovão!) do brutirol à megavara, embalsamado de grandidade, rico em morte antecipada.

Mas cumpla o selfisso do Belzebu, ressurgindo apòsaqueda. Raiazulxispando de lá, reconhecendo as marcas das dobradiças dhabitaçãozinha, enterrado na covanca em Gerrináão, proliferando através de toda sua Anteriqueza, pontoaponta, valeavela, e revisitar a Supercrosta Sidérea de Utilitários, a divinal, o acumuladoroculto propagundando seu prugenitor plutopopular de potes e panelas e pô!queres e procadilhos da terrinclinada à terralavrada, e da espirrolândia à esporrolândia.

A outra ofensinva primaveral nos altos de Abraão pode ter acontecido por accidente, Paidrenosso, (pro Bredabruto perendurar pra pressuadir-se a si de ser

si mesmo o sepultado e o assassinalado Cian em Finnópolis), não tinha
sido nem três mônadas em seu tumulaquático (que vigilantes e cavalandantes
assim brindem vinhespumante cum patata frita!) quanta
portrifacção, sempre dreyfussidade, começando a subirssubirsssubir, o
homenino ressaqueante. Uma piscadela deu o sinal e sua ben-
ção e o papel libertou a imundação. Por que os patriziados o assustaram
com seus grunhildos? Porque os druivas estavam almiscarados na
porta. De amplos campos Celtíferos (a iniciação de uma concessão por uma
questão de argumentação que os homens de ambozoslados da Ir-
landa Sulenta e Vetera Ulada, azulados e pilulados, douravam a pílula
Com o Papa ou No Papa, haviam, mouros ou louros, grandideias,
grunhilvos) todas as condições, pobres contra mergulhados na merda, todos, claro,
puramente na dofensiva desde que os eternos estivivessem sempre ao
lado deles o tempo todo, foram todos atraídos pelos Botões Pretos
de Belona, outrora Valsalã Brancã (Isso, quão derrotados,
malfudidos e malpagos!) alguns por falta dialimentação adequada
na juventude, outros pegos no ato honrroroso de fatiar
a carreira da família e cavardores in cunjunção; e, se emaciado
o suficiente, a pessoa assim agarroteada pode ter sugerido a quem quer quesseje

[78]

levar o presunto de, a planície envolta em escuridão, brincando
circabaixo, aindanão, mesmo sendo o primeiro velhogabundo de si mesmo em carnosso,
uisquisitos encarnadíssimos, falsorecido como qui era
valentão na colina poronde tinha circulado mui livrimentre as suas
oposições e a sensação de que a hibernação Maestre Ewaca, quem,
antes dessa videsmedida, tinha sido conhecido por seus dias barmi-
cidas, dito cozinheiro, entre sopas e sapores, pra sair
do seu compròprimento darcoíris trutatortas alattartares onde nenhumem

nemolher nasceram, nemfrio, como brebêcristado, devora
suas trezenas de carpa por dia, ia, em poucos mino-
minutos (a misturuda, Forcassufoca-o!) ficou, comossalmão
saltando esse tempo todo secretotalmente sugando e
alimentando-se de sua própria gordura malajeitada.

Senhoras não desedenhavam dos férreos tempos dozabetos;
ciudade (chamada depois de Danaduna) quando um a mago era um a migo
pra se carregar, como os lacraurícolas fazem com seus mortos, quando o chão da bola-
torrão donde de feto devemos aclalmar o declínio, nosso legado ignorado.
Vênuses foram cabriolando temptatrixes, vulcões golfavam erupções
e todoomundo mulheril camisolado invariava. É fato, qualquer humana
que você gostasse antesdomeiododia levava seu parideusnudo
prafora, ou um pardeles, (ludodeus! logodoou!) e lindamente orou
prele (ou comeles) cadum a seu gosto, a própria sorte,
todos tapando a peteca do tapete persa. (Tagorje!) Poronde
ela cortezejava gamando com quem ela querias-
secassar! Carramanchão, caçambalde, caravana, cova? Coche, carruagem,
carrinho-de-mão, carrodestrume?

Keitiforçuda, a viúva (Tiptiptípica!) – tirou uma foto da ruela pra-
nós, numbroso driáriodrama, brilhante e mui vidual, duma velha
lixeira quelacheirou, numa casinha familiar de relvapedrenta com
titicas de galinha, bichanos fedidos, cocô de vacão, feche-
tais podridos, lixos purulentos e baba de mendigos, se não
pior, emitindo germes salmonelíticos alegregamente pras
ferreirentas chapadas – Viùvaforçuda, então, fracafrancamente
se voltando praparede (Tiptiptitica!), fez toda varredura do douradia
do bom Reidículo Hamilento embora sua pobre vassoura
limpe mas parcamente e sua vazia afirmação entenda que,

[79]

não havendo desvios macadamizados naquelas antigas noites necro-
politanas em, salvo um futibalter, Calçada de Bryant, bordada
com velocidade, como um fungo branco que azeda a madeira, que
saiu de, sendo espancado, onde o autor foi atingido, ela
largou, como catadores, comoscatadores fazem, sua
sujilixarada perto da Serpentina no Phornicox Parque (no seu tempo chamado
Fontebella do Sacrossaco mas mais tarde dito tãotalbaptotizado Purga do Pat),
esse camperigoso recirculado carnimateiro onde fogartifíciosos de Oh
Flaherty envolveram um castanhudo dum castelopato e aarqueiro
turcaturdido, tudo sobre pegadas fósseis, botasmarcadas,
digissinais, coto-veladas, culotes, a. s. o. eram todos suces-
sivamente traçados numa descrição maisquenvolvente. Que tempo
maissutil esse damata castanheirenta lobisomuda castramentada pra
esconder uma lombarrada de Quintafeirhomen's mãorcados ou uma cartadamor,
perdidamente nela, issosseria luxúria em Ma, duquintãoquandu embarulhando
seterminou daqui donde a raça secomeçou: e as quatro mãos pre-
viram o primeiro bebê da reconciliação ser colocado em seu último berço
do lardocelar. Se jogue nisso! Não mais queisso! Então passe
a picareta pro pirralho! Ho méns!

Prouvir o Alltíssimo falhar pros krishnistãos como proparganda
fèzuda de suas ágüias nupciais com seus bicos de rapina: e
cada morfinicomem nosso, pomoporpoma, despenca dentro da
terrina: comuera será, dissêle! E é como se onde
Agni arinflamasse e Mitra amaldiçoasse e Shiva matasse commaya-
mutras e as águas oblívias de nossa noárctica memória se retirassem,
sinuosamente indouvindo alguma cãofusão dum padre
pedra, flamengofã, o vigia do vento que acendeu o fogo

secular na floresta que Jove inflamejou com sua palavra rude. Posseidão O'ondudo! Leva essa pedra sangrenta pra lá! O que tais fazendo, sua sujigaita, com esse trabucão de pé no curso? Desliz ao redor, tu, no raro mi dos ministros! E, tucê, leva de volta esse barril onde o pegasses, de Mac Shane, e segue o teu caminhoca, Estrada Chapéudabarra! E vaza! como eles vazaram, os centavachantes, uma escola inteira de cambalacheiros, com com suas faixas voando atrás deles, esses pequeninos pirilamputos! Aqui-à-cappela! Um Lucans, por favor!

[80]

Sim, a visibilidade dos vicinais se invisível é invencível. E nós não invadiremos seus campos de cevada. Olha todo exxexuxu! Fluminenxe! Se essa foi a batralha de Hannibal foi a trabalha de Hércules. E faminlhares escravos não-emancipados a caminho. O mausoléu jaz atrás de nós (Oh, Adgigasta, *multipopulipater!*) e há milhasmarcos em suas cabecimínimas vaulcilando ao longo da tramatraço por Brahm e Anton Hermes! Per omnibus secular seekalarum. Améin! Mas o passado nos deu esse presente de rederroda. Antão mais ermão O'connell! Embora chuvas-sumido, você está rinescondido. E se ele não é Romeu você pode filetar seu chapéu. Fica incimabaixo do templo de Saint Fiacre! Pensa!

Foi duro perdurar por lá, indamais nesse desoludido e bucálico pontofriento, então rupestre, ressurgindo agora que é, que Luttrell vendeu e Lautrill comprou, na sela de Brennan (agora Malpassoposto?) posso, viceversando da verdadeira vicilização, não onde seus sonhos topam seus traumancos (Abaixolá! Abai-xulé!) mas onde vivoterrou alémcorrente a verminha do selvagento, pradossalado com a inundação, que o atacante, um contratacante, embora minimediano

e entre cores com verdadeira natividade corajosa, engatou o Edver-
sário que tinha mais em seus olhos do que em suas pernas mas que por
saquear saquê, ele confundiu na chuvarada ser Oglethorpe ou
algoutro tolo, Parr aparrentemente, a quem a cabeçalcanha-
dinha frangovalada tinha alguma semelhança com Miguelangeloseco,
fazendo uso de linguagens sacrílegas ao defeito quiele iria
desafiar, suas homospheras para exterminá-los mas ele
canonizaria o b – y b – r da vidafora dele e preparar
contritão inteligentemente como o b – r teve o seu b – y rezasnoturnas
ditas, três patreconostros e um par dinvermarrias (*tout
est sacré pour un sacreur, femme à barbe ou homme-nourrice*) ao
mesmo tempo, de modo a pluggar bem os bebêchorões foantasmados fora
dele, pegando o cabo de uma barra oblonga que ele tinha e com a qual ele
geralmente quebrava móveis e fazia uma bengala prele. A borda
do incidente prèrrepetiu-se. O par (seleseram Nippoluanos
apreciando Wei-Ling-Taou ou se Razzkias tentando reco-
nheicer o general Boukeleff, homem não há que o diga), lutaram
apairentemente por um considerável tempo, (o berço bamboleante igualmente

[81]

a um e opostamente ao outro na lei de captura e
recaptura), sob as regras do TudoTodo em torno do livrossalvante, lutando
como nababobados roxapressados, (Servos Sexcrementados do
Fervor Divino!) e no curso de sua rixa o sineiro,
que tinha aberto sua famosa marmita pra mendigar, disse ao mineiro que
carregava a larva (um termo conveniente à destilaria portátil
que consistia de três tonéis, duas jarras e várias garrafas embora
não tenhamos dito nada inflexível, ambas as partes têm
interesse na aguardente): Não enche o saco, Pautino! Mal te conheço.

Mais tarde, apósapausa solsticial pra refrescamentar, o ho-
mesmo (ou um diferente ente novinho do mesmo salaminho) perguntou num
vermiculoso xorri-queixim-xeim feim: Foram seis vic-
toliósos quinze pombos apanhados forra focê, me conta-me, meu camalada, por
pipocantes dezfaltantes meses atlasados? Houveram algumas
tentativas de colidibrincar e várias de converter pra melhor parte
de uma aghora maneira de resolver uemblema (nós
reconhecemos imediatamente nosso velho amigo Ned de tantas cartas
malinformantes) cair no intrusor que, tão preso quanto aquele gato àquele
rato naquele tubo do órgão da cristigreja, (fez a inimagem da
Menina Nuvem Pensante flutuar acima da joveluz charmosa num
serpenteante rabodeporco?) sobraonde se fez amigável e, sem falar
da camisa rasgada, se precisasse, jogar uns bastões, todos
de lado, se seu companheiro ficasse engripado ainda à in-
venção de sua caixaforte, com uma tenacidade que corrembora seus
mútucos direitos territoniais, e acontecer de ter que pilhar e mandar uns
dezpaus trocados pra ele nesse momento, adicionando à sorte
então, que ele pagará os seis vicobres deventes, sacou?, fora o que
lhe foi levado pelo homenstruário em Yuni ou Yuli passados,
me seguiu, Capita? Pra isso o outro, o Billi co'a Boula,
que tinha mãemado e maulhado até que (pois ele tava hesitante,
carregado de excelcismo) divertidíssimo respondeu: Uuhhuu, ocê
ficaria brutalemente surpreso, Hill, praprender isso, comacontece, Eu
não tenho honestamente mais que um pila, nem uma chancinha di
um dindinzinho estralando em algum lugar sobre mim nesse môo-
momento, mas acredito queu consigo ver meu caminhoante, como sugeiririas, em
sendo festas Julhinas ou Judientas e isso é muito doido, filho, pra você

[82]

quanto a lebre é pro chapeleiro, mano, pra mim, procê adiantar algo
como quatro ou sete mangos entre pular e aprender o que
vosê poderia muito bem ter, baixim, pra comprar um J.J.e S. mas.
Houve um minuto de silênios antes de reacender a memória do fogo e
depois. Coração vivando! Que na primeira talagada alegregária do uísca-
beludo o pavio das orelhas ficam pinipicando, o pistoleiro famélico, cambali-
cravado, torna-se estranhamente calmo e franco por todas as suas banhas
porsenais que o espinheiro de toda ela possa ramificar-se na Ela-
fônica sua lux pontudex e devia ser bom prele verrão
marx meu palavrarrão, pruma lasca do velho Flint, (no glossário
Noiteano que fornece raízes aprioripirócas pra línguas aposteriopirócas
esta é a naitalanguagem semdessentido doimundo e pode ser tão bão
kishes como esproguetes como deixar de certificar que o
troféudeguerra ceifou algumas vidas muito cedo com algo parechido a um
jarro, pra quê, caralhado) e obxervando em langorróida, aparentemente
muito mais saxtixfeito que a língua poderia dizer nesse comecinho
dessa vidinha nessa prèprova do Banco Dunês pèrolamães
e o fedelho pra lavar o que ele vai nutrir pra si mesmo no
Vaca Ruanda em Talagadas e depois no Mulherão em
Tilintar e depois de lá no ContracaminhInn em Pedrapreta e, primeiro
a cair, último a sair, onde o apetite fica mais fino, cumer,
frete funébrio pra farra e satisfação real, Adão e Eva na Rua Dabundância
pra graça e caragem da rainha Bunduda, por sua vontade e testamento: Você
colossalzinho sulabatido! Eu te conheço em qualquer lugar, Decliney,
deixe-me dizer-te sincerramente fora ou dentro do lexicão da vida e
a quem diabos mais, mesmo sendo esse remendo branco na bona parte!
Goalbola, eu acertei esse dialito no dieleto da noite das noites, que golaço!

Minha chapeleta, você tem algum Alemão valentão bagudo, solponho! Ele esporrou no seu fausto (axxim); ele encarrou a boa ferrida (pardão); ele empurrou-lhe a pica (amor de fica sempre pica): e tocou seus amigos dali. E, saiu à galinhola Francesa e num partiumfólium de pressas e leseiras, prestes a continuar com isso, extranha mixtura de pax e amplexo ou um poxapuxa praticado por um irmão do mexmo peito, hileluia, mateluia, aleleia, e, tendo ratificado perante o deusdia sua tragotrégua que beligeirava fizeram a xamã-dinha pro tratrado do cunhaque, virando sua tez cervesorvedoura na

[83]

direção de Moscas, ele primeiro se livrou de poucos milstificadores e enxoturrentos e deserteiros com a jurbulância tubular em uma corrida de touros astropelando sobre a pontesuda, cuspindo os denterrizentes, com o sete e o quatro em castracão e seu humaral cegomorcego ououtra incertarma da *lignum vitae*, mas de modo cada vez mais rhumanossanto de um tobogãpopa, ele escolheu manter uma compromissa per-renguenta com alguns rivaltos em algum lugar entre os Perreiras e os Chifritos enquanto o pobre derruyento, que eles deixaram pra trás juntocom o confedeirrado parrachoque se bem que blefeboludo, perfurou meramaravilhosamente tudisso com um enornúmero de consumarentas grandameixas, alazahlém do cóccix machucado, tudo sobrele, relatou a occorrência da melhor forma que lhoccorreu, para es-panto de todo o lab or atório, dando às Paddybandeiras a saudação militar quanto às suas exiciladas d'O Daffi, na justificável esperança de que, na revisão nobilorromana do concluso amplexo sitisfactuório de suas negaciações e o macabarismo engripamentado dein-derivativo, alguma noção ou fomentação de papoulabeças seria janeiralmente exibida às partes, na vigia mais próxima em

Linha Vigário, o solo branco de sua face todo rubrocruzado diagon-
almente com nãofetal sangue mammálico como provasitiva da
seriedade de seu caráter e que ele tava sangrando em auto
defesa (estanquisto!) das narinas, lábios, pavilhão e palato,
enquanto alguns dos capelos de sua capeça foram puxados
pelo Potro doutraforma proutrolado e suassaúde allrededor parecessesser
medianamente dali pra frente como se demonstrou afortunadamente que nem um dos
de seus duzentos e seis ossos e quinhentos e um músculos
em seu corso fosse um pocado pior praquela pancada. Quenhela?
Agourentão, deixando as cinzas irem-se, metalmúsculos mental-
fazidos pra derribar terranascidos e rochacristálicos e destruir o invidrado mas
uisquecendo gradualmente as nossas poupançudas revoltando às aqua-
mãmães muitas milhas do banco e Dublinpedrado (olimpiada
até a décima primeira dinastia prenricar aquelas todasdolentes Hamr-
risadas) e para a questão ilegal do binheiro obter-se uma
parinflafurada claptropa guardafogo cropulando ainda
no ponto mais assanhadado das inclinações políticas das activicidades
de nossas cervadiantes, El Don De Dunelli, (pode seu navio de pau-a-pique

[84]

semarranhar no garrafundo do rio e toda a trampulância estrancada nas
cracas dos mares!) quem, quando dentro do seu pretanelunhoso,
senhor, de ser equivocadamente emboscado por um ugaugaveda,
e tão porta quanto não importer, mãemãe, ser enchoveado de improvisto
quando tugonado cercado comse o PedroPintor quisesse
foldê-lo, foi consistentemente praticando o primeiro primário
e imprescritíveis liberalidades do pacífico sujeito circulado
(sejamos britrânicos, gayrotos, at goodbigbelly and chec as chone chance!)
ao longo das imphrohibidas semitárias thrufartes, abertas pra

bugues e baiques, prandar, rua Wellington Park, no meio-fio
ou com os qüacre impostornostrum no sovaco e uma bengalalpina na
sua vermão, um exercício altamente recomendável, ou, o segundo do
nosso *acta legitima plebeia*, à beira (cuidado pra não obstaculizar
um homem e sua vontade!) de ter assento em um lugar público, para que,
descoberta do Butt, mais a leste (e tudo vai proeste!) das pontes poçasnegras, como
um protesto público e naturalvícico, sem intenção de incomodar ambos,
louvando e agradecendo pela ira enlutada da pombanelada e
temorpicada giboiante e todotudodibom joinha
satisfazido, que ele era, pro clima dos outros.

Mas retornemos ao atlântico e Phenícia Própia. Como se isso
não fosse o suficiente pralguém mas um pequeno avanço, se houve,
feito pra resolver o crime nãossido enigmático quando um filhinho
de mãmã, Rei Festeiro, de uma grande e honrrosa família associ-
ada às indústrias de alcatrão e penas, que deu o endereço do
velho condedado de Mayo dos Saxões no coração de um malafamado
distrito uisquisito, foi subsequentemente enquadrado e acusado
por ambos os condes (de cada ponto de vista equinoxial, a cara
de um sendo o focinho do outro) dava pra ver, voando
pombinhas fora do seu maucacão e fazendo confissões imodstas de suas forças
no campo. Issossim! Issassim! Quando o prisioneiro, embe-
badado em metilido, apareceu seco na doca, cuidadosamente ambrosiaurealizado, como
Karicatura Korduroy de Kersse, vestindo, além de manchas, rendas e
remendos, sua camisa de guerra, suspensórios de palha, suésteres e calça-
carrolhas di pulicial, tudo desverdadeiro (que ele tinha rasgado propositalmente
toda sua simetrimanca raiada ao mermotempo), desposição pra

[85]

sua exceção com todos os fluores do rarorreal vocabulário Irlandês
como toda padrepiscomartina tripiedada sebenta e todo o sulfeito
de cópreras tinha caído dele quartzado inexplicavelmente como as
crystalizações de Avão e Eda enquanto ele tentava tacar fogo com o
palito em simermo, (de feato ele tava pingando como fazia uma des-
pipoca maltada como ele temia na chúvia friia) foi tentado
pela coroa (P. C. Roborto) mostrar pro Rei, *elois*
Pédecabrar, mais conhecido por Méleca, representando um menino escalando,
esfregou algumas manchas de anylivinha mininamoça em sua cara, arronca
e fuça, com uma clãoturfa como melhor meio pra se disfarçar e
se froi pra freira meiobranquela de Mudoforde num Thoor-
dia, feastas de Péla o Pólo, sob os illassumidos nomes de
Penrreifesta e Rabuórca, escolhidos por ele e Antônio de um
guia telafônico, elegido com um porco de raça (sem licença) e um
yacinto. Eles tavam naquele planom Ir novecentos
e noventa e novanos e eles nunca rachachoraram ou pararam de
remarregularmente até que eles desembarcassem os dois em um
insiginificante si, antre camelo e burro, grisalho e pirralho,
padre e podre, madrematrona e megalegre, no meio
de uma barrasca. O encontro, convocado pelo grupo Angri-
cultural Irlandês e Ouroganizações Prepostorais, prajudar o muco irlandês
a olhar o irmão danês na cara e agradecer a
Larry pelo enorme número de totens cristães e judios, despôs
do delúvio, era distintamente um tipo de dispersação quando os maldi-
tijolados não conseguiram nada de bom e depois dos galosmarchantes travarem
algumas enérgicas disputações e comerem um pouco a caminho da porta, os porcalhães,
vendendo mais tarde ao senhor imposteiro porque ela, a Francirmã,

quer dizer, comeu um lado inteiro do chiqueiro dele (do animal) numa
ruarrinha, *Qui Sta Troia*, a fim de pagar, chiar ou chupar
seis doblães pra quinze atrasos dela, da renda do vilão não do
roncão.

Evidência notável foi dada, então, por um olho, orelha, nariz
e garganta da testemunha, que os capelisseguidores de Wesleyan suspeitaram de
que fosse um padre em trajes comuns W.P., situado em Nullonulla, Quarteirão
Médico, que, despois de baixar a batina e a verdo-
lenga paz e tendo sido cautelosamente advertido contra o bocejo enquanto

[86]

estava sendo grelhado, sorriu (ele tetinha tomado uma talagada na despedidose
na Sra. Molroe na moldrogada) e estatuiu arrancar o seu
submorsebigocento (zulivre!) que ele tinha dormido com uma boafèzuda
e que ele estaria lá para rememorar o finco de Nofembro,
arrerrostando, enrolando o O, que, com os jibuleus de Juno e as
datas da veulha lânsiedade, iaindo, graças ao Mandachuva, pra
decembrarcar dentro das ephemédires da história profana, tudo num
Houje, Auntem, Omanhã, e uma caisa que seria
porcicularmente acatacar uma pessoa com poderes tão intensamente
observadores como Sam, ele e Moffato, embora não haja razão por quê,
o impressionante sobre isso foi que ele ficou patrificado ao ver, ouvir,
saborear e cheirar, àquela hora da noite, como Yacinto O'Donnell,
B. A., descrito no calendiário como misturador de pintapalavras, por
parte dum gracirrapaz (Gaeltáctico de garfodido) na verdura
da hora das vinte e quatro badaladas solicitou (o cassidão do
paviocurto!) saquear, socar, apunhalar e abater comumamão
os outros dois velhos reis Gush Mac Gale e Roaring
O'Crian Jr., ambos mutantinhos, não-lucalizados, sem endereço e

incomunicáveis, entriele e quiem, desde a pan-
cada antes de Mise de Lewes, sangue podre existe no terreiro
na borda trespassada do boi ou porque ele primepartiu seu
cabelo polartido de duas maneiras, ou porque eles foram formimofados
et grupoceifados sobre uma rascante noveleta, ou porque eles
não podiam dizer muluco (mudo e maluco) maduco. Os litigantes, ele
disse, congressistas e Donaldos locais, reis de uranhas e já-
mentos, reis da lama e conservadores, até o rei bode de Killorglin,
foram ovocionados por seus partidários na forma de mulhores
com cabelos arcurvados di Ruivogenuinamente rubros, agitando
os belos carmesins e guinchando do alto da torre de Isôda. Houveram
gritos grosseiros na corte e dos filhosdedublins nos
mentrenaiscidos de: Note o banco de Mick Banagher, senhor! Pro-
duto O'Donner. Eia! Exiba as relíquias! Bu! Use a língua-
mor! Chega de lábia! Mas isso escoa na Mortalumana Corte
da Cenescura através da cruzanimação do endurecido testículo que
quando e onde essa faca das facas o emboscava arvorada foi
colocada (aproximadamente esguichando cerca de meia hora entre escurecer e alvorecer,

[87]

pelo Tempo Médio Europeu da Casadágua, perto de Pari Pensi,
alto chefe semprevirento e àrborecainte na terrasenil) não
havia tanta lualuz viuventa prescurecer o altar
duma criança. A mistura, portanto, foi abruptamente abordoada, e
da belhor baneira bossível, como se ele fosse um daqueles
bagaceiros sortudos para quem o audível-visível-conhecível-comestível mundo
existisse. De maneira que ele estava mui cognitivamente conativamente cogitabun-
dantemente certo disso porque, vivendo, amando, respirando e dormindo
morfomelosofopancreatiticamente, o que ele fez mais significativamente, sempre

que ele pensava ele ouvia ele via ele fazia um sino badalar-
badalarbadalarbadalar. Se ele tinha praticamente certeza também de seus
bofes e ferdadeiros nomes nesse negócio de rei do blusão? Que
ele era pediculasamente assim. Certificante? Como um qualquer um. Não minta! Seji
só comeu fui. Foi a Doença D'Alguém? A'Quanto. Filho
do Zsábido? Um sátiro enquartando. E como o sr. olhiosverdis
chegou a B.A.? Que era como a piscina dele. Um caçador
envesgado com olhos estranhos, aros auflorados, niriz
inquilino e uma bouca contorcida? Bem poderia ser. O que poderia abocanhar
você em dezjardinhas quando na eestrebarida? Bollera obrera. Também
tinha algum majar? I guiness. E pernas trambulhentas, rubrohipinomi-
nadas Helminghan Erchenwyne Rutter Egbert Crumwal Odin
Maximus Esme Saxon Esa Vercingetorix Ethelwulf Rupprecht
Ydwalla Bentley Osmund Dysart Yggdrasselmann? Sagrado Santo
Eiffel, a ferdadeira phoenix! Foi Chudley Magnall mais uma vez
entre as desfechodatas e a cena muda? Os dois espianças
uapressavam com áugua di Colonha mas a renda de sua rocha
era dos três malvados da Floresta de Vancouveres arqueados
um pauquinho, xtá certo? Yubeti, Cumbilum veim! Um dos lan-
ceiros de bois, hein? E se ele tivesse sido refrescoado pelas
fontes do jogo de recompensa, há – uma – pena –, terracevando e
gorgulhando no barral de Long? Uma perda de Lordeduardo e uma falta do senhor-
filipe um chirurveiro pode sugar mais bolhas gargarejadas
além das cinco lâmpadas em louvor dos Porteirantes. Virgilantes
e marias? Como quem não quer nada, lavando sua folhalimpa na Poça-
suja. Mas, é claro, ele poderia se chamar Tem também, se tivesse
Tempo prisso? Sua bunda chamaria de Tomunda. Quando quisesse? Vencer e

[88]

vem ser. Um foguista tentado a bisbilhotar contra o motorista que
era testamunha também? Sacravatar, como diabos eles
adivinharam! Dois sonhadores em um sonhor? Sim senhorrar.
E ambos como um duelo de lentilhas? Pazisamente. Então foi expulso
de coram polulo, foi? Tenham os poderes que ele teve.
O príncipe em principel não deveria principiar sua pressoa? Mac-
chevuolé! Kamarada kangaréu? Mais cedo, gaulego, ele
diria. Nem desbebadado, justemunha? Bêbado como um beixe. Bergunte
brela se simborta donde ele sesfumou? Não se ele se transforbou
em fleubas. Ejaquiulaciando seus cromossolitários, coça?
Há um corso em curso no crusseiro de novo. A graciosa senhorita foi
sensata, não duvidiamos, nem amarelou nem retocou a maquinagem?
Como ela sempre afazia, Odão, pra mim, não! Quanto a sua religião,
se hão? Foi-tipo-te-ver-Drormingo. Exatamente o que quis dizer
com pederasta pretensioso? Porjacó, apenas um bebum que implorou seu jejum. E
se o portavozante classe-mérdia fosse uma fera vulgar? Ànoite tão útil
quanto um vômito prum homem tosquiado. Se ele tivesse roconhecido zuas
gortes margiais? Naqueles diazemdias ele tinha. Tilialinda, coquesqui-
llliando mencante sem nem portão? Pingudo. Os dereitos
prapastar (Senhorinha Magistra Martinetta) sexpiraram com a expiração do
trouxa do garranhão, se eles não estavam enganados? Que exatamente ele não poderia
contar aos aduladores mas sua mãe-d'água tinha as riceitas para
o preço do caixão e quiele stava lá pra dizer-lhes que
ela mesma era o velocípede que poderia dizer-lhes do katito? Uma lin-
guagem maundarina numa papauda poundarina? Pai da ourder sobre
as mões das prenanciações. Terminações distributivas? E nós reco-
mendamos. *Quare hircum?* Nenhuma resposta. *Unde gentium fe...?* No áh.

Você não tá dançando sobre a era dum vulcano? Senhar, sou feito.
E quantos anus ele tem? Ele tencionava estudar pulu. O que
foi expresso em uma camisa duas vezes trocada e macogamadas pro Finn,
escada tridimansional? Que uma cabeça nas coxas sob um arbusto na
superfície do sol atrairia uma sarpente pruma milhagem através da urze.
Braço passarado cor ducar alho étnico fortaleza tarvez? Seguro e gatunado
e jotalfesado também. Jasão piegas, então, piegasgasses?
Porordem dum pontrífice tão xerto como há um itálico num ataque. Como a golória
num pedaço dincenço? Lialmente e tulamente. Mas, porquesta porqueria e

[89]

dondesse segundo tom, sono-ieti-sano? Ele tinha que se prostar como
buxeiros esfolando a cara. Então aqueles Solasistras, desafiando as probabilidades
do desafio, o tomaram como elogio dos Labouritados? O que desgostou Tob,
Dilke e Halley, não muito apaixonados pelo jogo. E,
mudando os fornecedores, da cuca do rei para os braços
republicanos, quanto à pugnacidade demonstrada na bandeirada ao anteposto
durante a briga em volta do traseiro dos padrefundilhos no regente
do parque chovido, com as escorrestrelas e os escur-
rológicos, como apelaram a elentão? Foi a noite dos incendiados
de todos os bettygallados. As espradas de miqueimiguel estremeceram
através das ferragens dos fionliães e os necanicolas sengarfanharam
brindando com as pontas das tinnislâminas. Será qué luta? E
foi. Fluta. No sítio do Anjo, cêdisse? Gina-
gapa, ele disse, entre o que disseram e as bichuranas. No
meio do terrardim, então? Onde não tocam. O ca-
sal devotado era ou eram apenas dois solicitrantes no
trabalho da classe desafortunada no forte da montanha de Saturno? Foi
só isso, crisso! E Camellus disse então a Gemellus: Eu te

conheço? Ferpeitamente. E Gemellus então disse a Camellus: Sim,
seu irmão? Absoletamente. E se era tudo sobrisso, notório
senhor? Sobrisso e aquilo. E se ele não tivesse aludido ao todo
na parede? Que ele era o que era quando não estava iludindo toda
mulher. Brevemente, como o começo finalmente o descobriu agora?
Como a racha que rachou o banco em Multifaranán. Se ele
detonou com o que eles queriam denotar? Maldita supunhetação que ele fez.
Thos Thoris, Thomas du Thom? O rodacismo canalha em Roebuck-
dão. Surtopical? E subhumano. Se foi, na linguagem jappa-
neusa, ah bah clate? Oo! Ah! Olhos e orelhas de Rhian O'-
kehley pra deixá-lo tertiliano, erramos? Chocrante! Tal como overo
pirssórreillis é uquele poderia, que ele nunca poderia, que ele
nunca poderia naquela noite? Verdealmente e rualmente. Bladyughfoulmoeck-
lenburgwhurawhorascortastrumpapornanennykocksapastippatappa-
tupperstrippuckputtanach, é? Tátudobeim.
Putish que meredrich! Mas uma nova compleição foi bosta sobre
o assunto quando o tripunal perplexo e não-condenatório
(onde o juiz púnico puniu com a pena penal) o sênior

[90]

rei total, Pinguço Festeiro, assim que a camada externa de estuque-
muco foi removida a pedido de alguns jurados vivos,
declarou em um estrondo de proesia, através de seu Britônico intér-
prete juramentado, com os fotos de um buinto felix
datal, considerando que se notem as relíquias dos ossos da
história do jovem que foi comido por Cliopàtric (a porca) princesa
dos porconfinados, diante Deus e todos os seus honoráveis reis
habituais que o que ele iria jurar para o Senhor de Dundal-
gan ou qualquer outro Tierney, si viver porseguindo sobriele a

certeza de que não surrupiava e que, mesmo assim, o que foi depositado
daquele olhorelhanaringuludo ferintestino, ele não disparou
sequer uma pedra antes ou depois de se renascer naquele
momento. E, incidentalizando que eles podiam falar sobre Markarthy
ou podiam andar por Baalastartey ou podiam se juntar à festa
vezinha ou que venham pra Porterópolis, este sacador tinha que
confirmar com o cabescoço balançando sobrele e sobrevoltando pro seu
noroestre pra protestar aos seus labileitores com um muitobemlimpo
desbarbergonhado, perpendicularmente ao raiar do luar, na mesma trilaunada
que ele iria comunicar, apelos ao juiz, ao Sinhor Josus e aos
senhores do Júri e aos quatro Mésteres que tinham sido todos
esses filansianos daquele bom papo de por que ele deixou
Dublin, que, amortalidade bebendo em copo destinado, como um Ilhandeix ser
tão bom quanto qualquer cantãonatal, se ele fosse na freguesia fresquentar o bife do
mercado
antes do amanhecer do luau, ele nunca devidaria pedir pra ver vendo ou
a luz deste mundo ou de outro mundo ou de qualqueres trambos mundos, de Tiran-
Ovos, tão certo como estar naquela jacaixa nesse minuto, ou rai ou
vacha (não obrigado procês!) o inexaustossível chifre-
brinde de tóti uiskáguavivante salta pracima do lume do finhecido ab-
deus do fogo do comodovente dos falcões com seus heróis em
Gherrohorror se alguma vez em toda sua exequadrada carreira ele levou ou lavou uma
mão à chancelaria pra pegar ou jogar e assaz sinar uma estocada mortal ou pedrada
no homem, ovelhavelha ou exército da salvação antes ou depois de ser
butizado praquela hora santoada e abençoíssima. Aqui,
meiajoelhado sobre o Castelnócuo tentando canhotòlicamente
cantocar com as patas e fazer o santossinal da Deuzélica Ro-
mana fé, (Xquibom, zaúde! – em seu excitamento o menino tinha

[91]

quebrado oxthril Castiliano em que toda a audiência apadri-
nhada o perseguiu como *olla podrida*) irrompeu alta hiluari-
dade dos proprietários do infernalão (Ha!) no qual, sob a mollie-
ficação do metamé, a testemunha reluctou, mas como sempre tão
indelicado e indecoro a si juntou-se. (Ha! Ha!)

A hilarrisada Porconclusão foi comjustada comprecisão
ao tomtristão de Tintafresca como se fossem *isce et ille*
iguais e opostos, envoltos por umamesma força da naturaleza ou do
espíristo, *iste*, como a sola condição meio de sua delela,
manifestação e polarização pra reunião pela sínfese de
suas antipatias. Distintamente diferente eram seus doistinos.
Enquanto as barçonetes, (uma solteirona trentona, uma contudo
lunarizada) quando a acônita mirrmirrou: Shau-me o posado:
tremido e tremado em torno do prontamente pressionado,
nomeando-o pro prêmio suíno, elogiando-o, a cativante
juventuda, tendo todos os sentidos em si, enfiando chacintos
entre seus cachos (Ó finhos! Ó déuses!) e dando bechos nas
pochechas, suas maisculinas Uirlandeixe Rosadas (sua coragradalhável!), e
balançando ao redor seu simpático e novato pescoço pra ele e bilizzicando seu
pulãver de lô, como seu eu era neném não tinha talco mamãe passou açúcar
de candy em mim postrando um fluido certeiro pracreditar em todas as jovens
incansáveis daminhas e enviar cada guloseima em seu momento. Oméns. Mas não
passou despercebido pelos presentes, seus cultos, como, de um entre
todos, ela o deputizou pra o defemar ao Clube Lunar das Irmãs
Celibotárias, uma putinha apaixonada, só, sol, solitária, Gentia Gemma das
cordilheiras de Maquiridiculins Riquis, ele, pálido e empalidecido em sua desmist-
urada admiração, parecia cegamente, mudamente, insípidamente, intáctilmente, enamorado

com ela sobri ele num brilhiante misturamento, o vexaume de xeu xexo
xe movendo dentro da xota dela, (xòvemmente, bonitamente, eele
é o cara dela e ela dirá pra mamãe quão feliz ela é) até que
o xelvagem dissexo de xua xexênia derreta mais muxicalmente no meio do
fundo excuro de xeu xekixaum.

E enquanto absortos (pois não era isso, com efeito, o que acabara d' acontecer?) os quatro xusticeiros xuntaram suas asas, Uncius, Muncius, Punchus e Pilax mas nada podia ser pior que promulgar

[92]

seu permanente veredicto de Nolans Brumans ondumdepois Rei,
tendo estropiado todo o Anglês que ele cunhecia, esvaziou os bolsos
e deixou o tribunal sem grana, arrastando sua túnica Semumúnico
na pressa, alimbaixo expondo orgulhoso o remendo piscante para os
britolos pra provar pra si mesmo (sié quimintendi!) um rael gentílico. À
guardapolicial Suíça da cúria mas ao cortecortês: Commocêtáhoje, oh
cabeluda, Arthre Gennerosa?: o afoagüólatra returgiu com um tal
bafodevinho de quarenta e dois anos com presuntucru tanirubrazêdo como seria
o estômago de lata de um tomás deqüino (estávamos preparados pra um chapa clapa capa, o sotaque, mas, nos pegaram de surpresa,
e agora estamos esguichando cheiro de gás como um lampião!) de modo que
todas as duasdetrinta advogatrizes inheco, puxando suas calicinhas
em gritinhos de güerra: Shun, o homem Pum!: são e salvo como
futebol fenemino do Pariche Posudo, (comousa!) unsspromptus certaminhos improvisados, muitagradicido, demosgrácias, a todas as falsias
donatrices, bissando Drinquedos Danosos a Domicílio onde, (tal qual
o verdadeiro filho de Vênus, Esaú é tímido como as queridas pombas dos
Fundilhos) ele cagou em (zoo), sujo como pau de galinheiro que ele era
(dun), os caçabellos peitinhos conclamando: Vofê come o bife do

feu bafo abafando até as fobras do padre-nófo! e gañogritano:
Hon! Verga! Nau! Puto! Vara! Chama! Xaimes!

E assim tudo terminou. Artha kama dharma moksa. Pergunte a Kavya pela chávia. E assim todos ouviram sua lamentação e todos atenderam a sua queixa. A letra! O lixo! E como é doce o amargo!
Da sobrancelha lapisada ao lábio desenhado a canetintas. Emprestando uma palavra e suplicando uma pergunta e roubando mecha e escorregando como sabonete. Da sombria Rosa Lane um suspiro e um lamento, de Lesbia Louche o feixe em seus olhos, da isoldada Coogan Barry sua seta da canção, do anagrima de Sean Kelly o rubror no nome, de Eu sou Sullivan aquele trompeteiro trapaceiro, de Sofrita Dufferina o Assento do seu Estilo, de Kathleen May Vernon seus justos esforços taliveiz, de Fillthepot Curran seu uiscuspido macreteiro, do hino Op. 2 Phil Adolphos o cansado O, o desconfiado, O, de Samyouwill Leaver ou Damyouwell Lover aquele alegre caco velho maricas ou aquele enfarado flanar por, de Timm Finn again's wiki as tribos, pedra di fuorça nos juncarcanhar, das núpcias

[93]

no verdee, ameninadas, a grendeza dos joyninos, de Pat Mullen, Tom Mallon, Dan Meldon, Don Maldon uma paulhaçada no picnic feito em Moate por Muldoon. O robusthomem salvo pela mulherrabuda. Piadacacarejante longe como uma carroça em chamas. O olmo choraminga no cume quando a dita rocha geme quando tangida. O vento requebrou. A onda arrebentou. A pena escrevinhou. O criado recorreu a isso. A mão rasgou e a guerra foi feroz. A gaumlinha picou e a paz foi prometida. Foi dobrada com astúcia, selada com crime, amarrada por uma puta, desfeita por uma criança. Era a vida mas foi diva? Era livre mas foi livro? Os velhos avarentos da colina a liam pra perlição. Ixo fex

mamãe tão falaxlix, tão axuxtada que exfregou uma lux em Shem
e expôx unx vexamex in Shaun. Ainda Una e Ita derramam fome
com a seca de Agrippa, o propastorado, e embruxa tripulações
em suas lamentações. Ah, fruteme, frutreme, tímidas Danaides! Ena mêlo melo-
mén, frai é frau douce tamém, douce é dous quando dulce é dóis,
ana mala nous é nóis! Um par de sicopantas com olhos amigdalenos,
um velho bajulador abobadado e três intrêsmetidos
escondidos. E foi assim que fram sim from som, uma cidade formou, finfinfonfon, uma seta
sentou. Agora diga-me, diga-me, diga-mi-já!
Quequiéisso?
A..........!
?........O!

Então aí está você, onde el estavam, quando tudo acabou outra
vez, os quatro deles, sentados ao redor da câmara de
juízes, na sala de munição da cadeia, sob os
susplícios de Lally, em torno de suas tradicionais mesas da lei
como Tantos Solans pra recontar tudinovo. Biém e
verdadeiramente seco. Sofriendo a leisseca a fórceps. Acorrentado às evelynes do rei.
Então babuje a cabra e beije o bode. Festas e farras e fanfarras e
sua beterrosa betedada e não sesquecer nunc
a'duna o'darnel. Os quatro deles a agradecer ao tribunal agora que
não há mais deles lá. Então passe o impulso pro saquê do porto. Seji brevi.
Ah ho! E você sialembra, Singambôbo, o maupai, o mesmo, o
grande Comotichamam, e seu antigo apelido, Sujo
Paizinho Patalonas, em seus monopoleuns, por trás da guerra das
duas rosas, com Michael Victory, o padre xamã, antes

[94]

ele pegou sua dispilsação de pepel papal, velho Minaça e
Catedral de York? Mimporto? Eu mimporto com o charro de chomem como mer-
da desgostosa de Ballybock numdia divento. E as gracinhas de
O'Moyly e as rossadas de O'Briny rosando suas bluchechas e gra-
cejando com ele. Como cê vai, todim, Senorte? Entre no
cameunho! Ah, casamada, peidoa-lhe! Foi pelas baías! Quando
ginabalde medrabalde! Yerra, por que ele iria notar aquele velho
gasômetro tossitussindo cofgolfandoálcool e
todas as aves do sul depois dela, Mijona Cunningham, a sua
queridamada divorciada, jimmies e jonnies pra ser seu jo? Sigura
firme. Há outrês cantos nanossa ilha di curtiça. Claro, posso
sentir a telecatinga do H2CE3 que o meunicípio
sente de longe! Beus e eu aviamos tão bem o nariz como aufaço, subi-
descendo por Kay Wall do 32 ao 11 com seus sacavalos esverdeados
cheios de semente de gergelim, o Whiteside Kaffir e seu analisador
deflúvios e sua centepintada voz, bafejando sua trovoada
com seu grande repolho marrom! Pá! Bemsandobem estou veliz como pixo
no linto! Abeus, ele dixe, Lanquixidi! Ateus, meu, disseu! Ó,
brisas! Eu suspeidei daquele cara muito antes de qualquerrum. Foi quando eu tava
com meu avovô noeste e elaieu, a garota
ruiva, na primanoite descendo a Sycomore Lane. Fizemos boas preliminares
em meio às beijações brincantes na kurkuridão das
luxúrias. Meu perfume dos pampas, diz ela (pensando em mim)
apagando suas holanluzes, e eu preferiria um tragostoso em
seu purorvalho da montanha do que aguastar meu amoroma com
um grande arroto de serveja.

E assim continuerraram, os quatrogarrafados homens, os analistas, ungu-

am e nunguam e lunguam outra vez, sobresuanexuação
cum-quem-antes e seus ondepois e como ela se perdeu longe
longe à tistância e ele foi achado disfundamente perto,
e os sussurros e os trinados e os ruídos e os
estalidos e os piados e os cuculídios
e os (psiados!) ele estouraçando e os (apressados!) ciaoscaos-
pendentes e todos os escandalcaguetes e as claras gargantas que costumavam
ser (arriba) naquele tempo vivendo e vadiando e cagando e andando ao redor da Praça
Nunsbelly. E todos os matos sem cachorro. E a garga-

[95]

lhada jacosa. Escuita! Escuita! Escuita! A rosa é branca no escruro!
E o nariz de Solface tem rinocerite por infestar as ovas
no escacionamento! E todos os fingidores se finnam pra rimar. E contrabebendo-
se sobre a Leillitrina na collina e Sinhá Nina dos
Nove Corsetes e o véio marqueijo seu avô, e, arrá,
lógico que nunca houve um marcus masécraro maséclaro entre os manlies e
o querido Senhor Armouro, o estranho Senhor Ramouro, e a velha casa de
churpelizolda, e tudo tá tão errado muito antes
deles partirem pro retiro, nos revelhos tempos, os
quatro deles, no Parque Milton sob o adorável Pai Cochichante
e fazendo amortadela com seu estufestufa na langoagem das flores
e sentindo que iria encontrá-la mussimussi, e não foi muito
bom prambas, as putirmãs, *querridas irmãzinhas do corroação*, e (pios!)
confluindo águas mais impróprias (pipeta!) rejando o gardim,
pingui pingue pingo pongue, porfavor, mimãe, posso flerdar?
fazendeiros foram comuna noiva e como a usaram, a medimiraram,
a lambuzaram e cariciaram. Eu difiro docê! Ocê tá certo de si
mesmagora? Cê é um mintiroso, miadiscurpe! Eu não serei e ocê é

um outro! E Lully defendendo sua quebrada paz preles. Pobre mole Lolly! Pra dar e receber! E pra renunxiar ao paxxado! E tudo xerá esquexido! Ah oh! Era muitoo muitoo ruim recair além de sua gentileza mansa em forma de O O O O O O O O Ourango temgo. Bem, tudo bom, Lelly. E apertamão. E derramamais. Pelamor de Craig. Chupe.

Bão?

Bão, nem mesmo o esboço de tais fingimentos na ordem evidencial trazem à luz a verdade verdadeira tão casualmente quanto uma configuração de um vidente cego e seu mapa estelar poderia (os céus o ajudem!) descobrir a nudez de um corpo desconhecido nos Campos de azul ou preescutar como os siamermãos de toda a humanidade sempenhavam (a terra os arrete!) da raiz de algum gagagogo engraçadidinho a todo um sentido mais sensato que os nossos imensos mentalistas especiais detêm agora (*securus iudicat orbis terrarum*) que portal jogado nosso hágio curioso entepanssado mal possa roçar com sua posteridade, você, charmoso herdeiro comum enfim, nós, herdade de sua cauda. Cães de caça de todas as raças viviam como renunciadas cornetas urbieór-

[96]

bicas, arfantes pra correr, dada a ordem, farejando a maminha, ansiosos pra morder. Pegadas! De seu covil de desesterratos além das animamadas corsalândias e Juletidas de Humfritas Caças pra Mullinasma e Pavolândia, então seguindo à direita pra Tankardslândia, ao longe, um urso branco com o qual o Sr. Loewensteil Fitz Urse embassetou com o batedor que senganou e marcou um marrom escuro, perseguindo a correria dos latidos, depois então de Rayslândia e Horlockslândia e, revolobando pra Tankardslândia dinovo. Eu-vi-do coelho hábil dedoublar direto pra Cheeverslândia na correria, através

de Loughlinslândia até Nutslândia pra irventar in Bulies. Mas
reviravoltando no passoperdido, estacou sobre a Ocolina
de Rute com o casacodinverno acolchuado, apontando pra sua hospei-
dagem novelho nordeste na rollareal hessiana uma raposa sur-
da sescondeu na serrapilheira milagrosamente nutricorvada
de barriga pra cima, ruminando, retículo, omaso e abomaso, sobre
(que Allbrarrão tenha seu hidromel!) o creme de cerreja com
canela, Mikkelvariegado, Nikkelguardado. Centos cães
correm pra casa. Perseverança preservativa na reeducação de seus
instintinos foi a refutação pela qual ele conseguiu a grandumberância
no amontoado de spassaunas, dieta anti grudes y gororobas, em que
por vezes cada cidade tem uma rua. Vãolência, viru-
lência e vituperação quase conseguiram ataxcá-lo e re-
duzi-lo pra descarrilar e despontificar, pra enrolar e enrascar, pra irritar
e exumar o grande mogulnata do transporte e suserano das cuecas.

Mas o saque dos hesitantes, a fascinação da hesitação. Seu atake
vira cinza, risobugento esfarrabudo, hesitância humptidampla, heyhey-
heyhey insayey.

Parlamotários murmuram. Reyposa é lerda!

Uns temiam por seus dias. Bocejou? Foi seu estô-
mico. Arrotou? O figo. Futum? Di seus visuais. Bacaiáu? In-
tregui-o, orelhadí! Ele havia posto mãos violentas em si mesmo, deu
no jornaleco do Fugger, jogado, largado, esgotado,
igualmente meloncálico como a morte. Para o triduum da Saturnália
seus servicianos desfizilaram zeus filhícitos no Forum enquanto
a mocinha jenny foi fecilitada roucamente (o Yar-
dido) com azevim e hera e medida com mísseis também por

[97]

uma centena de homenidades e uma gemeção de fêmeas. Bigue foi
o bangue: então o espaço ficou esparso: um relato: silêncio: última Fama
até sob o éter. O narruído ou o calmurro o tinham deixado bem
cego louco de pedra. Foam vaíscas. Ele refugido de novo (abre-te cex-
quemo!) este país exilioso, degradado, sidleshomindo via
caverna subterrânea com estrados, clandestino e anquerrado
num tanque de fundo holandês, o Arsa, *hod* S. S. Finlândia e tava
agora mesmo ocupado, sob um islamítico novome em sua sétima
geração, pelo corpo físico de Cornelius Magrath (nocivelhokarak-
ter, veiopracá cambando) da Ásia Maior, como um Turco do
teatro (primeira casa de todo bemol: o rei, onze notas) ele tinha
desmoedado a dançarina do ventre da opulência de seu porqu-
inho enquanto como um árabe de rua mendigou aos bumpaxás
uma esmola de uns centavinhos. Zios fumbiam. Pecificamente geral
assombro assistido pela lamenttitude tinha posto um termo pra sua exis-
tência: ele viu a família decaída, resignada, despir seus res-
tos, foi anulado e refugado pelo Criador. Chilreios
cruzados. Um infame padrormecimento (vulgovariovenéreo) rei-
vindicou seus finreitos, fechou o círculo vicioso, suap! Jomes
jayceante. Ele tinha andado em direção ao meio de um lagodelírio pornamental quando inebriado
até o ponto em que sua camisa ficou arre-
gaçada, como peixe-rei audaz em águas flutuantes, quando a mão de um pes-
cador o socorreu e o resgatou de uma muito possível variegada
sensação de água quasifrisca. Tolice desfraldada. Na Rua Sombrinha onde
ele bebeu nos sapatos de um tipo trabalhador, o Sr. Whitlock,
deu-lhe um pedaço de pau. Que palavras de poder foram possíveis
entre eles, epelidos e apelidos, *acnomina ecnumina?*

Aquilo, Oquilo, o que disse Hansard, seria o que o ouvido de Dubs
abana em todos os pubs da città! Batty bate um bolão enquanto
Hogan houve um herro e o Cavalherro preferre um trocadalho do carrilho e
Copa e Bundo vão à copa do mundo. E o Cassidy – Craddock roma
e remo ao redor sem'prre um têrço nun'ca um pêsso e está semprrre
e perrrrmanentemente pessando soprrre ele, um pêrço com cuitato ou um caixote
com um xute na xua punda. Toties testículos quoties questículos. A guerra
na terra e o mato é o mundo. Bôrdo eu, salgueiro nós,
nogueira ele e teixo vós. Cadaumporsi, chupinzinho, prasemprepás-

[98]

-sarinho! Da glòriáureora ao pirilamplo. Fomos
louquasis se não taciturnássemos. Em outros lugares não se mis-
turam as Guinnesses. Mas só se chouve a esbor-
rasca. *Estout pourporteral!* Craquelando criques. Uma peste humana
cíclica (pissit!) e recíclica (passit!) perto da rua do trinó, aqui
ele foi (putz!) outra vez! Morse noiando nóis. Ele tava leve e
solto e (Oh baby!) podestar em qualquer lugar quando uma dissimulada ex-
freira, dessestratura e com trejeitos masculinos em sua farta forma
quarentona, Carpulenta Gygasta, hatraiu hatenção por harbitrária
conduta como um homnibus. Antenas buzzinavam pros coastouvintes der-
mãos coletores de sobretaxas da bolsa, arrogantões, esporrentos, engravatados, cabeludos,
tabardos e capote encarnado antifrio, guia de seu alfeiate (do Baernpapai)
bordadoV.H.P., encontrado perto do esconderijo de Scaldermão e mergulhadores
estremeceram ao pensar que tipo de fera, lobos, despelados ou fradecos de quatro-
centavos o devorariam. C.W. cálculo wasto. Lividifinns finam,
capaprreta rebrrilha. Falkíria fence. Em sua poterna rosácea, os
meninos tinham, no Dofingosemana, repixado um nome
e um título, inscrito à mão em cursivas nacionais, apressadamente, revo-

lutando, filiforme, torretas, envelonenado de fanatissismo: Mova-se. Mumpty! Abrespaço pra Rumpty! Por norma, Nickekellous Plugg; sem essa, nenhuma piada pentelhecostal sobrisso, quão gregária era sua raça sempre ou qualificada a aprender sagaz astuta conhecedora clara profunda fortituda repleta ou prudenprovidamente, seja ele chefe, conde, general, marechal de campo, príncipe, rei ou Myles o Lutador em pessoa, comumamansão moliamordaçada no império Breffão e um lugar de inauguração na colina Tully-mengão, houve um assassinato real, do reylachado royall variedade raxacraxiana, os camaradas MacMahon, foi isso que ele fez em. No campo do Verdor os combatentes na trincheira haviam deixado eleão com seu golpe dextro batendo um purêde beuterrava bem sanguinolento. De fato não são poucos os muitos simpatizantes, principalmente da classe clontarmerdida, (Coronel John Bawle O'Roarke, forexamplo), mesmousando tanto a ponto de imprestar ou emplorar cópias da trilingual quinzena de D. Blayncy, Espassabostas do Posto Noturno, de modo a ter certamenteza de uma vez e estar saxtixfeito de seu quasicontribusodalitariano estar se tornando genuinamente bem

[99]

besouramente morto se nem for terra se trans for mar. Transaoceânica atalaiaclamou-o; O ultimar! O ultimor! Deve a esperança deles silenciar ou falta Macfarlane lamentar? Ele ficou leigal sob as ligas no profundo Abissal do Bartolhomem.

Axtenzão! Anteshem! Atenchim! Vikorrei Visitas Pelas Xovenx Porcilexiaix. Trix Piquenax Mininax Irlandeixax Afenturram-se Com Um Chigante Norrueguêix Em Fionicx Parkix.

Mas, apesar de seus pequenos e rebrilhantes contemporrâneos, na manhã seguinte do assassinato suicida dos ex-desaparecidos expatriados, assim como a sarpente serpenteia descendendo ducaravalhabaixo pras partes phudendas, (você pode ter visto algum líquido exótico exsudar de um álamo embalsamado em calcário de Parteen-a-lax. Rodar e gritar Abies Magnifica! não, nobre abeto?) um quarto pras nove, implorando sua resipisciência, viu o espiagão infalhível di fumaça pontualda do sétimo oitão do nosso Quintus Centimachus e a púrpura torre amanteigada e dezpois segundados p.m. com juras sobre sua longevaidade (*En caecos harauspices! Annos longos patimur!*) as lâmpadas de manutenção, faraolbeatizando adentro do zugurate, todo o dito brevêpapal, o devastador jaguadarte, o marrarelado di sua juba, a baixilancinante patazul, o homenente, a senhorinhociosa, sendo iluminada por longo (Oh, terra, quanto tiempo!) vidanoturna com sufusão de farelos de vídrio estilhaçados e os rebrilhos da vidraça.

Portanto dificilmente qualquer serpensante não pode ter dito ou terpensado que o prisioneiro desse edifício sagrado, fosse um Ivor, o Desossado oum Olaf, o Despelado, ou ainda melhor, um petribolota, um suspirrude no vazio do ser, um fentre oufindo sua própria parriga em retropalafras, ou, mais estritamente, apenas iniciais tristornadas, a senha prum mundespaço, pres-
casso, ou pateticamente poucos coabitantes de seu canalmorrente se importou seriamente ou por muito duvidar que Kurt Iuld van Dijke (a atração gravitacional percebida por certos residentes fixos e a captura de cometas incertos passando por nossos sis-
tema sugerem uma autenticidade de suas algoémtitudes) a canonicidade de sua existência como um tesserato. Fique frio, oh, ligeirinho! Falha-te ou calha-te! Esfuma as frondes de Ulma!

[100]

Mulheres despersas dispertaram. Ela tádiantada?

Conta-nos tudo. Como queremos ouvir sobretudo. Então aterra conterra a trêtatoda. O por quê ou se ela viu muitamente como questão ou se ele tem comuelas suas jaunelas faichadas? Notas e questães, tesinhas e tesães, risinhos e gritinhos, aos altos e baixos. Agora lista pra um algoutro e alisa e suaviza teu folíolo rosáceo. A guerracabou. Vimcivimci vimcivimci! Foi Unity Moore ou Estella Swifte ou Varina Fay ou uma Quartituta Qüaelqüer? Toemás, marque um til pro seu tio! Porcinitas, fechem suas pernitas! Quem, mas quem (pela segunda vez pergunto) foi então o flagelo lá pras bandas da folclórica Lucalizod era o que costumava ser perguntado, como, em eras antes do Homo Capite Erectus, quanto custa o dinheiro de Peabody, ou, pra dizer sem rodeios, dedonde vem a gravata branca dos herringtons, como nas épocas mais cainozóicas, quem atacou Buckley embora hoje em dia como nos velhos tempos cada colegialzinha de setecostadas luas ou mais suasbem intimologias todas mocinhas loirinhas e todas ruivinhas balouçantes esposarrentas e viúvapazsentadas sobre o Muro di Dublin pra sempre sabem como meuzovos são meuzovos como foi com Buckley (nós não precisamos de papel sangrento pra dizer isso) um chute no saco e os genitais russos, dássim! dassím!, em vez de Buckley que foi brutalmente chutado por elas quando eram elas mesmas. O que um bisbislhoteiro venonoso espia dos três castelos ou que odiento sorrivendor? E que tal uma virulência venenosa, aquele selo com cabaça de rainha, um zelo que um mero esporradrapo pode cobrir, prèpostado e pós-pago! Os comaleões dos salões bombardeados tiveram seus nove dias de zoeira, e prafofocanar arra baldesbaldados também e carverdrais ao lado, ispiadas prismadas, as espozudas, quando, ainda acreditando no vidrespelho quando azurras eram cintilantes, que a parte superior de seu rosto sem boca e que as impermanentes ondas eram a melhor parte dela, a mais próxima, a mais querida de todas, primeira criatura aquecedora doceu início de manhã, serva do homem da casa, e vovozinha de todos os seus netiticos, ela que tinha dado seu olho pra sua cama e um dente pruma criança até um uma uma dezena e uma centena de novo, Oh eu e Ohvós! cadete e primogênita, a famante e o zangudo (e se ela é mais velha agora que seus dentes, ela tem pentelhos que

[101]

são mais negros que os teus, minha querida!) ela que o acolheu após sua queda e reviveu sua veiúva poupando-a e deu-lhe Kain e o fez capaz e manteve adazilá a cada arca de seus noés, ela que não irá descansar de si pra procurá-lo até que, com a ajuda de okeâmica, um tal tempo que ela deve ter tido depois escondendo as fimgalhas de sua enormidade, ocetá procurando-pelo mar de Páirolas, (ur, uri, uria!) avante, ferroqueimando as velhas górgonas mundanaidas, em nome de gógor, por amor de gágar, arrastando o campo em seu trem, finickin aqui e funickun lá, com seus saputões luizquinzi e sua bundalmofadada e ela num pequeno boalero e tudo e duas vezes vintemente circorneada em seu coque, pinta nuzói e brinco nazorêia e um circunfixo balounçante em seu penisriz Parisiense, uma vaidade em seu selim de Egual Egum, quando o DêngoDéngo da igreja fechada repinicou o Sepatualjazzimo Dormingoco, *Solita*, com piões, prelados e cavalos, pelotiñas en sus saquiños, pra Hinumãono, o Chopanzé, Esquorro, Biscuibabasca pra esmigaçar a cabeça do caluniador.

Muito diminuito humaninho, implora por Amordimãis! *Notre Dame de la*

Ville, muigrato por sua nigèrricórrdia! Ogrowdnyk talém do chá de herbatata, palerva de droguista. Pão sem chá. E deixem-no dexcanxar e não roubem suapultura! Nem cavem sualcova. A maldição de Tut tá nistu. Lhouça! Mas há uma mocinha esperando e seu nome é A. L. P. E você concordará. Ela deve ser ela. Seu cabelouro encoustava nas coustas.
Ele gaustou sua grauna greuná em harénscauros. Papoula Narancy, Giallia, Chlora, Marinka, Anileen, Parme. E cad'uma d'essas d'amas tinha seu d'arco-íris d'amores pra seus caprichos mas ele cunhou uma cura. Bigbriguinhazoje, beijibeijinhos denaite e infinicarinhos amanhã. Antão quem, exceto Alijado-in-Fantilento falaria por Suando-in-Bicas?

Vendeu-lhe seu contrato de novecentozenoventaenovanos,
Tranças destrançam de tanta tinta,
Guu, o grandiota, inguliu tudo
Queen foi o pau no C. U. D.?

Bum!

[102]

Na Ilha Bridja ela sencontrou coa maré.
Attabom, attabom, attabombomboom!
o Fin na enchente e a Ebva na vazante.
Attabom, attabom, attabombomboom!
Tantanatos envouvidos entre tons e tins
Isso foi quela fez, nonadins!

Ohh!

Nômades podem dedivagar com Nabuco mas deixe naamã rioir junto ao Jordão! Quanto anós, tomamos nossas mortalhas sobre suas rochas onde penduramos nossos coroações em suazárvores; e babamos, como ela baba, pelas águas da babalonga.

[103]

Capítulo 5

Em nome Diannah

O amor é infeliz quando o amor está distante.

(James Joyce)

Para Neno Brazil,

coponheiro de viagem

In nome di Annah, a Allmasçoadiana, a Semprevínvida, a Portadora das Plurabilidades, aureolada seja sua evéspera, suèpocanções al canssol, seu riachin rioindo, qüasigüágüa feito a destardinhamém.

Sua intitulada mamafresta mesmorializiando o Maizaltíssimo recebebeu muitos noumes em desconépocas. Assim ouvimos falar de, *A Augusta Angustissyssimuitíssima pra Velha Salvação di Sibastião, Rockabilly Booby na Crista d'Ondea, Aquistão as Reilíquias de Todas as* Deisciências, *Ascensão às Notícias de Anna Stácias, Papy Estralou os Dedos e Surgiu u Sinhô Cunhão, Meu Únicouro e Meu Casamante Praunteado, Amouroso Triistão e Friígida Cicélia, Dissi o Sirrote pra Currenti, Io dico dôpadópa e tu mimmim, Compre uma Parentadura pruma Mordedura, Quais dos teus Hontentontes Vós Significais Amonhã? Hoebegunne o Hebreuja Bate Bronha com Cereveuja, Arco Irindo Foge da Friesta sobre o Chaun, Rebis de Hibernícius, As Cartas Mãelucas, Gêmidos duma Britoninha, Pedro Populoso Picou o Plano do Populacho, umApologia priMensidão* (alguns nonoumes *como Marido* ou *maríujo* ou *maurido* provavelmente são entendidos por nós porque também temos o plutopletórico *Meu Murido Mareado Viajou pra Portergraal e Sumiu e Ele Nunca Tem Tempo), Devemos Visitá-lo? D'Arca vejôo Zoô, Bordados de Cleópatra Ficturados em Aldebairrão no Sahara comm o Commmboio dos Cammmmelos e as Criadas do Egito, Garalho na Painela pro Paipai, Placeat Vestrae, Uma Nova Cura pruma Nova Gonorréia, Donde os Portentos Deles Crescessem Mais como Eu Gostaria de Esgansar uns Gansos; Gentil Nettie, não o Emporre, Quando o*

[104]

Mirto de Veneza Diverte-se com a Linha de Bloccus, Pra Me Fazer Feliz Larga Esposa Filhos Marido, Orêmundos à Fila de Visita em Marte Amém, Mes'm Queu Sê-sse Vovô ele Gostava de Mabraçar, Vinte por

Câmaras, Quartenta e Dez Camas e Uma Sala Emti Céterum, Eu Levi a Voda, Complernamente Perni Bembo Subinu em Caza bêlas Excadais Dourerradas, A Bifurcação Seguinte, Elé Meu O'Jerúsàlem e Eu Sou Seu Popô, O Melhor d'Oeiste, No Corguinho de Zemzem sob a Colina de Zig-zag, O Homem que Foi Tua Mãe no Trem pr'Amoreira, Conte Nosso Contum prum Surdum, As Notas de Anny pra Base de Tudo, Nippa deu a Dica pras Dançarinas Zinhas, Prszss Oreilha Orêia o Rei de Orlbrdsz, Minilonguinho Intiminho e Monolote Exterroer, Beber cuÊle, Meu Júca, e Setú Fôxe Meu Xeparava Jôio di Jóia, Peço-te prAcreditar que fui tua Patrôa, Ele Podexplicar, De Victrólia Nuancee a Allbart Noãhnsy, Fofô é uma Margarrita intãum Guiné é Seu Prressênte tamméim, O que Bárbara Fez prÓrgão de Parril Antes da Fila, Tanque e Calda, Ruínsque Admortal, O que Jumbo fez à Jalice e o que Anissette a Ele, Culpas d'Ofélia, Hiléta Húbia Húblin, Meu Véio Danêix, Eu sou a Mais Velha Velhoca norsense entre os Silentes e Escarrêgo e Ele me Chama sua Dupla de Ayessha, Suponha um Ventrilaqüoso Casado cum Cadáver, Folta dos Finns Preste Finnicum di Simana, Como Fechar o Curso no Ruim de Jalneiro, Olha pra Senholha, D'ascenção da Pupúblic Olandessa à Queda da Postilha, Das Duas Maneiras d'Abrir a Boca, Eu não Estaquei Água Onde Deveria Fluir e Eu Sei os Vintinove Nomes d'Attraente, O Tortorador da Ilha de Tory Trata Galásia como sua Vacaleitosa, de Abbeygate pra Crowalley Através duma Elevação pra Ludo, Patas pras Tuas Graças iEu Puta nas Tuas Praças, Como Fauzer um Bom Hórous-coupo Mesmo Quand Ousirestá Morto pru Mundum, Nnu Clarão de Waherlu, Papi Succedeu às Minhas Espetanças, Tés Passos Prrafrente, Tuas Prrassadas Prratrrás, Minha Pele Apela aos Três Sintidos i Meus Ondulábios Exigem Columbeijos; Rua Bordelo numa Ecronomia de Crânios, Rapazes Fazem um Trião de Batalhavadores e as Raparigas um Dueito de Quérritas, No Leito do Meu Lorde Passou uma disPuta, Mãimãe Tá Tudo Consumedo, Coupourraithe por DoziAcres Ter-ristas nos Extrados Únicos d'Améxxica, Ele Mi Deu um Tu intão Eu

[105]

ti Sirvo um Ti, Di todos os Vastos Troncos em Todo Vage Selvalem,
O'Donough, Alvo Donogh, Ele é o Tom Preu Chorar, Sem a Picada
em tua Pumda Não serias Nada Sim Mãemãe, Pra Manter os
Rotos Longe dos Esfarradrapos ia Pintura d'Animais Lounge das Vitriniais, Bac-
alhau Norruegues Encontrra o Pointdéal, Ele me Perssionou Aqui com o Ardor
duns Bonnoturcos, Uma Mãma Tava Mañando e Este Ceifador Ceifando,
O'Loughlin, Do fundo do meu Estômaco Eu t'Assopro o Bianco
do Melancodia, Medolias Inglo-andinnuas di Tommany Cuuhr,
O Grande Entertreinator Polinessional Ezibe as Noivas Ball-
antinas com o Anel das Naturelssas, A Mímica da Camponegra
enfina os Micolhos, Entrou como o Recental Pigtarial e Meu Perriodical
no Salão Custumeiral, Loucuras de Siegfield e ou uma Gafe do Gentilho-
men, Veja o Primeiro Livro de Gelesies Píssim, A Sentensa Sus-
pença, Uma Encantadora História de Ladrilhos pra Heróis em Formato Infantil,
Degavar Con Nosso Sono, Eu Sabia que tinha Deusso in Mim Intão
Isto Resolvaquilo, Capitão Trorraiovão Shimete e La Bela Selvachem Pocahonteza,
Caminho pra Chemana Chuvosa da Minina Mariane do Chéu, O Último
dos Finnigalianos, Fui Eu Que Lhe Provoquei pra Bosta de Valhores e Emperestei
Minha Fauce Obediante aos Seus Alfandegarrábios, Xi Xi Xis na Micchão da Xina,
Pegameu Pedro, Lumptytumtumpty Trumpicou Feio, Pimpimp
Pimpimp, Miseraventuras de Duas Pialhices e a Queda das Fruitas,
O Interrior da Famílhia Fokasse, Se minhas Águiamplas Não Estivessem tão
Apertadas Eu Afrouxarria meus Espartalhos praquele Bando de Magistrapos,
Allolosha Popozuda e Comome Chamatesão, Imagin Ápoles Despois Murrer,
eu Tim ploro pra Sin filhar d'Amor di Mãe, O Fim do Finn não foi
Finnal, Sai Delfin Reentra a Vinda, A Flama Kavoa d'Olhar di
Vaggi Faz Meus Pentelhos Fogarem, Tua é a Casa ondo Mal té Feito,

Visões Divinais di Tráis pra Friente, Abe Permaneceu Isac Niutro pra Sara até que Brahma Lhe Falô de Sexo Comum, A Mortidela d'Eva vai Aleviar essa Treva, Todosnnas Guinneas, Sons e Comprimentos Lidibinossos, Sete Desposadas Despertam Dessemanadas, Airada Ana e Bérbera Sangrienta, Amy Lambe Porter Enquanto Rabugento Shuga Chope, Abrraçadeira de Shombrinhas ou uma Bengala Tripla, Bustabanabunda, Do Senhorito Cabeçudo às Senhoritas O'Mollies e das Damas à Elas Mesmas, Manifestões às Coléguas no Verde, Um Traseiro Notável e um Excelente Centro-Médio se Convocado, Assim Como a Árvore é Vida e a Pedra é

[106]

Vívida Intão Mi Banho à Noite, Primeiro e Último Relato Verdadeiro sobre todHonorário du Sinhô Lacrauricola, L.S.D., e a Cobra (Pepita!) pruma Mulher do Mundo que só pôde Contar Verdades Nuas sobrum Caro Cara e todos os seus Conspiradores e como todos eles Tentaram Derrubá-lo Botando tudo em volta de Lucalizold sobre as privacidades do Lacrauricolaa e um par de Vagabundas Desmijadas Mostrando claramente toda desmencionabilidade Acusando falsamente sombrias Capas d'Impermeáveis.

O gráfico proteiforme em si é um poliedro descritura. Eruma veiz quando alfabeteiros ingênuos teriam escrito o traçado dum puramente deliquescente recidivista, possivelmente ambidestro, narizempinado provavelmente e apresentando um estranhamento profundo belarco-irisado em seu (ou em sua) occipício. Pros muitos curiosos entomofilascivos ele amostrou antão um real seximosaico de ninfose em que o eterno caçaquimera, Oriolopos, agora fronde d'açúcares, depois propenso prossais, a multidão sensorial acoplada em seu ventre com um olho pras desnorteadas verdadeusas por seus eflúvios noturnais com armas como trambores e afragos como fórceps persequestelando suas vanessas de flor emflore. Dalgumas formas

isso sôa como pura conheciência em que nossa literudita
tradição é rica. Tudestá tão distande dinós comele numa cuiziña
escrura, entri danificados e usados rolos areados, devemos tatear até a
Zerhora como pia a coruja ciega, assim como somos poderíamos aliviar
qualquer coisa di nossos momentos doridos dihoje. Amigo, embora não, mas. Uma
inspeção mais delhatada do borderô revelaria uma multiplicidade de person-
ilidades infligidas nos documentos ou doucumentos e alguma previsão
de cremes virtuais ou crimes poderiam ser feitas por qualquerrum incautuum
nos bastantantes de qualquer ocasião adequada praisso ou tido
até agora feitum acontecer. De facto, sobrolhos cerrados dos ins-
pectores os traços caracaterísticos do *chiaroscuro* croalescem, suas cron-
trariedades sarão eliminadas, num estável alguém similarmente como pelo
providencial conflito entre cormoventes com saqueadozes e de
bebedoses contra livre-pensadoses nosso algo social rola ao longo
de sovalancos, experimentando uns trombalhões em séries de decepções
pré-arranjadas, na longa vereda de (tão semplis quanto o elfobatis!)
gerações, mais geirações i inda mais girações.

Diga, barão iluminator, quem diabos escreveu essa porra toda

[107]

de qualquer jeitho? Ereto, assentado, amontoado, contra a paredivisória, abaixo
zerado, peluso de pena ou enxó, com mentúrbida ou pelúcida,
acompanhado ou o reverso pela mastigação, interrompido
pela visita do vidente ao escriba ou do escriba ao local, entre duas trombras d'água
ou intravés dum triciclo, chovido sobre ou esbaforrido alrrededor, por um pecu-
liar corredor regular do solo ou por uma dorida lucidez
carregada com o roubo do cunhecimiento?

Agora, pãciência; e lembre-se que a panciência é uma grande coisa, e
acima de tudo devemos evitar qualquer coisa como perder ou es-

tar fora da paciência. Um bom plano usado por negaciantes
que podem não ter tido muitos momentuns pra domimenstrar os meandros
da doutrina di Kung ou as codèxtrégüas de prorpriedade de Carpri-
mustimus é justamente pensar em todos os fundos damortizaçãos da paciênça pos-
ssuídos em suas contas conjuntas pelos ambirmãos Bruce com quem
são incorporados à sua aranha Escocêsa das Éguas Calculantes dy
Helberfeld. Si dispois danos sobranos descavaçãos em valascuras um
pároco mais quioutros, Kinihoun ou Kahanan, giardineiro
ou um mero manufaturista, levantou-se com o mesmo pros-
pósito de nos reassegurar com todos os barbarismos da Casarruagem
que nosso grande ascendente estava propriamente falando três síbalas
a menos qui su própio sombrenombre (sim, si, menas!), quia orelha de Fionn
Lacraurícola foi anticamente a marca registrada dum radiodifusor com
um forte jargão loucal pruma patente dáses (Ouçam! Chamadas! Todaspelarte!)
intão quanto a esta radiooscilante epiepístola à qual, algodão, seda ou
samito, corvão, rancor ou pó di tijolo, deveremos retornar incessantemente, prad-
onde exatamente no presente em Sião, Inferno ou Inflama sobeste
glorissol onde jogamdioses conosco nesta Cova d'Aludin onde nossa
cagacidade'stá nubrilhante assim&assado pra nos derramar o óleo dadiversidade?
Peçimistas nós cunhessemos. Pra cuncluir puranegativamente
dausências positivas dódios políticaus e salicitações menotárias qüesta
página nunca pode ter tido um penaduto dum humem ou molher
daquele perríodo ou destas partes sendapenas mais uma conclu-
são inesperada que se pulou, sendo equivalente a inferir a não-pre-
sença de vírgulas invertidas (às vezes chamadas citações d'aspas)
n'alguma página em que seu autor sempre foi constitucionalmente incapaz
d'apropriações indrébitas di palavras fraladas por trerceiros.

[108]

Felöckzmente há outro känto da qüestão. De qualquer sujeito, há vários duzentavos desse tipo, pode ser dalgum proveito que'nalguma noit-ediosa seja quieditamente – qhajalgum tipusual de jocumpanheiro, peitu-lisinho perto dos quarenta, flancamente fratulento e dado à raciocinação por sincopação na elucidação das complicações, da dinadescendânsia de Fung Yang, somente outro filho de, de flacto, alguma vez semprolhou longadiáriasuficientemente prum envelopendereçe-postado? Admetidamente quié autra caxquenterna: sua fauce, em todassua feiperção dimperfeição, é sua fortuna: elex-ibe apenas as roupas civis ou mimlitares de qualquer nua pali-paixão ou nuenta praguipúrpura que podacontecer de se dobrar sobi-ssúaba. No entanto cancentrar-se somente no sentido literal ou até mesmo no cunteúdo psiricológico de qualquer documento com a negligência dos próprios fatos envelopantes circunstanciando-os é justamente prejudicial ao bom somtido (e que sejadicionado bom gosto) como se tivesse algum cara no ato talvez de receber uma intro d'outro cara que acabou se revelando um amigo que precisava dele, digamos, duma dona conhecida deste último, engajada em realizar a elaborativa cerimônia antecistral dosdhàcima, imediatamente prescapar e avistar suamplana em estado notural, pre-ferindo fechar os seus olhobtusos pro facto etiquetical quelastava, depois de tudo, vestindo por algum espaço de tempo alguns artigos definitivos de roupas evolucionárias, criações inarmoniosas, um crítico capcioso poderia descrevê-la como, ou não estritamente necessária, ou um trisco irritante aqui e ali, mas por tudo isso repentinamente cheio de cor local e de perfume pessoal e sugestivo, também, de muito mais mesmo e capaz desticar, preencher, se houvesse desejo ou vontade, de ter suas partes surpreendentemente parecidas como separadas coincidâncias como não se faz mais agora, pra melhor exame pelas mãos hábeis dum especialista, cê sabe? Quem em seu coração duvida que os fatos das vestimentas femininas estarem aí o tempo todo e que a ficção fiminina, mais estranha que os fatos, também está ao mesmo tempo, só um pouquinho pratrás? Ou quiambos podem ser contemplatos simuldaneamente? Ou que cada um pode ser tomado e considerado por sua vez apartartirdooutro?

[109]

Aqui permite-se alguns artefactos defenderem-se em seu próprio favor. O rio sentiu quiela queria sal. Foi exatamente aí que Brientrou. A pátria pediu pata de urso pro janjan! E a abundância abundou surtamente. Nós que vivemos sob o firmamento, nós do reino dos cravos, nós pessoas pecameionossas muita vez vemos o céu ultrapassando a terra. Nós de repente temos. Nossa ilha é a dos Santos. O local. Este duro ridor Meinfeliz Meinão uma vez disse à refeitição naquele seu tom conservatório de salvação que Isitachapel-Asitalukin era o único lugar, *ult aut nult*, neste átimo vaale de lógrimas (cujas verdhuras amarelaram pralém de Phaiton parkear seu carro enquanto seu chácobreado é o drama de Drenofilia) onde o possível era o improvável e o improvável o inevitável. Se o bis-po proverbial de nossa santa e indivisa com este me tenha ou não me tenha Zeusté a Quiztão tivesse enfiado suas duazunhas na cabeça teríamos uma sequencialidade de improváveis possíveis embora possivelmente ninguém após ter arrancado uma mecha de miwlho frwio alêém de seu assunto em Harrystótalis ou a vívlia saindo de seu caminho praplaudi-lo por trás de sua omborcial observação por complentamente implossível pois todos esses eventos são provavelmente tão parecidos como aqueles que podem ter ocorrido como quaisquer outros que nunca levaram uma pessoa ao que provavelmente sempre será. Galinhamém!

A'cerca dessa galinha original. Meinverno (frustra ou cura?) estava iminente na Premevera uma premessa dabril quando, brigrejas cantavam a canticanção d'horada vidádiva, um arrepio gelado, mero pirralho observou uma galinhangolesa comportando-se estranhamente naquele fatal monstruro ou sobras de fábrica ou cocômico monte de josta (brevemente despejado) depois levado pro larranxal quando no curso da demolição profunda inesperadamente no feriado dum bosquímano seu liamão aflorou alguns fragmantos espontêneos de casca de larrancha, os últimos resquícios dum repasto ao ar livre dalgum descunhicido curtidor de sol ou escondirijo íllico no caminho de volta ao seu enrrõneo passado. Que filho dum pèrrapado mas cuidador do pequeno Kevin num ambiente desesperante de tanto frio espirrante jamais teria encontrado num quintal que foi chamado de quinta um motivo pra santidade futura evocando a descaberta do cálice de Ardagh por outro inocente sagrado e praiaminante enquanto tentava com clamor piopiedoso adular Tip-

[110]

peró ró ró riró putatas da Nowa Marlândia em espríto da patatapúrpra do massacre, um dual um duelal pra degoular o dizahoize, deusdama e grandeus, vareta e valeta, da maioria dos Jacobiritas.

A ave no caso era Belinda dos Dorans, mais que qüinqüagenária (Terceiiro prêmio com merdalha de Prato, Explosição de Galináceas de Chipalizzynha) e o que ela tava esgaravatando nas doze kokhóras parecia presse mundo todo zoguizago como uma bela folha de papel de carta originada do transbordo de Boston (Mass.) dúltimo ao primeiro Alquerido a quem passou a bemcionar Maggy & a saúdetodos dicasa somente o ardórdio

entornou o leitenro sobr*os van* Houtens e as eleições gerais
com a *afetuosa* fauce dalgum nato carvalheiro com um lindo presente
de bolo de noivas prograto Chriesty e com grande
furróneral do pobre Padre Miguel nuncasisqueça em sua vida & Muggy
tá bem como tu Maggy & esperem breve ouvir bem & deve agora
encerrá-lo com amáveis quatro cruzósculos pros gêmedois são
paulo são vindo santipóli santilha pê ésse dê (gafanhostas podem
comer tudo mas este sinal nunca deviam) carinhoso amplolhar
como manchá. A mancha, e aquele manchá (a cautelosidade
do caloteiromór aqui, comusual, semprassinando a página) marcou-o
no mó du monumento como um genuíno relicário irlandês dantiga
porcelanata daquela langorosa classe comolídia tal qual
num si-après-si-sobr-a-br-uma.

Por quintão cuomo?

Bem, quase todo fotoísta que valha seus quí-micos dará pitaco pra qualquerrum
que lhe solicite a provocação de que se um negativo dum cavalo derreter
suficientemente enquanto seca, bem, o que você obtém é, bem, uma positivamente
grotescamente macromassa distorcida de todo tipo de valores cavalizados
e massas de cavalo derretido. Pocôto. Bem, isso é francamente o que
deve ter ocorrido à nossa missiva (há um torrão de terra
procê! por favor apare a grama!) emporcalhada pelo açougueiro pela
salgacidade duma galinha mal-mi-olha bem-mi-quer. Risidança aquecida
nu coraçãum du monti di lama deslarranjada havia obliterado pa-
rcialmente o negativo pra começar causando algumas cracaterísticas pal-
palvelmente mais próximas do seu nasal ficando grosseiramente mais inchado quanto

[III]

mais pra trás tratamos de nos mover e mais precisamos do empréstimo
de lentes pra ver tanto quanto a galinha viu. Pocotó.

Vocêstá se sentindo como sestivesse sseperdido nesta mata, minino? Voucê diz:
Isté pula i samplesmente selva silvagem. Você grista mais:
A mata me mate sieu 'stiver a mais pata noção do que tudisso signi-
foca. Eia, garotinha! Os qüátriplos evangelistas podem
possuir o targum mas qualquerum andarilho Zigano
pode pegar uma pilha de palha da saufra dessa galiñancianna.
Governa, galigentílititica! Elis sempri fauzem: perguntinh asidades. O que
a ave fez ontem o homem pode fazer ano que vem, seja voar, seja mudar de penas,
seja incubar, seja cuidar do ninho. Pois seu senso sòciocientífico
soa como um sino, sinhori, sua automutatividade volucrina beira
a normaldidade: ela sabe, ela sente que nasceu somente pra
pôr e amar ovos (creia nela prapropragar a espécime e espalhar suas
felpupeniñas salvas através di ruído e risco!) por último mas sobretudo, em
seu campo genésico tudo é jogo mas não jogamão; ela é elagante em
tudo quela faz e porta-se como galvalheira o tempo todo.
Deixe-nos ser o hausphícios! Sim, antes que tenhamos templo dacabar tudisso
a era dourada deve retornar com sua vingāça. O homem se tornará dirigível,
a Febre será rejuvenascida, a mulher com seu ridículo fardo branco alc-
ançará por um passo a incubação sublime. A leõinhumana qhomemquer
com seu carneirhominho deschifrado discipular se deitará publicamente
juntando tesão sobre tosão. Não, certamente, eles não têm
fustijicavita, esses trevosos que lamamentam que as cartas nunca
mais foram o que eram desdaquele fatídico dia da selmana
no sombrio Janiveiro (no entranto que palmeiradata em desoladoásis!)
quando pro susto dambos, Biddy Doran shacolhou a literatruta.
E. Ela pode ser uma merarcella, essa mini madjestade,
Mestramante d'Arthes. Mas. Não é um dizquidissi duma cartamo-
rosa assinada Toga Mininís, (folgante almadinha). Temos uma cópia emmãos
bem diante de nossos nasálibus. Notamos o papel com sua jovem
minimarca d'água: *Notre Dame du Bon Marché*. E ela
tem o couração de Coubra! Que correlinteza enquanto tragarela com seus obri-
gratos e seus nadiacenos. Assim como o show de shawn ela faz

blague do wento. Show retesudo de rudez e robusteza rodando e
obstentando as fansatias duma frisada. Mas quantos de seus leitores

[112]

compreendem quiela não quer deslumbrulhar-se com tos-
claras glasserias portmantuanas de coalhos e de grigos.
Enozados em sua viludida! Grudado grandibondoso prantigos adam-
ologistas almeânus como Dariaumaurius e Zovotrimaserov-
meravmerouvian; (dmzn!); ela sente-se plena plata uma coisa de flato plana
e se, por primeirúltimo, um homem sozinho sim nim guéim nin gum
ho mem só zim não tem razão pra fazer uma krikrítica pra mim guém ankarado sobre
peititinhos leitosinhos dos tempos atutuais por routro ledo pergantinto se as suas titinhas
podem ser mais prafrentex. Thingcrooklyexineverypasturesixdix-
likencehimaroundhersthemaggerbykinkinkankanwithdownmind-
lookingated. Masdamas, Merdemouselles, Meusservores! Prufravrô! Todozos
rabos (ischrevo) cantam a sobriveridade do galo a ele. Cô-
pó cópôu. Naum midite côsas. Tinha di vê a sujavidade da
chapa e da fuligi. Havia três homens nele
(ischrevo). Danças (ischrevo) eram seu único muittofraco.
Comharlotte de mãçãs. E pequenas aveninas. Ispissialimente (ischrevo)
quando peicam. Meiguinhas usavam tintas de calmélias. Suas muito
friéis. Adiccione dapplinn. Masindé uma velhistória, um conto de
Triestão com Ysoldona, dum Monturo mantido por estacas e seu
moramigo watherludo em fuga, o que Cadman podia mas Badman
não faria, algum Genomavês contra qualquer Veniciano, e por que Keite assume
o comando do museu de cêra.

Simboragora, tempo, saúde, perigos, ordens públicas e outras
circustâncias permitindo, por perveitamente confeniente, se você policia,
depois você policiapolícia, cum lincença, tá tão frioxco, zinhor?

deixe de tolice e falemos sério caraàcara, pur inquando nuz
ouvídiu, sijamos nóis miquelinos ou nicholistas, podalguma vez estar in-
clinado a acreditar in otruzolhio, sejem brunados ou nolensados, acham
durabolicamente difíci di veiz in quandu inté acreditá in simesmu. *Habes
aures et num videbis? Habes oculos ac mannepalpabuat?* Tipum. Apro-
ximano-mos pravistar nosso punctum divista (haja vista qui dispois di tudo elincontroou o
infortuno inquanto tava tutalmente subinterrado) vamu vê tudo que vesta
pra seristo.

Sou um ebreiro, um podreiro maçom, prazansioso pragradar tudumundu e muitalegre quando
chega o Naital em cada desano. Tu és um vigaruinsta, untuoso pra polir nãoguém e ventriz-

[113]

talmante quandé hora dir pra casa, gin. Não podemos dizer outrossim
a oulhossim. Não podemos sorrir narinãos pra nasannões. Ainda. Naumsim pode-
ixar di noitar qui mais da mitadi das linha corre norte-sul
nas direções de Nemzes e Bukarahast enquantoutras seguem
oeste-leste em busca das Montanhas com Bulgarad por, peque-
noinita qui seja quando inscunspiradas aos ladoutros incuná-
bulos, têm seus pontos cardinais pra tuduisso. Essas barreiras regidas
ao longo das quais as palavras traçadas correm, marcham, pausam, caminham,
trupicam em pontos duvidosos, trespicam dinovo em relativa
segurança parecem ter sido traçadas antes de tudo num boinito enxadrez
com negriluzente e espinegrato. É claro que esse cruzamento é anticristão,
mas o uso do bastão feito em casa como auxílio da caligrafia
mostra um avanço distintivo da selvageria pro barbarismo. Alguns
acreditam seriamente que a intenção pode ter sido
geodética, ou, na visão dos mais astutos, doméstico-econômica.
Mas ao escrever assim mesmo de ponto à ponta e voltivoltando
da ponta ao ponto e mesmassim escrever e com linhas deslinhavadas dislizinhando

e um monte de cartas escarregando os velhuns praminhacasa
e japévemdinovo vêm desLetRizar inté a Hum Lit. Druma qüisso,
ondestão as shombras da sabiduria?

Outro ponto, alémdareia orginal, pó de cal-
car, mata-borrão ou um trapo molambusado (qualquer vessoa ou inalante em
noussa souta soucial pode ver o visto por sivêsmo, um quartinho
friento, uma chereja estilhachada na chaleira, uma dúshia dovooscuros
Dalibânia, quaisquer quantitadis dicunhaque, uma larancha e algum
pãon enfeitanto à mêssa, focê fialembra da bola di futibaldimeia
quiaermã custumava nos jugar quandéramos todos pirralhos
primos y primas) adicqüiriu accréscimos di matéria
tirreciosa inquanto vagambulava no passado. A terminal manchora
do chá (diga não ao rótulo, murmurante, ou nosso shaw é um fracacho!) é uma
cômoda meditaçhão shombria só pra si mesma e quer seja uma impress-
ão digital, marca de fábrica ou apenas um pobre traço sem arte, suimportância
em establecer as identitades no escritor complexus (poe sia
não erra uma, a mente dos ativos e agitados errram mais qui-
isso) será melhor apereciada nunquesquecendo quiantes
i adispois da batalha dos Boyne erhábito não assinar cartas

[114]

sempre. Tipo. Ié certamenta uminguinorâça minor iscrivir uma palafra
com pôcas consoentas duquê acriscinttar muintttas. U
ffffim? Digoisso comocêis intão e anssim arabesquem a páina. Você
tem sua chávena escaldante di Chàchinês, sua vela de cera pingando,
a pata do seu gato, o cravo ou o prego-de-caixão que você masca
como vocêscreve, sua cotovia no arpuro. Intão pru quê, implouro, assinar qua-
lquer coisa desdeque cada palavra, carta, troça di caneta, pedeço de pepal seja
umassinatura perfeita in simmesmo? Um verdadeiramigo é cunhicido muito mais

fucssilmente, e melhor no barganho, por seu torque perssonal, hábitos de se destir ou vespir, movimintos, respasta aos apêlos por càriedade do que por seus calçatos, dicamos. E, falando sobre Tibérias e outras lascívias incheshthuoshas entre os gerontófilos, uma palavra tenra sobre a paixão sugerida. Algum leitor narirroto poderia caosar errògeneamente como casusual dapêgos, *prostituta in herba* a mais minor rosinha cambalhotando deliberradamente da sua bisexycleta, nentrada principal do cura perpetual de batina pra ver comuela e uau! que a pega tão delicadamente quanto qualquer balsamador faria pra sentir que a virgem tava mais condoída e pedindo gentilmente: Pur quocê tem sido tão graciçoitada e ondé cocê mi casta, minina? Ser quem, alémdo poderrosso? e tãomplos mas nos horrivelhos Sykos que fizemos nossa sissuda parte d'alices, quandelas eram yungs e facilmente freudidas, na penumbra e na sala daquinsição e que comprimessão oracular que tivemos que arplicar-lhes! poderíamos (nos importamos em vender nosso débil silêncio *in camera*) contar ao nosso muitíssimo nasúmidum que o pai em tais contextos virgados nem sempre é aquele parente indemonstrativo (amiúde mantido à nossa conturmárcia) que resolve nossas tranqueiras por nós e com um exterior advérbio inocente como Miguéli pode ser sugestivo sob o pudendoscópio e, finalmente, o que um neurastênico ninfoléptico, tipo dendócrino-pineal, de parentesco invertivo, um draumagradável presente em seu passado e um impulso priáprico dunião com agnatos antes de cognatos fundamentalsente por debaixo de sua lubrixcitada meiose quandela se referisse em gostar dalgum bolimento quiela fantasiace. E Mm. Paideiríamos. Porém o que dizer? É uma històriatão hulmana que o palpel bem pudiria cuntar, com

[115]

aifeccto, como cancanção de Salamão sussuspirando os vívares enquanto descaradamente borrabruscarrosca quantum Esra, o gato, a matrona do gato, a matrona da mulher do gato, a matrona da mulher do gato é a melhor metade, a mulher do gato da matrona é a melhor metade da matrona, intão divorta aos nossos cavalos, pois também sabemos que folhoando as páginas de *I Was A Gemral*, aquele Groteiro do Bulsklivismo por 'Schottenboum', que o Padre Miguel acerca daqueles tempos rubros de terror branco foi igual ao velho regime e Margaret é a revolução social enquanto tortas significam o fundo dos partidos e querrido obrigrato significa gratidão nacional. Em fim, já ouvimos falar, comaconteceu, do intercelular Spartacus. Ainda não estamos in cu rral ados, mãorta! Podemos recordar, com voluntágrimas, dorvalho sapuloso, e muito mais doce quiagora pensestar na bela cidade de Dumbil antes que mais um ano siacabe. Tornamos às nossas costas com belas toadas alegres. Quando as espadas do fundo do mar emergirem os velhuscanhões e a respasta produzir o audaz O'Dwyer. Mas. *Est modest in verbos*. Seja a prostistuta que fica diante da porta e pisca ou parqueia a si mesma no fórnice perto do muro dum maqueucine (cremacrime! cramicreme!) e o curaquele que traz as águas fortes (gingin! gingin!), mas também, e num sisqueça qui há muitos dormentes entre os primeiros santomézes e os últimos nestrilhanda e essa belíssima presença espermando que katituta kaia na vida (!) será mais que suficiente pra bater todo leitirlandêish na linguagem das tortas doces e esmurrar o ódio duzinferno em seu gêmeo nick e no chá di Maggy, ou sua majestédi, siouvir é comum impulso prum cavalheiro nato é (?). Pois se o jargão arfante entre os lançóis, embora basicamentInglês, fosse pregado pela boca de guardiães digreja e metanfísicos do rol dadevokados, surjetas, meivogais, linguájurem, lesbielas, rendezas, guturruivos e peididos, ondestaria sua prática ou donde a raçhumana in si fosse a sesquipedália Pitagoreanna do panepistêmico porém aspicalmente Volupaquianna, grunhiu e rosnou, englório, habacuque, ábridos, uggamigo, assimc, hamado, ppppfff, sobrestrilos pátrios, após casadardósias, becossem saídas, ou, quando todas as trufas farfalhassem sobalgum sacudilíxiu deixado num lixeím?

Assim temcido, amor: istéisto: e será: inté deslagrimar as lágrimas e

[116]

azeras. Roubem-nos a noite, tirem-nos o ar, sobra o fino xalindo, mina! Aqui, Ohere, ofenda a freira! Traidor, malouvinte, bravo! O olhar de raio, o chilrinho de passarinho, temor do túrmulo, semprefluir dos tempos. Foguiar terrágua; agora afilhadideus brilha na filha dos dias dos homens; um bão trauvão, uns casiamantes, um indisposto dispertar, informe que o inferno é a fonte; talé a sorte dhomeuspôso de perder e ganhar de nôvo, como siele tiviesse bigodescuros no queinxo dinovo, ela os dispenou mas eles cresceram denovu. Intão uqui ocê vai falar sobrisso? Ó, querrito!

Se junhentuze ela sarvasse! Ah oh! E se suzinha fez beicinho! A velha istolióla! Dus quiqui di quinet aos michemiche de chelet e dum jambebatista a um brutusbruno! Tudisso contado em tons tontais que, em signos sogmados à, em unifersal, em poliglutural, em cadidioma neutrauxiliar, surdomútico, florilíngüoso, sheltafocal, enflutuante, um con cubano, uma pros tututa, ruárabe, antepersa e qualquerlíngualital. Desdiqua noivosa Nanette tropiçou di palmãos dadas com Highho Harry há uma turfa cuspindum foguinho frenquanto insuflassofla soprano suas turfeiras e un poten chá rcado prochê, minha Chitá, e tagatagarela o dito que Tibbs nunqüé: e oquembora (prova de vida repulsiva sempre qüanda morte de ronaldes donde o vinho ganha poder de lutar contra um(a) pobre hom ulher) bilhãosidades têm sido bilhão-cidades durando miliuns de milênios e nossas mixcorridas têm dado duas vaias ou três vivas pras uivas, viñas y fermentadas e a de Pieter em Nouva Amsteldam e a de Paulis onde galinholas vão e rum sentindo o olor de seu fim prele e ele jantando um vero suta-mericano (daria a um frade mesmo sendo um simples katé-lico) èstepístola do velhumundum e seus intemperismos e seus matridemônios e seus enterros e suas selações naturais acostombradas sobre nós friescos e feito-en-todas-las-horaz como uma vieja xícradixá. Comeu tava cum calor na minha pança. Haha! E como vochê chamava shua choupa holandêcha. Hoho! Ela cortô o rabo ou mostrô u cê u. Huhu!

Agora, capnomancia e infusionismo podem sencaixar tanto quanto dois tripés mas enquanto estamos em nosso pequenino estado livre, fixos em nossa prestatuta em nosso estatuto, podemos ter nossas dúvidas irremorríveis quanto a todo o sentido do lote, a interpretação de qualquer frasi-

[117]

nteira, o signifocado de cada palavra duma frase até agora de-cifrada fora dela, por mais irrestrito que seja nosso indepe-dante diário irlandês, não devemos nos gorgulhar de ninhuma dubiosidade indolente quanto à sua origenuidade e autoritatividade tautal. E vamos liberbrindar com taças num clink, amigarrafas tudomondu! Em face disso, dando voltas aos nossos cavoluvados, e pra sua mentáspora, baffelus bill, o caso é coisa feita duma vez por todas e aìstá você nalgures sinfinnando num certo tempo, sejumdia oumano ou mesmo supondo, deventualmente acabar sendo um número serial de graciossolitária bondade sabe-se lá quantos dias ou anos. Casualmente, dalguma forma e nalgum lugar, antes do dilivro di lúvios ou depois de suavazante, alguém mencionomeado em sua lista telefântica, Coccolanius ou Gallotaurus, escreveu, escreveu tudo, escreveu tudo mesmo, e aí está você, ponto final. Oh, intubidavelmente sim, e muito potavelmente assim, mas aquele que pensa mais garrafundamente sempre agüentará que vocêstá exatamente aí iuquié quiestá dentrodisseuzolhos. Pror qüê?

Porque, Escribas de Bebel, se for o caso (e as floflocas da janela do sótão vão gritar dos telhados não mais certas do que as escrituras nas paredes irão descrevê-las ao modo que os homens remontem na ruamór) cada pessoa, lugar e coisa no caosmo do Todo dalgumamaneira conectados com o turquês devorador estava se movendo e mutuando a cada partaço de tempo: o tinteiro ambulante (potivelmente), a lebre e a tartaruga paneta e capel, as mentes continuamente mais ou menos interincompreensíveis dos anticolaboradores, à medida que o tempassava seriam inflectadas veridamente, diferentemente pronunciadas, doutra forma sòlentradas, mutantismente significando vocábulos escrissignados. Não, que Petault majude, num é um quijacinto ineficaz de motim ou manchas e borrões e barras e bolas e arcos e contorções e notas justapostas ligadas por fluxos de velocidade: só se parece com isso, porra; e, claro, deveríamos agradecer por nesthora deletéria dalvorecer de mosquestranhas termos ainda um papeldaço escrito com tinta seca pra mostrar a nós mesmos, pra curtir ou folhear, (e estamos aerados de nós mesmos como os pescadores dalmas quando tiram o gato da roda) depois de tudo que perdemos e pilhamos disso até nos cantos mais recânticos da

[118]

terra e purtudo quissipassou e portodos meios, depois dum terri fresco beijo em Terracussa e pra piorssorte na guerra jogar terra sobre nossa próprioomoplata esquerda, agarrando-se a ela como mãos siafogando, confiando contra a esperança todutempo, que à luz da filofosia, (i quiela nunca nus abrandone!) as coisas começarão a sisclarear um pouco duma forma ou doutra na próximarenga dumahora e ser afixada por eles a dez pra um também, si porquiserem, como era obrigação deles categoricamente, pois, estritamente entre nós, há um limite pra todas as coisas, portantisso nuncacontecerá.

Pois, com o fètidolfato daquela fazendola e aquele terrifedor da rançoposa, (as columitas da calamita clamando por calamitosa calamancia) que maravelha aquelescrotimento com aquelas indignentas chicatadas; aqueles arcos tão prudentemente aferrolhados e bloqueados; a tocante reminiscência duma trilha incompleta e finalmente perdida; um redemunho de mil glooríolas prefaciadas (ai de mim!) agora por ilegíveis e arejantes vôos de plumas, todos tiberiamente ambiembelezando as iniciais majúsculas de Lacraurito: o desconsertante signo do trilítico crismon Δ finalmente chamado depois dalguma hic hes hecitência Hec, o qual, movido no sentido anti-horário, representa seu título na sigla como o menor Δ, afetuosamente chamado seguindo uma certa mudança de estado de graça da natureza alp ou delta, quando só, significa ou tautologicamente põe-se de pé ao lado da consorte: (e por falar nisso, desdeque ouvimos dos círculos de Cathai, que a galinha não é miramente um segundo ou dois após o primeiro quinto quarto da segunda oitava dozena – siangchang hongkong sansheneul – mas sim o outro e a trigésima parte do nonono vigésimo, nosso próprio vulgar 432 e 1132 irrespectivelmente, porque não tomar o primeiro por uma pousada dialdeia, o último por uma ponte de ponta cabeça, uma marca de multiplicação pruma encruzilhada à frente, o gancho que você gosta prenforcar a família, uma velha carroça prum cavalo novo, de qualquer maneira um chá prum encounntro diástico, eem seumladofaltante prum pontocego levando a um conluio irlandês do Campo de Morte, né?) o constante monólogo dos interiores; a cunfusão perdoável pela qual alguns culpam o porrete e algoutros culpam a fuligem mas os ingratos e os pês com suas carapuças tortas muitas vezes são confendidos com os quês com o rabo entre as pernas ou quase sempre

[119]

com sarpentes com os rabos na bocas, daí seu
pristofer polombo, daí nossos Kat Kresbyterianos; os curtos
traços graciosos nunca são na medida elegante da letra da
verdade vulgar; a súbita crepitação petulande dalgum meIo
capItalIzado; uma palavra tão habilmente escondida em seu labirinto
de cortinas confusas quanto um rato rural num ninho de fitas coloridas: aquele
bê abesurdamente com pés de boi declarando com um embustre
comé coisa dirfícil se ter porn um carvalheiro: e vejeste prepronominal
funferal, gravado e retocado e borlimpado e pudin-
chado, muito parecido com um ovo de baleia recheado com pensamentes,
como se fosse sentenciado a ser enarizado por um trilhão de vezes pra sempre
em uma noite até que sua cachola siafonde ou sinunde por aquele leitor ideal
que sofre de insônia ideal: todo esse traço rubromarcado de pimenta
caiena sobre o texto, chamando atenção desnecessária pra erros,
omissões, repetições e desalinhamentos: aquela (provavelmente local ou
pessoal) variante *maggers* pra maggestade mais geralmente aceitas mas
que são apenas uma ninharia e ainda podem divertir quietamente: esses super-
ciliolhos êês Gregos estranhos, crizcruzados, empoleirados aqui e ali,
desatualizados como corujas doentes pigarreando de volta à Atenas: e
os geegees tamém, primeiro jesuísticamente formados mas mais tarde genu-
flectados agressivamente em dereção ao ocedente: a cacografia Ostro-
gótica afetada por certas frases da falestábula Etrusca e, em
suma, a instrução traída em quase todo fim de linha: a deter-
minação (pelo menos onze homens e trintedois cavalogantes) revelada
por um trabalho constante pra fazer um gamelo passar pelo pingo de
um i: este, por instância, retorno sinistrogírico totalmente inesperado
a um ponto dorido peculiar no passado; esses tronabertos dabliados

(dumorigem primitiva terrenal lamacenta se o homem escolher
amaldiçoá-las aglutinantemente lu – to – azul – cara – dor ou
ovoodapéolé ou, kants kurtos, jogossujo) assentados com tal
determinação desjeitada e relembrando-noos inelutavelmente da
natureza em seu naturalestado enquanto esse feérico e ferino éfe,
o dia gramma chifrudo do seu nascidobarbárico, raramente ouvindagora
exceto quando cain dos lábios antiquados dalgum hètarossexual (usado
sempre em dois tipos dimpressão em negrito – uma delas tão teimosa quanto

[120]

seu irmão Claudian, vale a pena interromper pra dizê-lo? –
ao longo do papiro como marca de revisão) espreita por toda
página, cisma Ш sensacaçando umideia, em meio à verborragia,
fina, desanimadamente de pé à margem do sopé da janela, com
seu corpète de flores de loureiro todas aflitas sobre suas ramadas, marcha
com a caramarrada, tremelicando pra lá e pra cá, lançando frases aqui, ali, ou
retornando inibida, com alguma sugestão meio hesitante E, arrastando
o cardarço dos sapatos; o curioso sinal de alerta antes da *ipsissima verba*
de nosso protoparente (um puríssimo indescritível, a propósito, às vezes
uma lontra de cauda espalmada, mais frequentemente uma frutaflorfolhosa
darbusto de cainabel) que os paleógrafos chamam de *goteira no teto* ou *o
aranense surrussando através do furo do seu chapéu*, indicando que as
palavras que se seguem podem ser tomadas em qualquer ordem desejada,
furo do Aranense o chapéu através do sussurro de seu ho (aqui afiado
denovo e enfiado dinovo pra fazer somtido e tomssido parentidos
de novo) esses hagudos agás distorcidos, facilmente o mais raro e
hingraçado como a maioria dolhos jayminhantes que cortamos pela met-
adi, desconectados, principial, medial ou finial, sempri o jim no jeimisi,
sahib, tão sem entes como vermentes: o exibicionismo inocente

desses francos porém sublinhados caprichosos: essa estranha serpentena exótica, desdeque tão apropriadamente banida de nossa escritura, tão de veneta quanto uma mãohúmida agora comover uma tonta senhoralva vestir um calvalo de curtiça, que, em sua insolência invencível cada vez com mais e mais morosidade, parece desenrolar-se em espiral e dilatar-se lacertinamente ante nossos olhos sob a pressão da mão do escritor; a deselegante falta de musicistas tão pintada em esculpir autossonoras ha ha como necromancia como um *podatus* e estupefactus oh ho bulhentos como dez canhões em fuganárquica: a zeloza omissão do número do ano e do nome da era da data, a única e singular vez em que nosso copista parece pelo menos ter entendido a beleza da contenção; a lubrificiante conjunção do último com o primeiro: o acasalamento cigano dum caveiro grandestiloso com as secunperiores pãolavras (uma interpãolação: essas masticações ocorrem apenas na família Bootherbrowth de MSS., Bb — Cod IV, Pap II, Brek XI, Lun III, Dinn XVII, Sup XXX, Fólio M D C X C: o escoliasta famelicamente malentendeu a sineta do padeiro como um bolossino: os quatro &'s comerciai's

[121]

reduzinos sob os quais podemos vislembrar e sentir por nós mesmos através de todos esses aurianos apressados às mornas e macias calças-curtas do escrevinhador: o lapso vocativo em que isso inicia e o buraco acusativo em que isso fina; a afasia daquela heróica agonia de relembrar um número outrora amado levando passo por lapso à uma amnésia geral de nomerrar a si próprio: a seguir esses érres, rrrr! esses érres todos belicosos, o hierrrróglifo do sommussacerdote de kettletom e oddsbones, arrancando avermãolhadamente a nossa prece rúbrica santificada pra trégua e butim, *O'Remus per Rômulo*, e atirado abaixo rudemente do pináculo do templo através do carregador prum lance de dados de sua quadra de rubayjetos dentre Aqueles Que estão com a bunda fora do Templo e desde que a Destilaria de Roe queimou teria bebido a Taça afogueada da Noite Mas jiga joga juga como um Dia a Caixa de Dados Lança, certeira, lidero seis leais, fora do sangue do meu coração, foda-se, e lá tá ela procê, senhor, retumbante, a fina uulher, ruge com seus cachos de lagosta, a roçada, ressuando, Deus e O'mara com seu ruivo Vilhão Rufus, esperando, ressonando, Deus e tu são outro que ele não tem pois aí tá meu tranca cinco do trunfo despadas, bato, bata na Boca desse monorco pra ele, K.M. O'Mara, onde cê tá?; então, (vindo da ala esquerda do canto do baixo corredor) o cruciforme pòsescrito do qual três *basia* ou mais curto ou menor *oscula* foram cuidadosamente raspados, inspirando claramente a tenebrosa página *Tunc* do Livro de Kells (e então não percamos de vista que há exatamente três esquadrães de canditados à rosa cruciana aguardando sua vez nos painéis marginais de Columkiller, embaladas em suas três urnas, e depois separadas pra tais comissões suspensas, onde duas eram suficientes pra cada um, começando pelo próprio velho Mateus, como ele dizse com grande diztinção assim como dezde então az pessoaz que falam caíram no coztume, ao falarem dialguém, de dezdizer que doiz é companhia quando a terceira pessoa é aquela de quem obscurescentemente se fala, e então este último *basium* labiolingual pode ser lido como um *suavium* seja quem for o embraçador então será escrito como uma língua da ínssua (ou talvez dela) bochecha como pode ter sido o caso então) e a fatal desamurração declinada dessa letra ilegível, um sinal seguro de imperfeita cegueira moral; o excesso, a fartura

[122]

de todos aqueles emmes de quatro pernas: e por que definir queriDeus com um granDÊnso (por quê, oh, por quê, oh, por quê?): o curto e seco xis e a forma xircunxpecta da semifinal; e, décimoitavo ou vigésimo quarto, mas pelo menos, gracias a Maurice, quando por fim tudo tiver fito e deito, a paciência penèlopeana do seu último parráfro, um colofón de nada menos que setecentas e trinta e duas pancáginas enrabichadas por laços saltitantes – quem anssim se maravilhado mais se esforçará ardentemente pra ver a saltitante libido feminina desses entrançados sexos osghârmicos varrencimando firmemente controlados e facilmente repersuadidos pela uniforme primatéria dum sinuoso punho masculino?

Sunda-Mundo, quiagora pode ser citado porumuit arrangentil, (sua fotossensibilidade dectroscofônica sob o controle da luz suprassônica pode ser registrada prapor nossos futuros não muinto distantes assim que os valores astônicos possam ser apagados do Chromophilomos, Limitado ao milicêntimo dum microampère), primeiro chamou este tipo de parceria de peddypegaleve e ulikeana ou tetrachírica ou quadrumana ou pato e marreco ou débitos ou pratos perplexos (*v.* Algumas *Forestallings over that Studium of Sexophonologistic Schizophrenesis,* vol. xxiv, pp. 2-555) após deformação bem informada, feita a milhas de distância do Mestre por Tung-Toyd (*cf. Later Frustrations amengst the Neomugglian Teachings abaft the Semiunconscience, passim*) issim no caso do pouconhecido circular mais vendido popularmente associado com os nomes do miserável marinheiro (trianforano descongelado de nosso modelo padrão ameixas-secas) um relatório do almirantado Púnico, *From MacPerson's Oshean Round By the Tides of Jason's Cruise*, havia sido habilmente emborcado e atrevidamente republicado como um dodecanésimo guia de cada-conto-aumenta-um-ponto, variedade que poderia satisfatoriamente esperar pra mengansar como no jogo do ganso.

A indentidade inequívoca das pessoas na duplexa Tuberiasta veio à luz das formas mais tortuosas. O documento original estava no que é conhecido como manescrita incompreensível Hanno O'Nòinhanno's, ou seja, não tinha sinais de pontuação de nenhum tipo. Noe ntanto ao fixar o verso contra um iluminado clarão

este novo livro de Morses respandeu da forma mais extroardinária à silenciosa
pergunta da luz mais primeva do nossomundo e esse recto deixou escapar o picante

[123]

facto do que foi apenas furado masnão perfurado (no sentido
universotário do termo) por inúmeras estocadas e talhos foliados feitos
por um instrumento dentado. Esses ferimentos no papel, de quatro tipos,
foram gradualmente e corretamente entendidos como pare, por favor
pare, pare por favor, e Oh pera por favor respectivamente, e
seguindo seu único vestígio verdadeiro, o muro circunflexuoso dum
asilo d'homens dementementes singelos, cravejados por ped aços de vid ro
e por cela nas que bradas, – Yardquéritos apontaram ⟶ qui os
anúncios "provokados" par Λ̄ bifurcado, dum gràve Brofèssor; is soé Café
– da – manhã à mesa; ; aprùpriadu profèssionalemente *piquèd*, printrodùzir uma
noção de tempo [sôbrùm plano (?) sù ' ' pèfiç 'ial' prum puncto! ang los
(sic) no iSpaço?! Profundamente religioso por naturesa e pozição,
e chàlorosamente ligado ao Chá, e untado compão comenteiga e Giléia
dióvuos, suspeitava-se acertadamente que talira não poderia ter
sido visitada por ele o Prãofressor Prendergastro mesmo que sub-
estupidamente, sobre almancestral de quem, comfluxo,
ele desavergonhadosamente venerava pelo menos uma vez por semana em Cockspur Com-
mon como a menimaçã de seus olhos e o primeiro melhor amigo de seu filho e,
embora in Inglês comum pruma senhora casada bem enganada a propósito,
no entanto quando algum páren ou parente detectou que o trevo de quatro
folhas ou quadrifólio espetado eram mais recorrentes onde quer que a
escrita fosse clara e o termo terso e que esses dois eram os
mesmíssimos pontos naturalmente selecionados pra suas perforações por Dame
Partlet em seu montedesterco, pensadores todos adultos derramand-
água em Batatilândia apenas e uma galinharisca e musical eu

e não tu nesse caso, dois e dois umcumoutro, e, cum enxame
dabelhas caçando mel depois, um suspiro den chaymes (Oh, a boini-
tinha rubrosa!) as boquitas modestas separadas. Canssim seji. E anssinnfoi.
A criacartação das façãonhas de Fjorgn Camhelsson quando elestava
no país das Milhervilhas com os seus Soldrados. Com o recunhe-
cimento de nosso frevor do premeiro enstante dele rèstavanos mais
prazerasomenos. Pra pòsescritos veja espólios. Embora o melrenheiro
ainda nãos tivesse chupado seu trago nem lerdamente espumado até se fartunphar. E
a rapasa e o gonso inda vivessem em paz nos allrrede dores de *L'Auberge du Père Adam*.

Pequena necessidade depois disso, o velho Jeronimosalém, o velho Huffsnuff,
o velho Andycox, o velho Olecassandrum, printerrogar seus finsdessemantas vindos

[124]

pra R. Q. com: tiros num assibílio, barafunda de massariqueira
e seu filho é um repleto bebediário desmantelado. Contudo não
ouvimos nenhum filho de filhos partir com ele pra saciedade oceônica em sua
velhice sem nada em sua inguinorânça, Tulko MacHooley. E foi assim
que ele era todo o tempo, esse filho da, outra
vez, o dia estava nele e depois diamanhã Diremood é o
nome que está na escrita do cap do saltério, a juxtajunção duma
queridamiga e ele desmaiando de desejo por seu corponheiro. As
filhas vão atrás e prucuram pur ele. Torba, a sim-
patícia de pescoço louro. Procurado por servanço milentário poruma
pessoidosa pra Totty Askinses. Formãemente canfundido
cum autro. Talvez deixando o bigode crescer, dissesse, com
umadorável expressão didivirtimento? E usa salas de bilhar sem cràsse
com uma escada dicimembaixo? Não Hans, o Carteiro, embora tivesse
tido dado apenas umas risadinhas menos descaradas
e se não fosse tão obusrrecido por seu bulbo de persecução ele
poderia ter, si, e teria, tão real quanto a ponte d'Essex. E Go-

pheph não vai golfofocar, eu declaro ao homem! Noe! Pro total alívio de todos a meiúnica hipopótese daquele macaco tagarela emeio às chuveiradas nozembeteiras de Bruisanose foi ardentemente derrubada e seu quartocupado por aquele odiento e ainda hoje insuficiente malestimado ladrão de notas (cáca, fergonha, bobiça e fiestividade, muivido, Gus, uísquirlandêis? Zés tu!) Shem o escrevente.

[125]

Capítulo 6

Né?

Quem em lugar algum jamais lerá estas escritas palavras?
Signos em campo branco.
(James Joyce)

Para Júlia Muniz, Dennis Radünz e Fábio Brüguemann,
meus personáuseos

Né?
Quien tu no és'ta noite, leizi in genttleman?
O eco tá destrás das mata, veim pracá!
(Shaun Mac Irewick, cartador, por concernência do Senhorr
Jhon Jhamieson and Song, estimou in uns centipoucos per
armacentis nesti naiturno qüizquemqüonário dos doze após-
trofos, compostrofados por Jockit Mic Ereweak. Ele desintendeu o êmi
por um ollo do númelo tllês delles e deixou suas livres ri-
postas noturais pros quatro deles em sua pròpriartística fina disordem.)
1. Que segunnono mito reitor de máximas ponti-
feitoras foi o primeiro a ascender mais alto em seu fé-de-peijão do que
o gomuazul buaboababbante ou a Sequóia gigantesca de Wellingtônia;
foi nudibotas trutar num liffeyette quando ela erainda
apenas umas gostículas; era bem cunhicida por claudicular um capuz
de concilienação pra sujidade de sua bica; despostentava um alberto
colarderosa solenamente sobre sua epulência holandêssa; pensou que prensava
uma niwtonelada quando lhecaiu sua primeira maçãnucolo; deu a hedion-
dez dezcolha de todos os naitivaleiros entre caralhontens e dimarias;
teve vàriannas sucessivicores servimpregadas no mesmo tapetão branco
da saladestar; foi numa forterá nesthora nessacasa comelistava in urze;
bombeou a güagüada católica e choucou com a prodestante boyna;
matou sua própria fome in fúria quando era jovem; achou forragem
pra cinco quando allmarketericanos rosaluviaram; com tutores Hirirlandeses
Cornualhianos fazendo fácil, prova

[126]

da rotatividade, pedágio da estrada; criou enteados por cabeça de uma
vilha soltadeira; é muito engraçado prum peixe e muito
superficial prum inseto; tal um heptágono de cristal emprisionando verdadeiros e

os fausços por nós; é infinitamente grã-fino em indumentárias impróprias; uma vez
foi empalado e uma vez foi entochado e uma vez foi inundado
e ela o pendeu na conta do banco; tem uma telha corrida de dizer
a Toler que nh'ora é; oferta chances ao Pin to mas levanta
pra Lei entes; encontrou carvão na ponta do ancinho e musgos-
rrosas atrás dos veios; fez um forte em sua fotherna e escreveu
F.E.R.T. em seu broquel; é o mestr-in-fuga de toda sorte
de armadilhas; se ele brada como um labrador, com o bed-
el é abrandador; foi evacuado com o mero aparecimento de
três germhunos e duas vezes sitiado por uma vassourada; da zoomor-
fologia ao onianimalismo ele é brochado pelo giro duma moeda;
torres, prima édiçon em meio aos semlâmpidas, lançando cisnes de luz
nas prafundas; ameaça trovões sobre os malfeitores e envia sussuros
sobre os frufrus di fraufrau; quando Dook Hookbackcrook vira de
bunda businadores riem e festejam mas eles o vaiam com uus e buus
seus cuus como ele faz com Hunkett Plunkett; através de glonssários
procura um sarau duma senhora dessa cidade; negócios, ler jor-
nais, fumar charuto, arranjar copos na mesa, fazer refeição,
prazer, etcetera, etcetera, prazer, fazer ferreição, ajanrrar ca-
pos na mesma, fomar churato, lar jornéis, negácias;
meineirais, lavar e escrovar, vistas loucais, feitiço caragumelado, quadrinhos e
cartões de anosversários; esses foram os dias e ele era o herói deles; chuva
rósea docaso, bruma dargila vremelha, dessolação do Sahara, óxido de
Fierro; acusado e afetado, listado e litigado, pleiteado e provado;
pegou seu cheique no benco da Entraterra e endorssou suas sentençentas na
saída da cadela; cérebro de franco, mãos de cristão, língua
dunorte; comungado pra jantar i enchamiado pra blefar; tem bloqueio de
Manhã e uma dor de cabaça todatarde; toma conselho quando
tá sério mas miqueimausa quando tálegre; caminhocou até
o Chefe onde sentou e estacionou seu Rabo; mostra traços de Inglês Pri-
mitivo e uma janela margarisada com luzes manidouradas, um
myrioscópio, duas xingulares pixinas e três âmbrários que valem
a pena ver; arcos todos portucalissados e sua nave data doutras datas; é

[127]

um horrológico imparável e o Benn de todos os badalos; foi, indé e será embora embolorado stá emborrachado; é um caravalho na foloresta mas plantaneia pra Megalópolis; montunsculoso, faunoperlingeiro; soalho em nossa plataforma, só alho em nosso escorteiro; hidalgo, in carucatos ele é enumerato, tido como um conde, ele conda; brilustra a frase com palaveras besouradas di uma forma tal qual momentos relaxantes num graminívoro; à nossa ruína trouxe a lei, de nossa mansarda fez sua morarda de; foi um triturador pro subsolo e acquaduçou as gargantas ardentes; manda meninos em meias tossiguinchando quando solta seus peidos de oxilato carbônico e meias sedentas mostrando suas formas quando solta as calças nelas; estoca puêra seca pra pestissoas e pírulas pincontadas pra todos os Pálidos; deu seu pémundano pra Misserius, seu beliscão pra Anna Lívia, aquele superfino rabo de porco pra Cerísia Cerósia e do que te ris pra Titius, Caius e Sempronius; fez com que o homem que não tinha nação de lojistas preferrisse bancar o duque do que bancar o calvalhieiro; comeu duas reínhas e chacoalhou três tôrres quando ganhou o xôgo dos añões; fumega por dentro como um estrombolista até fumegar pelos dilados; homemute, orgulhantes dele, femênina, pietade!; mostra um puñado de nieve branca entre o juncaltivo de sua couroa e uma aia de aiarrependimientos sobre o que derramou sangue; pauza e paz, contra tripla; fui de metrô pra pólis e ali subi; pros perseguidores, viva! úia, pra quem procúria!; a quem de sujeira siencheu, à escasseiz devolveu; copa à frente, cacau logo apóis, esmeril prova à bandeira; pode dançar na polipissa d'O'Brian Noolano ao seu própio acompanhamento dorquestrauss; ocorreu antes da convenção internatural das parteiras católicas e

aconteceu antes do congresso para o estudo das calamidades
endonacionais; efectua una *entrée* delictuosa e finnaliza o curso
entre dolces e sagados; despreza as previzões, dom pras descobertas
e a leveza da luta no parque di diversões; livrou-se de trez-
entos e sessenta e cinco vaginícolas pra montar uma kalassal pra espenosas
desejantes de ter machos; o principiesco, o ganuncioso, o acendedor do
fogo paschoal; proíba os nossos pescados assim como nós os prendemos; a
phoenix seja sua pira, as cinzas de seus paiz!; empilha o grande pelion nas
pequenossas como os pillures de hercúlider; tem um complexo de étipus

[128]

e uma mania de beber até finnar; sarsicha pros estrúpidos e carne de
valca pros crialdos; quando implora por nossa proteção é verdadeiramente
cem nossãos; dois esponsais psíquicos e três deserções; pode ser casado
de fato agora mas foi um fordedor de emprertigadas despois; Colina Cattermole, ex-
montanha de carne foi erguida pela pressão e desnomorou sob trensão;
enche o tanque, mola a goelha, diz pro arfaiate do seu dupro; entodacasa prum
homem mas um dedalzim pruma camastureira; blimp, blump; uma letra farsa,
um canto uma cantiga uma sílbla; um provérdio, uma sentecença interromp;
enquanto permanecerem de pé phoder-se-ão-vê-los fracair; foi incubado em
Cellbridge mas ejoculado no exterrior; começou nas princervas então terminou
numa batalha de Bambambãs; Roderick, Roderick, Roderick, Oh, seguiste
a direção dos Dànêsses; veriadamente catalogado, relugarmente reaprugado;
um feriato de campesinatos, uma cópula de patos, um banho d'areia des'putas;
o mesmo ovogalado homohéteroso de quando o roncôlho airoso
si soprou; real detonação mas falsa relatação; fonte demente mas pen sana;
meia emilianna via censo falso mas ínvia quando hausmanda e
allphannda; é o mais andado de todos os andinos e o local mais aelegrante
pra descartar sua corcorva; entrega sua suecessão aos noivos patrícius mas

se empenha plebèicamente aos sangrentos séculos passidos; come com
portas albertas mas trepa com os portrões flechados; alguns o dublinam
Rotshield e outros o duplinam Rockyfellow; mostra que voa prambos os demis-
férios mas tenta colibrir os rastros; sete columbários cooncIamam
terem sido pombais desse pombomérico, Smerrnion, Rhoebok,
Kolonsreagh, Seapoint, Quayhowth, Ashtown, Ratheny; inde-
pedante do senhorio da câmara, reconhecendo o rumo
di Roma; vimos tua chácara em Useful Prine, Domhnall, Domhnalldo;
fede tal Illbelpaese e parece a orelha d'Islândia; aloijoado em quantos
lugares, vivia em tantos reinados; toma sólbado no seu sim de femana
e se reifresca no seu dormíngüo; despois dum bom combate de bate-
bola gosta de Xirolirolí Xirolirolá; o que Nãoagoura perdeu e
Calombo achou; acredita em calda homem como seus goleiros e
n'África para os zaguinegreiros; o arco de sua merta foi quarrentennamente completa
e seu marco arrastrou-se aos oitrentas; gaba-se cheio-de-
si de ser o mais velho em Ariânia e menos preza a família
Suíça Conllirmãouns que chama de *les nouvelles roches*; encruanto seu
couração, ralma e esprírito retornem aos trampos dos faraófas, seu amor, fé e

[129]

esporrança aderem ao foduerismo; fornicadores de pernasproar o censuram
sorrydentes a frente enquantro rústicos resmunguentos o praquejam
por trás; entre uliassas e minúltimos vislumbres d'Evana;
Lug tem pico e Luk tem pica; bebem tharr e wodhar pra
se sentar e comem a impariscível costeleta di porcatura pra sarregalar;
os mendigos o cobrem reclinados sobre o seu escabelo, as putas
picam-lhe os olhos enquanto andam a seu lado; em Naital, na Loja
d'Advento, NovAnil'ândia, depois duma doença quaresmal, o roeverendo Sr.
Pascoalino de pentecostitis; semguidores polegardos, fanfarrados todos

privados; Partiu Pronde a Glória o Esperma (Ball, bullista) mas Não Aqui Ainda (Maxwell, bollaconista); cominxou sob artículos mas fenixou como um borges; da pipa da baía via o baurril da escurinha inté a gurrafa da blanquinha; é Al nas alturas mas Roh ré seu rohdical; entupido de marmorras quando tudo tava esbodegado prele como um chófem louco pra cair di boca num viñiblanco onde ele mensturou o uso duvas passas; salimenta, dá esmolha, rustica niñarias, amansa túmultos; sameia simenta suficiente pruma seminação mas pressiona a empregata na moita; aprendeu a falar dirmão à boca até que pôde aurirlandar com os olhos felchados; abril seu calminho através d'isthéhacqhius mas pendurou-a-si-mesmo pralá daquiprafrente; rialtus, annesley, binn e balls pra não falar da Nova Ponte Vindoura; o vislumbrilho do sol atravéz da escassez da sujança no rubor do tijolo da vilgar vila de Barneulma transformou-o em pó castanho; este pintalgado de xadrez, ruibro, amarronzado, amarelento, arroxeado, cinzão, violetudo e agriãonto; há um tempão mas nun sis queceu; aguentou o agudo ataque de fome mas apartou o cinto, apertou, apirtou; ele tem vinte e quatro ou tantos primos germininando nos Estodos Imundos d'Amérdica e um homônimo com uma inicial direfente noutrora reino da Polônia; sua primeira é duma rosa em dubão e sua segunda Franco-Egipciliana e seu conjunto signiphica uma queda na Christie's; perto de sua parte cordial veio a mulher dos seus sonhos, sangue mais grosso que a água do último negóssio alèmares; obíscipo de Gentiolhar, senhor dos Calvalos; tu e eu estamos dele cercados por prdios sjos; polto livle de Elin talivez mas Himpelial Cildadi essemple; eli ela ium di seus rapagãos cachimbantes mas simaginava comum fumalento naquela época dis-

[130]

tante; Monte de Mishionário, Prado de Mell; teve duas venturas cardeais e três quedas capitais; deu uma olhada em seu livro de bolso e uma trolhada em seus trecos; B.V.H., B.L.G., P.P.M., T.D.S., V.B.D., T.C.H., L.O.N.; tem Cafèitos, Armoço, Juntar e Soupa; como as ruas estavam pavimentadas de frio ele sentiu sua tomboratura; ensinou-se a partinar e aprendeu a cair; caramente suljo mas antes destimaldo; altos chefiantes em trodo lagar pra defesa dassassonato; Mestre Ostomano, Xá da Préssia; biaija mmuito diplas, despríama tud' usseus parisistas; premeiro dos finianos, *roi des fainéants*; sua Tiara de bolinho foi mantida infalível até que um tal Liam Fail o abateu em Westmunstro; foi arrancado de seu assanto quando rimou solito pra nos demascar e pra nossa apaurente predicação provocada como pragas de Burdapreste; pôs uma cabeça de fósfro num cauli d'álamo e atiou fogo aos vivantes; varou a vara e arruinou o raio; simbolou com bolos e sarreprendeu com prazer; até quando senterrou quão feliz ele ficou pra fazer o anel do céu soar com *Up Micawber!*; deus no topo da escadarria, carniça na esteira de palha; a fals idade do fio da fiusaranha sofoca a bocaverna de sua feiura mas os filhotes que vivem em seu véu de folhas gorjeiam-no como amantes d'árbustros; damos as mãos sobre seu lençol ensanguerrado mas estamos inteiraminto empunhados com seu mento varde; nosso amigo vikinlegal, nosso anamigo fidel; sob as quadro petras junto a seus reigatos ondesvaneceu a conchalegre d'asbórnia; Mora e Lora passaram um monte de tempo mirando colinabaixo pra confução com o olhar firme in prontidão, lança à frente e pé-de-vento do combate espalharam a laculeblina do Lego sobre o último de seus campos; obnubilamos por ti, falturoso, no ano de luto mas

brindaremos à cintilância quando a fluida luz de morven comover
os raios do sol; suas pantalonas rajadas, seu andar um tanto estranho;
hereditatis columna erecta, hagion chiton eraphon; tomba com a cabeça
prum cochilo pro nuncio mas cacarveja como um gralo quando fica ecomênicu;
é um équator simultâneo de elimbinadas integrais quando três sobrum é
inspreção impropérica; tem a mais cônica carapaça con-
fisionista herônima e aquele chuchufuoso chimchim dele é como
um pegada de cangulu perto de Taishantylândia; ele é tão globular como um
gasômetro de lítio lividoso e tinha três vezes dez anoslares

[131]

antes de rebolar em redor do Circo Radiante; a petricabala
na cumeeira de sua cavirna é uma constante canina mas somente um amiri-
cano pudiria aparoximadamente apoucapreciosiar o alonga-
mento dc seu atlaso; badernou à direita e à esquerda em Baddersdown em sua
caça ao javalirdadeiro mas si finnou com os moderrubros que o
atacaram em Camlenstrete; um hunnibal em conflito exaustivo, um otho
pra rothornar; corpo ardente do arsioso no monte conmovente emn
onmda atraenmte; entramos nele criansonolentamente, saímos
dele briguevidentes; despiu-se pra salvar a Sra. Drow-
nings de suas rainhas rivais enquanto Grimshaw, Bragshaw e Renshaw
fugiam com suas roubas roupadas; taxado e avaliado, licenciado e
alagado; sua trifacetada cabeça de pedra foi encontrada na colina cavalalvo
e a impressão de seus pés constelossos é vista no círculo de grama
di cabra; mostra aos cegos, conta aos surdos e chama aos mudos, coxos e mancos; Miraculusão,
Mandãopassarim; conduziu os applausos à Criação e
sibilou um encantador de serpentes de suas estadas; caçado torna-se obcecado,
caçador torna-se raposa; devastador, casador, perseguidor, silencioso; Olaph o Va-
queiro, Turco o Tourrível; você sente que ele é Vespasiano mas

pensa nele como Aurélio; invusor, trafidor, socianista, comi-
nistra; fez um assalto veronil às nossas praias e cobriu de mendigos
as areias; primeiro abateu Raglan Road e depois destruiu
Marlborough Place; Crumerecto e Cromolina foram seus
famosos repéusos quando nosso joão bôbo cambalivrava num
Lubar ramado; marechaliou a reunião e limitou o
chefe; enredado antes de mordiscar mal consegue mexer uma balança, mas
repleto após as refeições, pesa uma cidadela inteira; Banba rezou por sua con-
versão, Beurla tinha saudade daquela grantiga voz; um Colosso entre
repolhos, a Maçãnjacitrina das frutas; maior que a vida, mais forte
que a morte; Gran Turco, cevada formentada; salmenbulger, leprento;
ele cintila sua imaginação genial, a profundidade de sua sagacidade calma, a
clareza de sua honra imaculada, o fluxo de sua benevolência ilimi-
tada; nosso antepassado familiar, nossa ostrosa tribal; pur qüá ele era
invencível e pru quê ele foi sulfocado; irlhota particionada, irlandeses
unidos; ele deu uma talagada em seu próprio vinho mas ele tava meio
amargo e quanto ao salmão ele vem crescendo nele a vida
toda; fenham, sapressem hecklebury e sawyer, aguardem-te;

[132]

silente como abelha no mel, desolado como o ruflo do faucão, Cos-
tello, Kinsella, Mahony, Moran, embora enlaces Amrique teu
líder doméstico é Danês; retratado à direita, é içado pelo lanço em
seu pescoço desgrenhado, retratado à esquerda, é racionado em pastéis
isobáricos entre a tripulação; pergunta-se se foi nvenenado, pensa-se quanto
é que deixou; ex-jardineiro (Serragigante), equipado com
existências planturosas regou a Roseoeirinha (coitadinha) com
a mangueirinha; lençóis estendidos e embornais encharcados mas o óleo sedoso
limpa o Queridanimalzinho qui mija no escudo d'água; o gozo que tinha com

mulheres alegres, o emprego que dava a homens álacres; fiador dum pelotão de fiadores, aliado de um bando de destemperados; contra relâmpago, explosão, incêndio, terramoto, inundação, rodamoinho, roubo, terceiros, burrice, perda de dinheiro, perda de crédito, trombadas de veículos; pode ficar tão puto como sopa de rabo de boi e papear tão alegre quanto um portro macio; não hesita em seu unionismo e ainda assim um nacionalista obstinado; Sylviácola é acanhada com ele, Marujosfardados farejam o gracejo; mostra os sinais da paiz em seu peit-o-guerreiro; fiòfeudo dolar, novecentos e trintinôno anos di dereitos di posse; está toldosdias alberto pro bem da polêmipolítica quando não tá solfechando por amor a Janus; suga o elaxir da vida dos peiticos da Judia e ruola de mau rhumor se algum papolino astropela os Huguenotes; Boomaporte, Walleslee, Ubermeerschall Blowcher e Supercarga, Monsieur Ducrow, Mister Mudson, jardineiro mestre; pra um ele é apenas pança e juiz, pra outro cheio de feijões e brehões; halucinação, pesadeles, ectoplasmo; passou de bébé d'ovelha negra até virar mémé de cabra branca; foi drummontizado pela filha de Mac Milligan e musicado por um tal Shúbardo; todos os fitzpatricks em seu condado o reconhecem, os garotos de wetford o saúdam como papá; indanificou-se consigo mesmo com o tributo porometido e foi pubilicamente jogado à brigada; foi dado à luz em trivila e entumulado em triplexos; sua semmelhança é em Terracoita e dá repouso ao arco-irisado; lebriedade, froternidade e-qualidade; seu reverso faz da necessidade uma virtrude enquanto seu obverso mancha a mãe da invenção; reforma tua amurada e serás o segundo imperial, segura as pontas, desata as tentações e serás ripa e gesso; convoca a totAllssembleia quando ele falha ao apelar aos Cadòvos; reinho, arrei, reirdeiro da corroa, rei dos reis; fica na boca di Dee,

[133]

então saportou o bombardeio em Baulacleeva; quer eldorado ou última thule; um curral de àlcooloucos de feudos foguentos, uma carrada de cinco pubs; torrou inúmeras librinas pra caçar ancestrais familiares e então alegou duproblema ou renúncias rápidas prabotoar as fivelas; jogou pedricas pra dar sorte por sobre o ombro encharcado e pressionou gentes armadas até os dentes; vervi como Gaudio Gambrinus, servero como Potter o Grave; ás das artes, duque de dimamantes, terror dos clubes, medo de enchentes; cabrum, cabrum, duplicaputas em frente a um bordel mas tri por um pra virar o jogo; rodou a bobina título muitas vezes ao contrário da fita na Tela Prateada mas foi sequenciado do set como Corcunda e ainda pelos co-estrelantes Rick, Dave e Barry; pode começar mais cedo já em vintesegundos de Março mas ocasionalmente não sai antes do Virgintiquinque Germinal; seu nome Indiano é Hapapoosiesobjibway e seu número em aritmosofia são as estrelas do arado; pegou em armas na província do pico e lançou sua linha em Eelwicko; move-se em ciclos viconianos mas miasma o meismo; os ratos do esgoto bendizem seus dejetos enquanto os pássaros do parque praguejam seus holofontes; Portobello, Equadocta, Therecocta, Percorello; guarda debaixo do colchão macio o dinheiro duro ganho na Estrada Watling; seu nascimento provadamente acidental mostra à morte seu grave erro; trouxe-nos hera gigante da terra dos jovens e enfeitiçou Apostolopolos com seu feldaval; embora satisfeito que suaves garotinhas radiosas e sem par se transformem em gozosas e exuberantes mulheres jovens em seda fina não fica tão à vontade quando homens robustos brutalhões catinguentos deformados devam abafar rapagões bonitos ativos bem formados dolhos francos; heraldo cabeludo, reparte o trigo; desposa sua tia e adota seu neto;

escuita mas cala, vele-o e veja-o; tempo é, um arcebishado, tempo foi,
uma entrada de negaciantes; riachinho riscado por um vau, escama marcada
por uma barcaça; sua precipitação é um par de joelhos enquanto a temperatura
média da grama media três à sombra; é o ponto de fusão da neve e o lugar de
borbulhação do álcool; tem uma rusga com as putas e depois faz justiça a si mesmo;
insinua-se nos capítulos escatológicos de *A Justissa*
de Jaypees de Humphrey e é caçado por recenseadores Tebanos que farejam
algo por trás do *Lifro dus Martes*; o rei estava em

[134]

cornoalhado mamando manchas murras, a rainha estava armada em
armordura sentindo-se fraca e flocosa, as mininas em meio ao
parque expunham suas pôsses, espientos espiando os traseiros (punda!)
e pulsando a arma dura; a todos os pedritores erigiu uma pedra
e a todos os vindouros plantou uma árvoure; quarenta acres, sessenta mílhias,
risco branco, risco carmim, lava seus plés em annarqüosa; qoem
sentiu falta duma porter se o qoe ele qoeria fazer por si era sessentar com
Pímploco mas o convencerram a descansar com Sue?; Holanlorde,
Holanlorde, nos aterra; Hedimoundo, rei e martir, sãofusão
do Leste, Pedro-Pára in Petrina, Bart-o-Glande-in-
Tloca; sencavala em direção às damas verantes em mãotrimônio
como o príncipe d'Orange e Nassau enquanto deixa a trindade pra trás
como Boipidão, Bill-da-Cara-Preta; sobrancelha d'avel-
âneira, charco negro; transforma terneiros em touros e uma
fonte em Artésia numa eva d'Arábia; o manunscrito no muro,
o cryptoconchoidsiphonostomata nos seus exprussianos;
sua nascente está além do herosponto e seu morrente no aprazível
campinho; é o mais decrépito kioske na plenínsula e a
mais chufenil estalagem em Santa Escolândia; perambulou muitas centenas e

muitas dezenas de milhas de ruas e acendeu miliumas noctilúcias em hectares de janelas; seu nobre manto largo repousa sobre quinze acres e seu cavalinho branco cobre bem dozenas de nossas portas; Ai da vela e ai do leme que armaram prA Mairie Quai!; seus fulhos os hunos, suas falhas as tartárias, são philhas hojiacqui; quem repulsou de seu rainbombo as bombas de Ostenton e falchiou cada flash pro fundo das profundas; problema impessoal, um enigma local; de pé, veículo de arcanização no campo, deitado, provedor de cheias de celiculação através di eblanas; uma parte do todo como um parto pruma baleia; Querido Hewitt Castello, Equarriço, estamos dialeitados com nossa passaída e recordamos os idos verões atuais de Rhoda Dundrums; está acima do nível das sementíferas e fora da zona das leguminíferas; quando elos antigos bloqueiam corações antigos então ele parecerá com ela; pode ser construído com cola e recorte, rabiscado e anulado sobre um suporte; à noite expressa e canta sua história, a canção das pardaisnotas nos fios do pentagrima; rasteja com piolhos, apinhado de sacerdotes; tão silente quanto uma

[135]

musquita mas tão bulhento como uma sonogoga; era Dilmun quando a tâmara foi palmeira e Mudlin quando a noz foi quebrada; sungrou os mares, aplaudiu os pares, uma lambida no lábio e um pulsar em seu cuore; sua porter tem uma pegada forte e o pardeiro a bênção dum branco leve; tanto quanto o vento seque a chuva caia o sol revolte e a água escorra ele é exaltado e abatido, remontado e dividido; vá simbora, estamos deludidos, volte, estamos desbantesmidos; escavou a Ilha, cruzou os Infernus, nodou na Inondação, e fluviou o Moyle; como graxa, como graxa xebenta, graxioxidade, sim, de graxioxidade pingando; não disse ao velho, velho, não

disse ao escorbútico, escorbútico; fundou uma casa, Uru,
uma causa que ele afundou à qual atribuiu seu deustino; sustém
um croocitante coorvo num campo de poombos; reluziu a haluz de seu varlete quando
apareceu pra sua coizinheira como Piavão, Formigra, Vequeiro, Taura,
Áustristruz, Manguaço e Gamboá; tirou a creveja ale da era das
urticantes temerárias; pôs um teto na capela pros Hinos e um
galo na panela pros hunos; foi sorvente depois pancircense depois
horteiro mágrino; os porres que o tombaram, os triplos que
o trombaram; então pega nossas lebres porém tranca nossas cabras;
livro-de-bolso balsa-de-borco, perfurador tiroteador; luz doutros dias,
tristerrível escruridão; nosso repulsivo paipai, Tumuroso de Tartura; cunfuçu,
imprivesto, chacoante, nãum, berturpador; foi bufando da cidade do rei
pra novos partos, removendo sua cracunda a cada
ponta dos susparros; com peso de Pá e cabo de Papá ele é o velho
cutelo de Papapá e Papapapá si finou; quando cucasjovens em velh-
ombros e pescóços médios envelhecem; chamador de arenque diária-
mente, tarpão túrgido durante à noite; veja Loryon, o comaleão, que
mundou a história endócrina por viver com pãos de quarenta grãos;
ela o deixou surdo até ele a cegar; os pombos sempomboleiraram
sobre ele certo dia na Bonte Pasles e os corvos negros
lançaram seus fios negros nele na pós-noite trás do Porto de Koenig-
stein; trunf da rep, conf do priv, prosp do pub; sua cauleça
é ideal se seus pés são de bôrra; ele trombou no ôco
do prarquê, tris trão, enquanto flanava no vaguum
do phoenix pedras voaram; parece um manteiga derretida
e soa comum palavrão; orvanho da montalha, pálida luzalguma

[136]

em torno à lamparina açucarada em água frevente; três doses dum
centeiavo pra selar a sede; brindando à Srta. MacCormack Ni Lacarthy que

fungiu com Darly Dermod, arrogante e trigueiro; uma vez que diamante
corta grenàda agora damante cortará grumada; podes encontrá-lo no
Florence mas procure-o no Wynn's Hotel; alhi stá seu arco e acá istá
seu liucor e cà jaz seu broncalovão, domijan; Duce Albiony, a mais bala
vilania do lagar; Hennery Canterel – Cockran, euvotistas, limitado; tomamos nossos
cháis e soltamos nossas pulgais ao redor dos tristurnais rodapéis das mauntanhas;
construiu a kirgreja de Lund e destruiu as terras disgrejas; quem adevinha seus
títulos agarra seus feitos; posta e patatas, feixe e fritas; astultíce de Juke de Wilysly;
Funiral de Hugglebelly; Kukkuk Kallikak; ouvido na câmera e
excruciado; benção quando com bancos aboletrados, banição se tiroaoálvaro-
sainaculatra; paraígerado, caostaminado, terrinato; seu
pai presumivelmente sulcou fundo em hora extra e sua
mãe como tudo indica deve ter transado sua jota xusta; uma pre-
gada no Megaceno, chepeleiro disputado por Siriricante;
capetão honorrário do extemporrâneo corpo de bonsberros, reportado
como amigável com a polícia; a porta ainda está aberta; o velho coleirinho
revolta; não esquecendo às vezes em que risses das calças patalvas
de Elder Charterhouse e do modo como dissesses que
todo o drestrito podia ver suas pernas preludas; invèz de crez ela
penderou um aulbautriz em seu pesquelço; quando sua chaleira
virou fuleira nosso thorstites definiram sua linfiânfora; sua cart-
anuada concentrada por mãostres de ensaio, sua marca imposta
pela norma da forma; um par de peitorais e uma tela
tripla pra dar corda ao vento; acendeu seu cachimbo com uma resinárvore e
encontrou um cavalo de tração prarrancar seus sapatos; cura escorbruto dos escravos, fura
furúnculos dos barões; chamado pra vender poliodores e achado mais tarde em
seu dormirtário; tem seu assento de justíçia, sua casa de missarricórdia, sua
corn'o'copiosa e sua proção de cen'teio; prospectador, tinha uma machila, retrospectador,
segura o bastãolpino; conquistou a libredade de nova yoke pras
mentes dos jugoslavos; autua o altivismo, convende o passivismo e é uma
górgona do egoismo; derrama uma gargalhada de sua ilforma-
ção sobre uma lacrissalada; meiouviu a solilonguagem da
virginal La Belle fiando ao seu Gran Mounte e levou uma vida inteira

[137]

al lado de la lareira, prerguntando se isso seria breu hebreu celeste
ou o mercuricanto dos aquatérnions; os seus troblemas podem ter
minado mas seus doblemas ainda estão porvir; a panela de lagosta agarrou
nossa quilha, a praga de jardim que estragou nossas ervilhas tortas; se queda
num parque enquantador, o mar não está longe, as cidades importunáveis de X, Y e
Z são faxyzilmente alcançáveis; é uma excresscência pra humanidade cilivizada
e apenas uma berruga n'Europa; querfazer somnar pro somtido
e inda quer seus flescos motes de novens veramente prurais e
plusíveis; tem anéis excissivamente largos e é incostumeiramente prefumado;
libi du blina auscul tar o quei xume do têmisa; é um prínpici dos fingalianos
nas farras dos hibernianos; tem um ringlês pra carrin-
gá-lo e um frenchês pra frinchovalhá-lo e um belgasson pra sua bruxtruca e
um alemón pro seu copón; foi emboscado por um parqueiro e carimbado por
um carabineiro; chuta lintilhas quando tá puto e atira ararutas em Chacó,
de centos em tempos, aos pobres pàriabandonados parisquianos; lê os enchantos
de H. C. Endersen todas as simanas de seus entordeceres e os crimes de
Ivaun o Taurrível estrondosdias mãnhosos; se ensseboa suave
àl face e se ensopapa sozinho no baño; possui um barril-
gudo que sempre foi tiptapado no reservado do Bar Mullingar;
nasceu com uma língua nouapratiada na boca e
contornou a costa de Ferro com a mão esquerguida àcena; elevou apenas
dois dedos e indassim fundeu o dia; pra quem é mais fácil
achar um cê em Ebblannah do que pra mim ou pra ti um dobletê
em Dampstterdamp; viver com quem é um prefeitinho e saber
que é uma educação liberal; foi batizado em Saint Olívios e cris-
mado em Seint Ontúlios; ouvê grilos na terra mas cricritica a
vida dos predikantes; ainda torce os ouvimoucos de Dario pro

agoura mui enfurioso aDeus; fez o Homem cum pinto
e bunda e cunhou mueda i maná; gosta do pud-
im das seis choras quando volta prolar docelhar; tempassado por todas
as eras da vidaventura desdo uisquisito à shampãñíta até
o phoder dum pote de porther; golherme o forsário, ranrique o
anseião, carglos o sacabado, ruchardo o turceiro; se uma mandrálgora
gritou até às convulturas enfim sobrevivendo ao seu nascivento a marreca
grasnará amagramente à ressurreição do pulha; perde peso em noite
enluada mas aperta o cinto aossol punhante; com um toque

[138]

nas nalturas tornou um mundo velado desrrido e adentrou um
papel de ceda da opção de três gaiolas; podia verde uma só
vezum saumão fisgado por um harpão, corçadores peirseguindo uma corça, um
navio aportando a todo vaipor, uma batina branca içando uma hóstia; enfrentou
apupação como o velho Rei Cnut e deu às costas como Cincinnato;
é fofô pater e mater e um Funurrável paipai grisalho em vilhas novelhas;
derruba um lítero e um quartro quando tá embambeidado assim na ciudade
como nocéu; arrota uisquisisto em seu cismo mas sempre a robrusta
em seus pestitas; gagueja antes da queda mas fica inteiramente louco
quando dezperta; é Timb pra perolada mãenhã e Tumba pra prezarosa naite;
e se tivesse os melhores cacozidos tijolosos da pedregosa
Babilôngia pra seus brincantes lançamentos estaria perdido por falta
duma duplarrede dablínica?

Resposta: Finn MacCool!

2.Tua murmãe conheceu teu pipiu?

Resposta: Quando me torno meóptico, conforme prospectivas tãurbanas,
é de minha filial confiança, vejo-o com orgulho, que pontificador,
e circunvalador, com sua gárrula damãe noturna, drumindo ao seu lado.

Ann alivía, os cicios dela, 'phariam montanhas grilhantes sussurrar,
e os bergs d'Islândia derreter em ondas de fuego, e seu corlher-
jador-me-spondeus, e suas cocem-mi-ondinas fariam o Rugento
Osseano ajoelhar-se e ringerrir uma lira! Se Dan se dana, Ana se enlana, se
ele plana ela flana, se ele fana, ela ufana, com seus regatos
rubros, e seus recatos doces, e seus gracejos dablínicos, pra inflamar
seu lêmis, e entumescer sus sueños. Se o ardoroso Hamurabi
ou o friente Clesiastes pudessem espiá-lo princando, romperiam
barreiras dinovo, rununciariam suas reínas i dinunciariam seus fa-
itos, pra semprio jamil, e uma noites. Amim!

3. Qual título é fiel ao tipo-de-Lema praquê-la-casa de palha de Tico
e Teco pintada em dublanc y niegro, donde
uma áspide está subclavada e aves desvoam em colônias e
uma magdia dorin se foi pra casa dos monges e o riobaardo foi pintado,
que nem seja Bruxoria Loucal nem Pascoelha Finada
nem Haraldo, vendeiro, nem Vatancano, vinheteiro, nem Barcasa
y Colmeia nem Noite-som-Brella nem O'Faynix Carboprìncípio nem
Mourador dc la Plaça Romiecco nem Ebblauna Abauxo ni Le Descer

[139]

El Millôr nea a Lea de Benjamim nenhum Tolomeu Whaddingtun
neim Mosquituérpia niem Muscau néim de Corre neinh di Weirso naim o Arco
nãum o Bafão nenh O Bardo Hulandês ninh O Uval nada
Grande nada Esplêndido (Irvilha ou Ticida) nien *Erat Est*
Erit neom *Non michi sed luciphro?*

Resposta: Tua obasidade, ó civiliano, atinge a felicitude danossa
orbe!

4. Que politana capitol irlandessa (al deia ol deia!) de duas sílblas
e seis leiteras, com origem déltica e um nuinoso fim (ah pó oh

pó!) pode gabar-se de ter *a)* o parque público mais extenso no mundo, *b)* a indústria cervejeira mais expansiva do mundo, *c)* a via populosa mais expansiva do mundo, *d)* a paupulação mais filohipútica theobebosa do mundo: e harmonizar suas respostas abecedeadas?

Resposta: *a)* Delfas. E quando ouvires as dhourosas homèriteladas du meu coraução, minha môssa alinhada, bingbangando dinovo as costeletas de tua resistência e os tenraios dos meus arrebites trablalharem pra tua destraição tremerás com todos os teus bulìsoluçosos quando *fórmos* cavalalgar a-cura-da-mente, tu com tua granalda alaranja e eu com meu sareno cordeal, descendo as vias graxiosas das gorgalhantes umidáguas da vida. *b)* Dorhqk. E certamente podes ter essas boas e velhas badaladas em todo lugar, e deixá-las, como na Marcha e como t'envolveria com meu suave pàssamoroso sotaque e descantando sobre a cena diante de mim tuas vivas vinhas em teus cabélos e com dois adoisráveis bracelentes envolvendo teus esguios tornozelos e a rósea flor da tua boca a afundar feito pedra-sabão em tua fala pranteada. *c)* Nublid. Isha, por que não ficaria feliz, amorzim, com os meios do moinho que ele logo deixará e em breve eu em minha própria propriedade uma mansão georgiana cercada de arroios e gramados pra recrutar por ordens especiais do Dr. Cheek e minha panela acobreada cheia de soja e o irlandês em minha mão oriental e um Portal de James em minh acidental, e depois de todos ozerros e erroribus da combarativa história engarrafada, e tu mesmo batendo a manteiga recém-nata (*mais* vigoruísque pra ti), o mais fino e o mais barato de Atlanta à Oconee, enquanto eu estarei cochilando no jaardim. d) Dalway. Fishquei minha

[140]

primeira trutalviva no baixo Posto Español, Mayo eu tayo, Tuam eu trago, Sligo élisa mas Galway graciosa. Santa enguia e Santificado Salmão, carpa salteia e piava fundeia, Caniaços não *são* eguais! diz ela, pulando em meia linha. *abcd)* Um sino uní sono no Campanário de Shalldoll, sigamos as missinetas do spovos nataliçoss, Shantificada sheja nossha cherveja *cheia* e nosshos fextivos queixumes, nossa milhor Shantedral, renomère mais finco pence, mue da non *Aequalllllllll!*

5. Qui tipo descória noruezote serviria pratossujos, esvaziaria velhotes, leite vicioso de cabra, assustaria meninosminas di veiz i nquando, espolitaria o lixo da pastagem papal, por dentro homem por fora anjo, aspergiria água suja à volta da vila, jornaizes, tobacon e duces, manteria serviçais, gritaria na Carpela, chutaria os mafèitores, gritaria socorro sacorro descabelado atrás dos punguistas, abrigaria três barnabés, poliria botas bostosas, noiteceria todos os archotes, serviria em tempo até o cheeffe, afiaria suas facas, com bucho cheio, lascivo do método da piedade, puracaso novagora sessente no vagãobonde, X.W.C.A. no Z.W.C.U., Portapeteiro, Limitada, Janeleiro e Irmãos trapalhãos preferidamente. Walther Clausetter e Filhos com a H. E. Conhanhia das Chaminé's pra não siskrevê, vai, sob conselhos, seja bailizada ou manestabulada, tentender completamente a lunguarge dirlanda, jublândia ou nortuega mais preforrivelmente, só deveres, sem direitos, pouca família, despertar às cinco, ser hornesto, sem combissão, se bebador profussional favor obstar-se, é um paixinho pecaminossom humorminado em pressoa mas conhecervejador, né, *isso* deve não ser?

Resposta: Jão Par ola!

6. O que significa o slogão no salão Sinvocar Pra Limpar a Casa de Diná?

Resposta: Tok. Galórias às únicas feridas do Clero agora e tenho que encerar pra mostrar toda a lama dos porquos pracá como pensabia sua mancha na flor se me perguntasses e pudesses falar e ele me chamou por meu nomeio Tik. Sou teu melzinho açugarado bzzbzzbzpwt da Bêia e quem quebrou o candebrado e quem viu a gileia necra pro Piquineque D'amanhã e espero que derramem louvrores ao Clima de toda Irlanda ouvind os

[141]

gralhados e desnateiando a menteiga em todos os teus sanduvíges por fincofentafos a pata du pato. Tuk. E quem coimeu a última granséIha que foi moldrada desdos miserentos tempos e quem deixou aquilolá e quem botou issaqui e kennkini dificou com o rabo do gato pra fora. Tek. E quenhé quifizisso apoiar o pote no pátio iuquê em nomedisso senlúcaz ocê isfregôal ladodo pisodo saqüóm. *Merdia!* queres um prato cheio? Tak.

7. Quem são esses parceiros camponentes de nossa societate, o jarneiro, o fervroreiro, o marcilitar, o abrildeiro, o maiolher, o junhocioso, o julhicão, o augusturista, o setembrófungo, o outômbrio viajor, o nòivembro, o dezemcristiano, dos prèdos salados e prados de Donnybrook e campos de Roebuck e Pastos del Alrrededor e gramados di Crumglen mas Lá nas Campinas de Kimmage e pastagens de Ashtown e pestagens de Cabra i pistagens de Finglas e postagens de Santry e palpagens de Raheny e suas falhas e Buldoygles pros retardotários durante todo ano por antícipação, são os portadores da paixão em virtude da retrorraciocinação, e, contribuindo com suas conflitantes controvérsias de

diferenciação, unificam suas voxes num voto de voticinação, que trituram as crostas do confrorto devido à depredação, drenam o hidromel pra que a miséria incorra em intoxicação, perdoam todo pecado pra justificação praticando e condenando tudo pras suas próprias gratificaçãos, que são governadas, enganadas e dirigidas in nomine theus, os pregadores e suas leis, consternação noturna, fornicação quinzenal, menstruorricordação menssual e ricreação omnianual, doyles quando doyliberram mas súllivans quando sullivam n' espada, Matey, Teddy, Simon, Jorn, Pedher, Andy, Barty, Philly, Jamesy Mor and Tom, Matt end Jakes Mac Carty?

Resposta: Os Morpheus!

8. E quãn guerrissãn tues maggas?

Resposta: Amam guerrear, adoram rir, riem chorando, choram rindo, cheiram sorrindo, sorriem odiando, odeiam pensando, pensam sentindo, sentem tentando, tentam ousando, ousam esperando, esperam tomando, tomam agradecendo, agradecem buscando, como o sabor do saber do amor de amar e casar pra coser pra regar a regra de arder o ardor da rosa e

[142]

ar'reglar o lar, evém meu ano bissostro, coche a quatro, Doce Bitoca-do-meu-Curaçao, fisga mais um homem.

9. Agora, pra revoltar e regozar no panaroma de todas as flores da fala, se um ser humano tiver devidamente fatigado por seu diadia fuliginoso, tendo plenxitude destemperada em suas mãos gotosas e vacância de espaço em seus pés dormentes e tão deizfeliz após sonhos acurados tal qualquer príncipe camelot da drinamarkra, estando nesse futulo auctual pretérito unstante, em estados de exanimação suspensiva, dacordado, através do buraco de minhocarrão, com uma ou-

visão da antiga chopenhaque com todos os ingredientes e dereitos egrégius e meios para os quais no curso de sua persistência o corso da his tória teria recursos, a reverberração do terrilficante hèllouín, a reconjungação dos desnozados olhios, a redissolubilidade da fécil mentemontada e o então enforcamento de Hoel, podia tal inânia, enquanto à tardinha levar virlenciosos ao vencideitar e até que a intempestuosa Nox faça o galicantar e avistar o alvorecer de lucano, mantendo no uno o que é maior mesmo porque é duplo, como a carne de um arremeda a do outro, a seiva subindo, as folhas caindo, o nimbo agora niilante envolvendo a mentifêmina graciosa, os deslutantes no ventre, todos os rivais allmare, retrementes, Oh desastro! destrementes, Ah como estrelam! mas Heng tem um tisco do nariz de Horsa e Jeff tem os sinais de Ham em torno à boca e o bonifrate tece belos pontos enquanto empalidece, que rosarrude e larangiosa flore lauro e verdem, flora o azul infiníndigo! Violeta tingida! então *o que* seria daquele faztrólogo parecendo a si mesmo pra parecer perecendo de, esfumar tudo isso?

Resposta: Um colidouescapo!

10. O que é amorgura senão unseio, o amorácido se não um breve queimor até que a chama dela se refaça em fumoaça?

Resposta: Eu sei, pipetta, é claro, querida, mas ouça, preciosa! Grato, petita, são adoráveis, petitica, deliciosos! Mas vigia o vento, docinho! Que finas mãos tu tens, meu anjinho, se não roesses as unhas, não é uma maravilha que te enverganhes de mim, minha porquinha, minha perfeita purquinha! Te tocarei num minuto! Aposto que usas o melhor crime Perisiènne de tua pranteadeira

[143]

pra deixá-las tão rososas, brilhosas, porosas. Eu as conheço.
Me desdenhas, né? Por tudo que tenho me imparto! Três cremações por
dia, a primeira durante teu banho e seca com toalha. Logo
depois da limpeza e claro antes de se recolher. Minhasarma, quando
penso na esposa de Clancarbry, o futebrolista, do partido sòcia-
cionista com seu peito grafitado, alô, Prendregast!
eis tu, Galeiro, com teus catorze outros zagueiros mausdossos
ou as estrelas, os arremeasçadores ou que gringos sejam, provocando
meu Lorde de Ornery, só porqüê ganharam a corrida do ovo e da colher ali
tão ovalmente provincial em Balldole. Mio sataque Eilandês dicele hace
su admiración. Está à la procura de una apertura e por medio de mi
quiere ser el primer con su bella allianza. Eunoon deboo jugar celozo! Sussuave
como tucdos. Tal es español. Inclinate más un pueco, feialso! Simplis-
miente deliciozo! Como Julieu y Rometa. Não mi sinto tão turca
por eras e eras! Mialembro disquisitices, o chocolate com
ânima. Extraordinário! Por quê, o que são todos eles, somente um monte
dimundos? Mrd! Não pagaria três grampos de cabelo por eles. Peppt!
Tá certo, güenta firme! Deixa-me tempernar. Bo! Volta pra Iranda.
Bosta! O que tu tais cutucando? Nom, só lo piensê quiestabas.
Ouve, fofito! Claro que foi *muitoo* gentil da tua parte, miserento, lem-
brar das minhas coxas em meias, meu frequente desejo sexpresso quando
erravas cerca de mi trouxota e antes queu mesqueça
non tisqueças, em tuas extensões à minha persanolidade, quando atado
à minha remembração, setepateamos trotando em voltas com saltos
rubros até o fim da lua mas veja o que comprou este idiota
cabeça de repolho e, como devo responder ao gracèuoso, siempre
e sempre lembrarei dessas novas eligantes ligas, siendo sempre eu

a única charmante com meu melhor orgulho enluavado
mesmo que ele avirmilhasse milhas di minha jucentude pra vulvê-la,
o rugerendo Sr. Polkingtone, o antão carniceiro com quem
Madre Browne me solicitou pra uma conversa ilegal, com
sua caneca de Outubro (um canecão!), rangindo em suas viejas
pernibambas como uma velha catraca espipocante. Arviador, aguarnador, terrieiro,
foguiteiro! Tô bem, obrigrata pra sempre! Ha! Oh, lembra-te, totô pipi. Dévi
botá êle prá momá. Mãemão. Sítio engraçado pra mãeter o dedo!
Sinto muitismo, juro que sento! Que nunca me veijas pelada em meu

[144]

aniversário seem tutto e que teu mãojar blanco possa
reprousar em si quaisquer maggas piscantes aposto por tua apariência
que irás flordar com todas as bijusterias dela e porurouncar
em teu estômico! Haha! Suspeidei que ela era! Afogue-a! Que
a truquem por uma ovelha estéril! Assim ela dizhe: Chay pra tois? Beim, iô
dico: Ancústia muintossa: yo tesecháfa qui ela nôn lefásse isso a mal se io
la stimalsse mazé una extraña. I si comi turfosa non soy mishy-
mina. Claro que sei, pestita, és tão aprentriz e
ponderasta contigo mesma, tão amica dos vechetais, mi longelada
gata! Brigrato por aqüiestar pra me aqüonhecer! Macãlhau,
serpenlética, geliciclista! Minha fralda tem mais vida! Quem te
afundou em prantos, carota, ou tais empilotada de tinta? Um soluço
passou pelos portais dos teus peitos? Meus passos no trevo, toucinho?
Sim, um botãodouro me contou, me enlevou, se flodam todos, te sugarei
de volta à vita, meu pèssêco. Preten tê fazê suflê,
intromantido, e não mi interressa um figo podre teu desprêcio ao corteijo.
Te trapacetei, dolce senhor? Sabes que sou frágil até em meu olho.
Não podes ler a veritade através dus meu zòifaiscante? Morde meu

riso, bebe minhas lágrimas. Fixa-os em mim, volumes, solitre-me claro
e me transborte até o desfalecimento. Nem me importa o que os meus contèmdores
pensem. Transnôme-me amorosamente, algouva aqui e pra mim e pra sempre!
Arriscaria cruzar com um policial, Magrath ou mesmo aquele pedinte com
botas do Correio. A flama? Oh, peidoe! Qui foi isso?
Ah, tu flatuasses, stuffstuffasses? Mais poestrias de Chickspeer
com musicanto grecoreando ou maizume jaculação do jardim daz
alma. Se me encorparo nas inmoralidades? Oh, queres dizer da sufocação
por amor e a semivitência das mais atraentes? Syn, discutimos causualmente
infamelidades em casa. E uma vez por semana eu me aprimoro em mim mesmo
e estou tão apaixonado por aquela Nova Mulher Livre com um riomance em si.
Estou sempre tão estimulato quanto possa estar com Huomem Surperior pela
Dama que Paga Imporcos. Mas sou mais tuerto quanto possível. Vamos
destroncar Brimstoker e deixá-lo dormicar nossas vidas. Esta é a noiternal de
Drácula. Cruzcredo, não se amerdronte! Feche as crurtinas,
maldito feja, e destroncarei qualquer songomongo prèamar. São sulgador, como
vuessa alteça saltitaria pra fazer flalmejar vossa mitad de ban-
ana en du as cuando yo te passasse la mia antorcha ardiente hast él finnal (pra que me
adores

[145]

allá y entãoces deixes dexistir? Pra quê, floriquinhas?) Tu
chapèuteavas caso tivesses um. Se estou rindo de ti? Não,
muitamada, não morro de tesão de me sobressair sobre ti, adorada.
Nem um pourquinho. Verdadeuro como Deus minha Mãma fez minha modesta casaca
tão longa muitalém do quadril. A rizão é porque sou apenas uma garotinha
qualquer, tu o adorável companheiro dos meus suenhos, e porque o velhusco
não é um rotundo, meu triestrão das tulipas, como aquele papa
bafento fungando Daveran e abusando-o por trás. Que descuramento!

Ele acha que a vespreja serve pra isso. Quão vã é essa esperança
no curação do cléricu Que ainda persegue àdulter arte, Cunvencido de que
aquela batina ferruginosa de seu Desejo fará a bela Sue esquecer sua físio!
Breve Breaco. Bendita Margarita musgosa, espero que tenham jogado fora
o molde ou então teremos Balsazartes e Surdamaputos
com suas assassinações médicas pra todo lado. Mas segura firme
até que eu tenha meu voto-chave e vou te ensinar quando usar os
calores da mulher. Por conta do brilho alegre
isobabélico Hasabubraubis. E porque, meu lanceluto fracassado,
odeio o próprio pensamento de pensar em ti e porque
quarido, claro, adoruisto, fui sempre destinada por um engimado
do Colégio Francês, pra ser meu musrido, *nomme d'engien*,
quando fizermos e contratarmos com marca d'água e resolvermos quando
tiver casada com a leitura e a escritura que em favor dos negócios agora
não vai demorar porque ele é tão lunático comigo e eu tão fanática
desde o dia em que ele me carregou de barco, meu heróitico salvador,
pra praia e deixei em seu ombro um belo fio de cabelo pra guiar mão
e mente até seu confrorto. Sinto Muinto! Peço perdão, tava
ouvindo cada palavra preciosa que dissesses caída de minha querida língua
ferina caso contrário como poderia ver ques tavas pensando em
nossas vòfócas? Só duvidei se julguei fora minha água de bar bear.
De qualquer forma eis aqui meu baraço, franguita. Graciosamente teu.
Move tua boca em direção à minha, mais, preciogento, más e mais! Pra
me agradar, tesouro. Não sejas uma, não vou à! Sh! nada!
Um cricri poraí! Chauchau! Vou arvuar! Ouvê, pippy, sob os
limoneiros. Sabes que toda grandárvore é contra a lápide. Sua
hisshistenência. Garnde homim maun! Chia ssim chiar chiranda, cigorra,
por louvor da Migo! Pela portinhola de passagem, eu vou anti, assim, tu tais

[146]

no plalco. Ele é tímido, palomita? Nonsiasqueça que háuma
audiência. Tô perdido, anjel. Miacarinha, meu dianjo mio! No nosso
quem-com-quem. Escutaqui! Tensação! Deixem-nos, os quatrotais
cortejos! Deixem-nos, Berrão e seus onze beberrãos perfazem
douze territorriãos. O Velho Buraco dos Breacos que quer ruas largas pra
comissionar seu somsenso entre Mitchells v. Nicholls. *Aves
Selvae Acquae Valles!* E meus vinte práçaros espectáveis pousados
em suas colúmnias! Deixa eu dedar tua eurrístmica. E vais ver
no que tô pensando. Todos tão afim de agradar. Esperra! Em
nome de. E todo azeviñeirinho. Y algunos viscos y Saint
Yves. Coff! Ahã! Làstão Ada, Bett, Célia, Délia, Erna,
Fretta, Gilda, Hilda, Ita, Jess, Katty, Lou, (elas me fazem tossir
sempre que as leio) Mina, Nippa, Opsy, Poll, Queeniee, Ruth,
Saucy, Trix, Una, Vela, Wanda, Xênia, Yva, Zulma, Phoebe,
Thelma. E eeu! Os garotos do reformotário tão aldmirando a
ingrêzia assim todos bamofiestar com j'antares e arranjar a
labissolvução da Anta Pravidância sob panitências dos pecatos
murtais. Cuando as noifas se cassárrom tottos os sinnões começarram a ti tilintrarrr.
Um anel um anel um rosanel! Assim todos oufirrón isso. Cuchos
dessechos son los más de mis pensamientos. Mas vou lhes plantar um enigma
em sua nomanclaterra. Quando saem da creche
Passeando com a Acumpanhamante. Pombos cintilantes por todo o minndo
vuarão com minha manssagem visguenta ao redor de seus pescoços
fitamorossos e uma mingalha de minha torta pra cada casta dieva. Mantenemos
todos los dieversos paipéis. N'amorluado, Oh meu amado! Não, te juro
pelo domudigreja de Fibsburro e de Saint' Andrée's Ander-
xift, por tudo que mantenho em segredo de meu mundo e em meu submundo

de camisolas e sacanagens e todos os outros maravilhundos!
Fecha os teus, não deves olhar! Agora abre, boneca, teus lábios, bonequinha,
como se eu usasse meus doces lábios entreabertos como Dan Holohan de
faceciosa memória que me ensinasses depois da dança da flanela, como
prova de amor, através de Smock Alley na primeira noite que ele sentiu
cheiro de pum e eu corei atrás de meu leque, muñequita mia, quando me ansiñastes
a funder o língüo. Quiem tendria orellas como as nossas,
los negripêlos! Gustas disso, *silenzioso*? Gostas mesmo
dessa piquena eu, mi vida, amor mio? Pur que ti gusta mi

[147]

cicio? Noné divinamente deluciozzo? Mas non te desconcierta?
Misi misi! Conta-me até minha emoção me contaminar! Não quebrarei o
selo. Ainda tô gozando, juro que tô! Por que preferes estar
nessas redes escuras, se é que posso perguntar, meu docizinho? Sh sh! O ore-
lhudo tá voando. Não, doçura, por que isso mirritaria? Mas
não faças! Queres levar uns tabefes bem esbofeteados por isso? Teus lábios
delicados, amor, toma cuidado! Atenção com meu vestido duveludado
sobretudo! É de seda doirada, os novísmos sexytons com corte de princessa.
Em Rutland o azul saiu de moda. Pois é, né, minha preciosa! Oh, posso imaginar
o custo, quirida! Nom me diga! Porquê, até os garotos do beco da ovelha
sabem disso. Se eu vender o cujo, encanto? Fui isoldada aqui, meu pranto? Te
referes às conversações losangas? Que horrendo! Una puta vergoña
mia! Não faria, franguita, nem por tuttes les jòiliettas de la via
cintilante! Podia espatifá-las se as visse piscando pra mim na cama.
Não fiz isso, meu pretendito, ou tava indo pra ou meditando em.
Shshsh! Não vem com essa, seu desgreçiatto! Achei que sabias de tutto
e mais um pouco, meu auctor, praxplicar a alguéns o significato de tuos
exsistemas da vantage del nuovo riomanso. É apenas mais um peixe

estranho de Brinbrou nel maledeto velho rio trutuoso dinovo, Gôdozhivishegôdos nos abençoem e poupem-na! Dá um pouso pro giboso! Perdão pelo palavrão, amor, juro pelos sorrafins em seus tronos de Raios que não era minha intenção, por esse bracelete alpino! Tu realmente nunca conversasses em toda nossa trieste vida sobre roupas com uma garota antes? Não! Nem mesmo com a charmareira? Que marrafilhosso! Claro que acredito em ti minha querida mentirosinha amorosa, quando me contas. Eu viveria pra, Oh, eu amaria isso! Lissta, lissta! Eu saberia! Nunca jamais ou posso lembrar de facesqueridas que podem me ocorrer. Nunca em toda a minh alvida de meu par incomparável. Ou nem por mais amargo que seja o fruto dessa hora. Com minha alvura te atraio e unida a meus seios sedosos te distraio. Pra sempre, Amore, amor ymais! Hasta siempre, miñamada! Shshshsh! Desde que la ferricidad. Ria!

II. Se conhecesses na esbórnia um pobre exilhado de Ailing, quando o tom de seu tromor chacoalhasse a carmuça de canela, enquanto seus contrários se enfureciam com sua frágil lamentação, como o rugilante pugilante Lyon O'Lynn; se ele resmunvagasse em miséria, reclamando de sua

[148]

situação ou, jogando raposa e piolho, espicaçando palito nos dentes, ou apertando suas algemas pra paz, o idiota cego, orando a Deuf Urdom Udom Nostrum pruma côsa pra cumê; se torcia enquando pulava y gargalhava choraminguando, fez do sangre frio uma simundafêra azul sem osso nem carne, dando beijo, cuque ou coice com um chupão, chuspirro ou chourriço, um diacho pra aprendê, um dianho pra ensiná; si u féinn chido implorrasse pra raspares tu almarcial, tua pequenina almisturada uivando uuh, ruuduuduu! quebrando o vento com encantamento, pecado mulhesical ele era parcial, não penchaymos, Jones, que nos importaríamos com esta noite, né não?

Resposta: Não, branquela! Pensas que tenho impulsivismo? Te contaram que sou um dos quarentisseis? E suponho que ouvisses que tenho orelhas d'abano? Y suponho que também te disseram que minha vida enrolada não é natural? Mas antes de proceder à confutação concludente desta questão seria muito mais adequado pra ti se te atrevesses! de hesitar em consultar-te com a consequencialmente tentativa de eliminar o meusmo problema de caixa-baixa noutro lugar, naturalisticamente, é claro, do ponto de vista de espacialista tão eminente. A partir daqui notarás, Schott, sobre minha primeira observação de que a sofologia Daputafil como que por impulso puramente do dim-dim não é desprovida das carackterikísticas do cashcashcalho emprestado pro fim primeiro da fada madrinha Srta. in Fortúnia (que com o tempo perdido tivemos o prazer de ter tido nosso pequeno momento com *recherché*, o quê, Schott?) e como eu poderia ter-lhe dito tão rápido como o teu D.B.C. behaviouristicamente *pailleté* com uma camada de glacê homóide que na realidade é apenas uma ridicularização por acaso do quiem-cum-queim e onde tá a teoria das cordas de Winestain. Pra colocar de forma mais plumblimática. A forma da fala é uma mera sobstiputa. Embora a qualidade e a talidade. (Vou explexcar o que tu deves querer dizer com isso com teu próprio quando e onde e por quê e como numa sentença subsequente) são alternativomentalmente harrogante e arroguante, como os guantes podem ser.

Talis é uma palavra frequentemente abusada em muitos lugares (estou elaborando uma teoria quântica sobre isso pois é realmente o mais trorturante estrado de croisas). Uma pessagem pode frequentemente dizer-te: Tens visto

[149]

muitos de Talis e Talis ultimomento? significando optimamente: Vais me pagar thrêis duz irlandêis? Ou uma comilona talvez tenha casualisado enquanto tu àtentavas *a là surdine*: Por teus pravores? É Talis de Talis, o engolidor despadas, questá no Craterium o mesmo Talis von Talis, o esgrimidor di canetas, não phode! que cobre odeiário? Ou talvez seja este um exemplo mais límpido. Numa recente peça de infustigação postvortex de um determ inizado caso de ispinozis crônica um conferencista com extensão em Haia que por questão de forma estava atentando seus césares, Dr. Cet Agrada, tomou emprestada a questão: Por que é qual o talis qualis de Suchman? a quem, por phoder de fato, Dr. Obrigrato de Stutegato, questava secando seu capito, retorquiu toscamente: Porque és um fêdaputa! (Talis e Talis significam originalmente a mesma coisa: eis ixto: Qualis.)

O Professor Loewy-Brueller (como provarei prontamente todo seu relato de Sennacherib como distinto das reiformas de sacaneamento de Shalmanesir e do problema de Sr. Skekels e Dr. Hydes na mesma conecção difere *toto coelo* do fruto das minhas próprias investigações – embora a razão pela qual fui à Jericó deva permanecer por certas razões um segredo político – especialmente porque em breve serei procurado em Cavantry, congratulo-me, pelas mesmas e outras razões – como estando de novo desses-peradamente viniciado pelo que agora resolvi chamar de falhácia dos centavos di din-din in dinamantes) em sua confissão confabulada que recentemente encontrou com um tal rebuliço leonino na sua fuga após o confinamento *Por que não nasci como um Gentilhomem e por que sou agora tão falável sobre os meus próprios comestíveis* (Feigenbaumblatt e Pai, Juda-

pest, 5688, A.M.) cordialmente tira sua gabardine e peruca,
sujeito aeradamente honesto, em seu interesse púbico, pra nos fazer
ver como no entãoto ele diz: "Pelos vindouros", a origem e o declínio e o
bomfim do Homem estão *temporariamente* envoltos em ob-
cenidade, olhando através destes acidentes com o faraoscópio da
telefissão (este instrumento noturno ainda precisa de algum aperfeiço-
amento subtracional no reajustamento dos ângulos mais refratários aos
ruídos de sua hipótese no lado externo do estanho) posso
facilmente acreditar cardialmente na minha própria imansidão espaçosa

[150]

como minha casa própria e microbicaosmada quando estou resseguro pela
razião de que o cubo de meus volumes está para as superfícies de seus ass-
untos como a esfericidade destes globos (estou mui empenhado numa
moção parliamentar deste termo que, sob minha orientação,
estabeleceria a deleteridade da decorosidade na morbidis-
ação do tipo moderno da machosobrefeminação) está pra fera-
cidade do vácuo de Fairynelly. Não preciso antrapologizar pra qualquer
obintencional (devo corrigir aqui toda aquela escola de neoitalianos ou
skola de paleoparisienses de pensabundos e espangdongados que dizem que
estou errado *parcequeue* estou fora do revolscianismo do romanitismo que quero
perfazer) persioguido por meus inimigos. O Professor Levim-Brulho, F.D. da Sexe-
Weiman-Eitelnaky nota, a partir de experimentos feitos pela galhinha com
seus ovos de Nuremberg em uma das mãos e o relógico no culdeirão
dentro do forno, embora seja aspentosamente um caso de rebolião de Ket
refrestelando a revolta dos Papas, porque o número de féses aferradas
em recirculação semanal não será apreciavelmente aumentada por
nenhum outro rezistro de minhas argilas cupolares. O que o romântico em trapos
anseia como todas as tomtompições perseguindo gretas prum escupamento

batestocado e que catccio importuna nosso *Apenado* numa acornação com a taradição de Mortadarthella é a mais pobre guardin-comunada perda de trempo. *Seus* sempresentes dedospés estão constantemente pra fora em retaliessão às suas sobrepissadas botas. Ouça seu grasgrito! Prestatençón nesse lasdrón como ele bolonça el morcielego! Vifa, um nofato! Quando Mullocky curou seu duplo resfriado, *quando* despíamos o número três, eu gostaria que a gota gotosa pingasse em minha boca só não sei *quando* (estou propositadamente evitando expôrra falácia óbvia quanto à gravidade específica dos dois deglutáveis implimidos bem como o lápissus línqüo assouciado com a garganta real por meio de estudantes de hidrostáticas mistas e pneumodípsicas irão após algumas dificuldades refutar minha opinião). Pusta Myrrdim! Como diz o velho Marsellas Cambriannus. Mas, nas explanações do Professor Llewellys de Bryllars, F.D., Ph. Dr., o fundapento, se ele implorar, é tudo bosta e lixo numa escalada melodeôntica desde que o quando deum homem não é o *quandour* de outro (Meut opricratru?) enquantro deferria cuidar do contrárrio, o todo é *aonde* está a paixão como a guerra e

[151]

o plano adonde minhas artes planam, fecilmente daspertarias um trovão e dedonde me agarro à'esta ferdade e além di trepado numárvre e dadonde Inocêncio parece melhor (escolhão!) há zevinho em suas olméias.

Como minhas explicaçãos agora estão provavelmente acima de suas compreensãos, queridinhos, mesmo tão aumentativamente incomparisáveis como Cadwan, Cadwallon e Cadwalloner, revoltarei a um método mais expletivo que com frequência uso quando tenho que dar sermãos a pupilos de crassemérdia. Imaginem para o meu propósito que vocês sejam um bando de moleques, fungafunguentos, pescoganssudos, cabeças de vento,

enosados em seus nós, com os fundilhos formigando, etsitaral etcícero.
E tu, Bruno Nowlan, tira a língua do tinteiro!
Como nenhum de vocês sabe javanês lhes darei toda minha grácil trans-
dução desta perábola do velho fabulista. Allaboy Minor, tira a
cabaça da pasta! *Audi*, Joe Peters! *Exaudi* fatos!

O Raatosa e o Ivas.

Senhares e sinhoras, puntos e puntivírglas, hífenes e travassões!

Einstèr uma vezpaço num tempspaço foi dadonde merava
um Raatosa. A unicidade era autossolitária, arquissimilar,
largovalada e o Raatosa queria passeiar (Meu gourro!
berra Antony Romeo), antão num atardecer dum veroverão, depois dum
manhão e um ceião de gamão e cuspinafre, tendo
abanado os olhos, piloteado a nariga, vaticanatado as orelhas e
encaspado a garganta, pôs a impermeável, pegou a im-
pugnável, ajeitou a couroua e saiu de seu imóvel
De Rure Albo (assimchomado pusquê tava cheio de oprasbrimas
e tinha borgeosos lardins estendidos com cascastas, pinta-
costecas, horteodutos e curricumbas) e partiu de Lud-
ópolis andando pra ver como a maldade é maldade das maneiras mais estranhas
de todas as formas pensáveis.

Quando partiu com a espada de seu pai, sua *lancia spezzata*,
ele foi cingido, e entre suas pernas e seus carcanhares, nossa
única vez em Bragspear, retiniu, ao meu tilintar, de Vezões
à tricourouada, cada polegada de um imortal.

Ele não tinha andado nem um pardepenta parsecas de seu
azylum quando na dobra de Shinshone Lanterana, perto de

[152]

São Bowery-sem-seus-Murros veio (secundando as uno
unoundécimas das propecias, *Amnis Limina Permanent*) no corguinho

mais inconscientemente pantanoso que ele jamais bostou ozolhos. Pralém das coilininas subiu sarapintado-se de Ninon. Parecia neném e recendia a castanha e pensava baixinho e falava rasinho. E ao fluir gotejava como qualquer jovial purlitâneo: *Meu, meu, mais! Eus e ais! Sonhozinho meu, não ti quero mais!*

E, eu declaro, quenstava na outra ribanceira do regato que viraria um rio, ressequido como um galho de olum, engalhado, senão o Ivas? E sem dívadas tava pronto pra ressecar por que não tinha o juyce de seu tempo?

Suas sementes tinham sido bem sameadas nele; suas polpas mudavam docores a cada minutempo; foi ágil por ter desdènsenhado a guarda branca da fronte; e foi devagarim dar ao oficial de justiça a destenção no reverso de seu pé de Página. Em todos seus céuspeciosos, como vividos por Optimus Maximus, o Raatosa jamais havia visto seu mal conhado dubvillense tão envinagrado.

Adriano (este era o personome do Raatosa agora) estucou face-a-fice com o Ivas num acisso de aurignacianismo. Mas todo Alraatosa deve Humorfinnar tal como Alrroutas em austrovias ou estrovias rumando rumo à Ruma. Aquic pedro est petra, singularmente illudid, e nessa perdra Sedro sessantou e preencheu pastante poposteriormente e por aclamitação ao mais justo justotoryum e sobrium qual com sua infalhável enciclicada ampóis seus tottusóleos, diuspetriarca duo ueste, e o bastão borrifateísta sempre despassava com *Deusdedit*, facealface com as blagues dos pescatoribus, *Bellua Triumphanes*, todos os ítens atribuídos à collecium wallace, quanto mais vivia mais aprendia, o pater, o feilho e o insprato sunto, foi visto como a primeira e última laicidade michálica de Quartus o Quinto e Quintus o Sexto e Sixtus o Séptimo ministrando sempre uma sessão noturna a Leão, o filhogèsimofinto.

– Bom apetite-nos, senhor Raatosa! Comé que se faz? pipiou o Ivas com a pem palançada foiz maugdaleniana e todos os bur-

[153]

ros zurriram e zorraram das suas intenções pois sabiam seu nome famimliar de raatosa agora. Estou rarumominum abençoado de te ver, meu querido rastror. Não vais, tolvez, me contar tudo sestais sastifeito, sanidade? Tudo sobre aulna e líthia e tudodituto sobre aun e liséias? Nem?

Pense nisso! Ó Miserendíssimo Redemptor! Um Ivas!

– Ratos! birrou o Raatoso o mais telesforamente, o pregador, e as sissymaiss e os zozzymenas em suas gaiolas se encolheram ao ouvir o tardenoisiano, afinal não se pode despertar um ranato de seda de um remato brancorvado. Esfloda-se você e essa sua agatomia inferioribus. Não, robrigrato, seu animal rurale! Eustou soberbamente em meu supremáximo poncífico! Abaixem-se, calvainhas! Ajuntem-se atrás de mim, sátrapas! Rotas!

Sou até o infinito ogrodecido a você, encurvou-se o Ivas, seu uivinho subindo à cabeça pulposa. Continuo sempre tendo um desejo em todas as minhas extremidades. Pelo rológio, que horazé, pazssadas?

Adivinha! O rasmunguento sofredor! Prum Raatoso!

– Pergunta meu índice, limpa meu aquilus, embolora meu óbulo, love meu naso sereno, rospendeu o Raatoso, rapidamente tornando-se clemente, urbano, eugenioso e celestiano no formoso bom humor grogoriano. Pusta zhora? É bem pra isso queu vim em *minhas* missões com *minhas* intenções pra me acertar contigo, barbarussa. Deixe thor ser orlogi. Deixe Pauline ser Irene. Deixe-se ser Beeton. E deixe-me ser Los Angeles. Agora meça teu comprimento. Agora estima minha capazcidade. Bem, azcedou? Esse nosso espaço

de par dhoras é bidimensional pra ti, temporizador? Vais
disistir di ti? *Como*? *Fuert it*?

Sancta Patientia! Deverias ter ouvido a voz que te respendeu! *Culla vosellina.*

– Eu só tava pensando nisso, duce Raatoso, mas, por todas
as rimas de minha raizão, se nem agora posso fazer minha submissão, não
posso desistir de ti, o Ivas choraminguou do mais fundo de sua
desesperança. Estástãovinculadoaserquetutamémoserás. Meu trombro, bu-
lhável, sou mimsmo. Minha velicidade cabe bem numa meia.
E meu inexcelsis especial retumba as coisas ab ovo. Mas nunca
serei capaz de contar a Vossa Honoríssima (aqui ele quase perdeu

[154]

o limbo) embora meu enrrolhado pai fosse um pseudogarçon,
cujo ralógio tu cuidas.

Incrível! Bem, ouça o inevitável.

– *Teu* templo, *sus in cribro*! Semperexcommunicambiambi-
semmus. Tugúrios-em-Neurobe ou Tukúrias-em-Áshia. Novarr-
oma, minha criaturra, crê crendo. Meu espaço de criação nessa cidade
leonina é semper deixar os Homens leônicos, disse o Raatosa numa con-
sistoriosa alocução pompifical com jurisdição imediata
constantinantemente concluída (qui mintira pro não-
frogado Ivas!). E eu lamento proclamar que está fora de meu
alcance ajudá-lo a não ser morto pour poulegadas (qui
furada!), já que nos reunimos pela primeira vez num neolugar tão arvorado.
Pobrenino semeirado subjugado Ivas! Começo a sentir desprecio
pur ele!). Meu flanco, graças aos decretais, tá tão seguro como a casa
da tua mãe, ele continuou, e posso ver do meu domo rasgrado o que
é ser resgradamente são. À bandeirada junta-se a piada! Parysis,
tu sais, crucicurvais, pertence àquele que se parisa a si mesmo. E

aí devo deixar-te sujeito à prensagem. Posso provar que contra ti
espesa um momentum, meu deusenemigo! ou Cos-
pla noné nostra estrela. Apostu cuntigo uma dúzia avulsa. Esta foluminosa
dúzia avulsa. *Quas primas* – mas é amargo compotar os sab-
eres dos frutos da. Tomoás.

Elevantando, pra pintar seu olhar, sua enjoiada pedreleta ao
almistoso cielum, ele acertou na moscazul de alguns se-
res santilantes, um claustro de sobrestrelas sobre Mápoles, uma luciolina na
rua Teresa e um sinal de pare antes de Santa Sophia, ele se deus a
conhecer às dozências de seus vellumes, grescas, letônicas e
russicrucianas pró lapso de seus prólegos, num desmun-
teiro, e sentou-se sobre sua imparmeável. Ele bem o provou que-
naterra sinca e trinquiseis veizes, e *vremiament, tu cesses*, até
a extinção altotaus de Niklaus (Niklaus Alopysius tendo sido
o outrora nimbum papejado de Ivas) por Neuclidius e In-
exágoras e Mumfsen e Thumpsem, por Orasmus e por
Amenius, por Anacletus o Judeu e por Malachias o Augureiro
e pela colação de Capponi e depois disso com gelatina do Chiqu-
inho's e formulões de Alldeibrandy, reprovou honralmente

[155]

quando não nessa ordem, dividindo-se em alguma ordem deferente, allterado
três trinta e cem vezes pelo diorama binomial e
as garras pênicas e a finta, as lendas de inklespilla e a ruína,
a regra d'arco e as bênçãos da expediência à justiçia,
os jugecantos de Pontius Pilax e todos os mumyscritos no Seboso
Lívrio dos Enformos e os Capítlos pr Astúcia e os Capê-
tulos da Asnúcia da Raposa pela Cauda.

Enquanto este Raatosius com preprocessão e com proprecessão, duplicitado e diplussedado, promulgava ipsofatos e contristes a este descolado Ivus ele foi quage abandonado e monofidicado por seus malsobordunados. Mas tãoterrívelquanto catou sua básica semenótica carnática pra combunações sobre as concepções de suas imaculações e as iniprocissões de seu santesprito pra sineretetizar com o peitalimentovioso de seu duçovular ducado tãolongado os longestúrdios de seus saquelárius encontrados em variações com os sinodais de seus algopólions e seus babeijos graxapapados ganhou o coice de seu filioquus.

– Despois de mil pustemas, Ó Ivas, lendo minhas peles dovelha, tul serás embebalado ao mundo, encssaiou o Raatosa, o pio.

– Dospois de milônus, raspandeu o Ivas, o gregário, sendo a cabra de Maoméh, podem ser ainda, Ó Raatosa, mais desgafarrados.

Nós seremos escolhidos como os primeiros dos últimos pela eleitora do Valhalh'Oco, obselvou o Raatosa nubilmente, por egual e unicum das Elelijíacas, Nós estamos em Nosso estabulário e é purisso que Rubi e Robi enamoram-se, abençoa-os.

As pílulas, a Lavagem Nasal (perfumardlys), tão britânicas quanto caras e tão famigeradas tanto quanto aquele arquebrante viajante Nuzulandês...

Minimínino, confuseou o Ivas molemente, não serás nem mesmo o último dos primeiros, minisperança, quando expulsos serão visitados pelo Velhac'Horror. E, acrascentou: Mim estar confinando blenamente, feja a fortitude de Elissabed, no peso do gran resfolegar. Puffut!

Invisível embocadura, inimigo implacável do sucessocial e ampresarial (Belhalena) Poderia ter sido uma tardinha feliz mas...

[156]

E eles viterberraram entre si, *canis et coluber*, com a mais violenta luciferina bifilinguagem desde Tarriestinus e Pissasfaltium.

– Unucorno!
– Ungulante!
– Uvulóide!
– Uisquibico!
E o boitolo rospondeu voleibolo.
Nuvoleta em seu vestiluz, tecido em capacistina,
oslhava-os dibaixacima, inclinando-se sobre as balaustrodas e ouvindo
tudo que ela infantildemente podria. Como selaminou quando Deudo-
mbros com sua benglaustra naltocielo e como ela
sobroclusou quando seus Inchoelhos ziraram dand-
uma paulsa prajudá-la! Estava só. Todas as suas companheiras
nubiladas dormiam com os esquilos. Sua mimãe,
Sra. Luana, estava no prumeiro quartro esfregrando os desde-
graus do Número 28. Pipai, o Skand, tava ligadão no barpralua
em Norwood, comendo oceanos dum Voking Degelante. Nuvoleta es-
cultou enquanto se reflandia, embora o celestial com sua
constelatria e suas emanações se entremeou e ela tentou tudo
que tentou pra fazer com que o Raatoso olhasse pra ela (mas ele tava muito
adiante intotocavelmente prudente) e fazer o Ivas ouvir quão recatada
ela era (embora ele fosse muito esquistimaticamente auricular
sobre *suess ens* pra prestar atenção nela) mas era tudo dum úmido vapor ameno. Nem
mesmo sua reflaxão fantesiosa, Nuvoluccia, podia baforar seus
conhecimantos fora de sua desmente com fadada intrepífida e curiasidade
indolente, foram conclavados com Heliogobbleus e Commodus
e Enobarbarus e diga o que quer que seja o coordinal diachens que fizeram
com que sua fumaçubisse dos papirus e das cartas. Como se essa fosse a
sua ispiração! Como se a deles pudesse duiparear a de seu reino! Como se
ela fosse a terceira parte pra inquirir os procedimentos da inquisição! Ela
inventou todos os cativentos e as cativantes formas que seus quatriventos lhaviam
ensinado. Ela sacudiu seus esfumasteliacinosos cabelos como *la princesse de la
Petite Bretagne* e arredondou em seus alegantes braços como a Sra.
Cornwallis-West e sirriu pra si mesma com a beleza

da imagem da pose da filha da rainha do Im-
perador da Irlândia e depois suspirou pra mesma si como si tivesse nascido

[157]

pra noivar com Tristis Tristior Tristíssimus. Mas, doce mandonina,
ela bem poderia ter levado sua merecida margarida pra Flórida.
Pro Raatosa, um dogmau Accanita, não havia groça e o
Ivas, um dublibundo Catálico, foi penosamente esquecido.

– Imagino, suspirou ela. Existem homeneiras.

O cicio do sussurro do suspiro do macio no rebuliço da
grama croscendo O redundo ao longo das midias de juncos: e sombras
iniciando a deslizar ao longo da ribanceira, rastejando, restejando, anooitecendo
o anooitecer, e era tão crepitante como o crepúsculo pode ser em todos
os desolados mundos passíveis. Metamnisia era brunada de todoosnomes
coloroformes; citerior hispiana e eaulanda, innemorosa e na-
numerosa. O Raatosa tinha olhos destros sãonoros mas não podia
ouvi-los. O Ivas fazia ouvidos moucos sinistros mas mal conseguia ver.
Ele cessou. E ele cessou, pesado e cansado, e nuncajamais foi tão
escuro prambos dois. Mas então Raa pensava nas prafundesas dos
paços que iria saprofundar pra virar Raatrosa e ainda o
Iv sintiu um virrepio sescaparia por alva graça de suas
desgraçivas.

Oh, quanta escruuridão! De Valle Maraia a Gracciaplena,
dormimus echo! Ah deus! Ah deus! Era tão escruuro que as
lágrimas da noite começaram a cair, primeiro às umas e duas, depois às três
e quatros, por fim às cincos e seis de setes, pois os sonados
estavam despartando, como agora pranteamos com elas. *O! O! O! Par la
pluie!*

Então desceu da margem de lá uma mulher sem

aparência (creio que era uma Negra com calafrio nos pés) e
ela reuniu à sua rouquidão o Raatosa motamorfaseado onde
ele tava encolhido e o carregou pra sua morada invisível,
nas alturas, *Aquila Rapax*, pois ele era o santo sagrado solene
dândi escarrado do avental do buspo. Como se vê o Raatosa
tinha raazão como eu sabia e tu sabias e ele sempre soube o tempo todo. E
desceu de lá pra cá da barranceira uma mulher de toda importância
(apesar de dizerem que ela era bonita, a despeito da frieza de seus modos)
e, pois assimelhava o cantarolar do acorde do vendedor deambulante, ela
içou o Ivas, desperdaçado em pânico autótone, mortalmente
desgalhado e arrebantado de seus beatitubos com ela pro seu refúgio

[158]

invisível, isto é, *De Rore Coeli*. E então o pobre Ivas derrerrou;
pois é sempre assim que um Ivas é, sempre foi e sempre será.
E nunca estiveram tão pensabundos ambos os dois. E sobrava
agora somente um olmo e apenas uma pedra. Poulos com piedros,
Sierro com saulo. Oh! Sim! E Nuvoletta, uma menina.

Então Nuvoletta rafletiu pela última vez em sua mini longa vida
e reuniu todas as miríades de mentes flutuantes em uma.
Cancelou todos os seus compromissos. Subiu pelas balaustrelas;
e deu um contido infantigrito: *Nuée! Nuée!* Um levestido flutuante.
E se foi. E no rio que havia sido um riacho (pois
milhares de lágrimas se passaram etarnos nela e se apoderaram dela e ela era
robusta e apaixonada em dança e seu barrento nome era Missis-
liffi) verteu uma lágrima, uma singulágrima, a mais amável de todas as lágrimas
(quero falar àqueles fãs de fábulas de lagrimor que estão "atentos" as
bibelas comumfaces do tipo que se encontram nas vitrinas) mas foi uma
phluviolágrima. E o rio saltitou nela, poraquiporlali, grugolejando

como se seu coração fosse um corguinho: *Por quê, por quê, por quê! Ai de mim! Sou tão flútil em estar fluindo mas não posso flicar!*

Sem aplausos, por favor! Basta! A cascavel do impapalposto contornará sua circulação no *diu dursus*.

Meninada, Maiores, levarei vossas reações pra outro lugar depois dos temas. Nolan Browne, agora podes sair da sala de jaula. Joe Peters, Raspossa.

Como já te explicitei com sucesso minhas próprias rações natarais que estão ainda assim excisadas de meu cérebro abobadado asseguram-me que sou o caso mais merecedor dum gênio da fala. Sinto simbatia por meu sempre devotado e deslavado amigo, Gnaccus Gnoccovitch. Querido Jem! Querida rapogosa! Ferrerradura! Eu poderia amar aquele homem como meu próprio duplo por ser tão dublinado embora seja torrivelmente curiloso e eu um esclavo da metodiosidade. Quero que ele vá e viva como theabildo no comando da brigada noturna em Tristão da Cunha, ilha dhomem-ao-mar, onde alcançará o Numero 106 e estará próximo ao Inacessível. (A assembleia dos mognos, sendo as ondas, relembra-me de que esta vista exposta embora anseiada por uma sombrinha própria e precisa de uma faixa de abrigo, o verdadeiro serviço pra manter seus

[159]

troncos limpos – as faias chorosas – Pinus e Tília, estão num estado selvagem por isso – deveriam ser classificadas como Salgueiro de Crìquetaco e seus dois conselheiros viveiristas sugeririam, sob o gênero Inexauríveis quando reflutimos sobre todas as nogueiras, goma doce e cinza de maná, rubrocedreiras que é tão prevalente lá como se houvesse ospinheiros em Curraghchasa que deveriam parecer tão planos como um mastro pra qualquer um até sermos intraduzidos àquela pine-

coteca de Verney Rubeus onde a deodara nos é pincturada
em povoamentos puros, que não duvidaremos ter um habitat seu,
mas sem essas mudas auto-semeadas que são uma espécie de prova
de que o maior indivíduo pode ocorrer em ou numa olivação tal como em
East Conna Hillock onde se misturavam com fulsas acácias e
salgueiros comuns e são jovens) *Vux Populus*, como dizemos da nogueira-
taco e desejo que tenhamos mais alguns copos da *arbor vitae*.
Por que rodicar à beira da rodavia ou sencobrir sobre um pote d'almo? Almieiro
Castoralvo é o primevo. Deverias ir-te embora pra mudar de
ideias e terias um mundéu de coisas pra remembrar. Vai, doce
Daniel! Se eu não fosse um jonas de mim mesmo me elegeria ser um
delfim de borracha no mar bravio porque ele é tão descalço
com minhas supermeias arrancadas enfiadas em sua cara que replantei em
minha horta pra alegrização dos siderodromitas e
pra ironia das estrelas. Dirás que é muito desinglês e
espero ouvir que não estás enrrado nisso. Mas eu
vacilo, sentindo-me um tanto esquimês em minha goela.

Podrias por favor vir aqui pra gente fofocar muurmuurando
um pruoutro sob nossos vícios. Não estou ouvando o velho
billfausto. Wilsh tá cheio de rolhas. O baldicorvão tá filipado em debli-
natos. O Sr. Wist tá pra lá das nãocessidades. Wilsh e wist
tãotão cheios de côsas quanto o infausto no deblinato. Scunhoocido
stá lém do tape tinho. Lêlé sol zinho enssu cuarto.
Àveces funchiona, áveces dádombros. Hojie, como
tutá, mia niger signora? E partindo da graça ondestou
chorrindo pra chegar até ti eles são tão mébeis dentais quanto
tu podres natar que são fabulados.

Meus auvintes recuarão com grande lazer, como na eclosão antes
de trespassar a questão do espaço onde até

[160]

michelangelinos senganaram apavorados provados pra mimesimente
quanto à sua sotisficção quão é abjeto durante tudo (o *quickquid* do Pro-
fessor Ciondolone muito frequentemente hipotecado Homendigo)
nada mais é do que um centavo na mão por mais gentil
que ele queira o nosso, se nos permite (estou falando de nós na segunda
pessoa), pois pra esses intelactuais graduados o centavo é grama e o
sistema é grana (não se deve permitir que se esqueça que tudo isso
está contido, quero dizer, o sistema, em dogmérdicas origens
espúrias) significa que agora não posso ter ou não ter um pila
em meu bolso ao mesmo tempo e da mesma man-
eira que tu agora podes não ter nem metade da metade de um pedaço de moeda
que tenho em mente a menos que Burrus e Caseous tenham ou não tenham
semaultaneamente semaranhado eles mesmos, vendidos e vendados, uma vez
mais nos lácteos dias de comprar as compras.

Burrus, como gostamos de imaginar, é uma genuína perfeição, a escolha
real, cheio de graxa natural, o mais doce deleite ainda im-
batido como um risicida e, claro, obsoletamente inadulterrado,
ao passo que Caseous é oboversamente o reverso dele, de fato não uma
escolha ideal pra qualquer refeição, embora o melhor dos dois seja
derretidamente adicto ao lado mais casual do caso arrivalista
e, deixe-me dizer já, tão zeloso dele quão passível ele.
O samelhante lar e a busca da histriória desconde-sconde que
costumávamos ler pro nosso prepurgatório, quontei, Schott? até Pupai
fechar a loja e Mumãe, pobre Mumãe! nos trazer nossa pobre
sopinha (ah, quem! eh, como!) em Aceitius e Oleosus e Sellius
Volatilis e Petrus Páprícus! Nosso Velho Partido bem unido em torno
à Saladeira dos Comuns: o próprio Pradre Salamão e aquele

broto de Sarsinha e seu Raminho de Tomilho e uma dúzia de Brotatas e contas e pontas das mais refrescantes e piscantes Alcaparras e Alfaces e suas mangas verdes e tu mais eu três, gêmesmos babadores mas comerdores, como bons shakespirovos! Mas há muitos pretextos parcos entre o prato e a boca; e (apara denroscar a rolha, Schott!) pra entender isso o melhor que possas, sentindo quão atrasado estás em tua bancada rasa, completei o seguinte arranjo pro uso das carteiras do curso e se não consigo me afastar de vocês estou mais anulado que Cesar.

[161]

Os antigos sísares (Tiranos, regicida é bem mais apropriado pra ti!) se tornaram insiportáveis com as eras, (o compositor da farsa do dostino contudo comete um erro trímpano ao deixar este efeito pienofarto como seu prumeiro ato pois é aí que entra o dito) tendo recebido sortidas-nove-facadas refletidamente removidas (este soldado – autor – ordenança por todo seu comuntarismo é justamente outra daquelas bolhas soufistizadas que nunca conseguiram tirar cisco de areia dos olhos de modo que a champanha que ele nos descreve é um fiasco como uma panguierra) os tipos gêmeos serão cobrados a fazer sua realparição como os conhecidos irmãos de fé fac amolada no desértico *champ de bouteilles*. (Uma leitura muito saperficial da hostória Pérsic-Uraliana nos mostra como Fonnumagula esculheu esse nume própreo duma colução de prifixos permiando o canhacimento Cocosiano embora descendesse desse fulho da kuka fosse tão sartina como há uma barrica em Tobolosk) *Ostiak della Vogul Marina!* Mas denego o fato da devassa em west point que podia te pintar com essa babujice (quisto queije!) se te limpasses um pouco. Morduvivo! Oh, ninguém me sonha! Porquê o caso é tão inessivo e impossivo como mãos queijosas! Seu inter-

locativo é conprovocativo assim como toda lebre odeia levar seu
marrido pelo narriz. Caseous pode se pensar como um penseiro
de um cavileiro mas Burrus tem essa rica cabeçorra redondada que combina
bem com pensamenthots do fideísmo defensivo. Ele tem a laca da sabe-
doria sob cada dente superior enquanto o outro segue seu
onni veso lacta indmêutico. Rindo sobre os limãos e chorando sob
as cibolas. Ele num tem olhera e ele num tem orelha,
buuáa. E cada noite um sente falta dalgo, um pisca um retém as
simagens. Foi adequadamente e corrigidamente estatuído (e, é realmente
desnecessário *ex ungue Leonem* dizer por quem) que sua
arte de ver era tão clarissa que todos os bairros de Podres-
burgo sendo avelanchados de piche sobre ele, ainda assim podia dechifrar
num piscar dolhos a fossa verde do Olho d'Irlando. Permita-me te
permutar toda verochidade de Burrus quando ainda erra chófem. Ei-la
aqui, toda chormosa, em seis por setes! Uma linhagem limpa, pelos
deuses! Um rei deposto é um queixo exposto! Que madura e
alegreja essa certeja, com a fiel ajuda de Deus v Deus! Se eu fosse falar

[162]

tudisso de boca cheia pra arinan deverias me chamar de
ormuzd alimentar no meio da tua fame. Amoce, Alqueça!
ecoa o solmão no salmo. *Butyrum et mel comedet ut sciat
reprobare malum et eligere bonum*. Isso, é claro, também explica
por que fomos ensinados a brincar na infância: *Der Haensli ist
ein Butterbrot, mein Butterbrot! Und Koebi iss dein Schtinkenkot!
Ja! Ja! Ja!*

Este de fato, só pra te mostrar, é Caseous, o armão iscocêis
ou quejo poidre: um ou dois buracos, fede muito antes de ser sentido e
ninguém vai catar vurmes. Chessus! tu te queixas. E Cru Cru Cruzes

devo dizer que tu não tás Ro Ro Roalmente erraldo!

Assim não podemos escapar de nossos gostos e desgostos, exilados e em-
boscados, mendicança e vizinhança e – é aqui que o mindi-
ota anunciante anuncia o apelo de ajuda temporal – sejamos
tolerantes com as antipatias. *Nex quovis burro num fit mercaseus?* Não
estou por isso dando meu endosso final aos eruditos ignorantes
do filosofismo de Cusanus no qual o velho Nicolau prega que quanto
mais intensa for a rotação do topo mais sonoro será o intervalo
da base (o que o velho respeitável auberguinista deveria querer
dizer era: quanto mais imperturbavelmente imóvel *no espaço* parece-me
o fundo o qual é apresentado pra uso no tempo pelo primo-
mobilisco do topo &c.). E serei malentendrido se entendido
como dando um incondicional sinequam aos furibundos heroicizados da
teoria de Nolanus, ou, pelo menos, daquele substrato à parte
da histeoria onde Theófilo juura que no princípio
foi o ponto inicial de sua odiose à comparição e que enquanto
ovos caírem de preço por todo lado a Muntega vai ser cara ao Brie.

Agora, embora ainda não esteja decidido inintencion-
almente recomendar a máquina queijodinâmica Silkebjorg pra
mais econômica helixtrólise desses amboadipatos até
que possa encontrar espaços pra examiná-la mais de perto primeiro
irei prosseguir com minhas decisões depois de ter mostrado a ti
em tempo hábil como ambos os produtos do nosso estômago social (o excelente
Dr. Burrão, percebi a propósito de sua teoria de alimentação
emendada, tem digerido cuidadosamente o criticismo saudabilíssimo

[163]

com o qual o ajudei em minha principial edição como é tão bão
pra ruminação) são mutuermente polarizados à incompatibilidade de qualquer

atuação delirante como ambivalente à fixação de seu pivotismo.
Postulando, como acima, também frangos machos, um sendo o pintor do
outro e a sombra da Escócia do uno, e olhando ansiosa-
mente ao redor de nosso indistribuído meio entre machos sentimos
que devemos malencolicamente nos acostumar a uma fêmea pra nos focar e
nesse estágio aparece agradavelmente a covardia M. a quem iremos
amiúde encontrar a seguir e que se apresenta a nós em alguma hora
precisa com a qual novamente voltaremos a convir de chamar zero absoluto ou
o punto de bablução do platinismo. E assim como aquele primitivo filho
de uma gruta que saiu a procurar as jumentas do fazendeiro voltaremos calmamente
pra casa com nossos próprios rabos entre as pernas pra encontrar
Margarinha.

Folgamos agora através de um período de puro lirismo da música de châmera
(tecnologicamente, deixe-me dizer, a entrada apetitosa
deste assunto numa cesta tosca de víveres é antes um pudim di carpa
das douvre horas) evidenciado por tais palavras aflitivas como *Eu
ti cramo, Doce Margarina* e o mais esperançoso *Oh Margarina!
Oh Margarina! Na tigela ainda sobrou um pedaço dourado!*
(Correspondentes, aliás, continuarão me perguntando qual é a
guarnição correta pra servir com sarsicha. Molho Amargo. Basta).
A paixão da quebra de penhora da primeira dessas peças fajutas
revela-se como um esforço de Caseous. O bocado de Burrus costuma ser usado
na torrada. A crinicultura pode nos dizer precisamente como e por que
esta particular faixa de prata amarela apareceu primeiro na (não em)
intestigela, dá pra ver, na cabeça humana, glabra, negra, brônzea, braseada,
brumada, beterrabada ou brancamanjarda onde pode usualmente
ser comparada a um pinçorelha nas grudadas melenas da guedelha.
Ofereço-a à Signorina Cuticura e intento pegá-la e botá-la
sob a nazotícia de Herr Harlene pra disvertir suas atenções. É claro
que a cantora desqualificada continua a perverter nossos ouvidos
mais sábios pra subordinação do elemento-espaço, isto é,
cantar, a ária, ao fator-tempo, que deveria ser morto, *ill*

tempor. Deveria avisar qualquer cantora inascida que ainda possa
entre meus leitorvintes esquecer seu diafragma temporal em casa

[164]

(a melhor coisa que poderia lhe acontecer) e atacar a volata
com um veloz *colpo di glottide* na orelha (embora Maace
insistisse que estava abatido por exagerar nisso, sua recuperação muitas vezes sendo
lenta) e então, Oh! no terceiro mortovimento, Oh! fichar seus olhos
e aibrir sua oca e ver que tempero posso lhe enviar. Quanto?
Cessa-te, cantatriquee! Encanta-me estar solo. Desperta-te, meu
bravo! E salva pra simpre meu trou Bdor!

Terei uma palavra a dizer dentro dalguns janos sobre a gestão acústica
e orquidectural da sala tonal mas, como o nosso é um
vilvário onde a folha de uma planta é uma longa planeação de aromas
e podes não te importar com o argônio, será muito conveniente pra
mim pelo emolumento pra perseguir Burrus e Caseous por um degrau
ou dois acima de seu isocelante biângulo. Todo admirador viu minha
gulache de Marga (ela é tão parecida com a irmã, nem sabes, e
ambas se vestem T A I S Q U A I S!) que intitulei *O Verdadeiro Retrato de
uma Mulher Desnecessária* que no presente orna nosso galheteiro
nacional. Esse gênero de retratura de mudanças da mente em ordem
pra ser verdadeiramente o cerne deve invocar a alma selvagem das fêmeas
pelo que deixo à vítima experiente completar a sugestão
geral pela adição mental de um pulapulante ou, se
o fanático zulogical o preferir, um rabo de congoruu. As caixas de chapéus
que compuseram Rhomba, dona Trabezonda (Marga nas al-
turas), também compreendiam o climatograma no qual B e C podem
carinhosamente ser imaginados ascendendo e são sugesivos de modos
primaveris cavalheirescos, esses modos nos levando de volta à formação

das camadas sobrepostas de argila do eoceno e plistocino e às graduais mudanças morfológicas em nosso corpo político do Professor Ebahi-Ahuri da Philadespoinis (Ill) – em cuja oscilação azulmercurial acabei de dar um golpe de graxa – limpidamente nomeia uma *boîte à surprises*. As caixas, se posso gentilmente interromper o assunto, valem cerca de quatro pences cada mas estou inventando um processo mais patenteável, antidiotas e prerfeito. (Gostaria de prerguntar à pessoa da Shedlock Homes que está decidida a remover os telhados de nossos clássicos criminais pelo quê *deductio ad domunum* ele espera *de tacto* detectar alguma coisa a menos que aconteça a ele mesmo, *movibile tectu*, sofrer uma queda) após o que pode ser reduzido a um fragmento de sua

[165]

vera cruz até mesmo pela mais jovens das Marguis se elas sentirem plazer em se sentar e sorrir se eu quiser.

Agora tampouco não deve haver dúvida de que eu tenha feito tanto, tendo bem o tamanho daquela fêmea demilitéria (continuaremos a chamá-la de Marga) cujos tipos podem ser encontrados em qualquer jardim público, vestindo um vestido muito "vistoso", conhecido como "veste" comprido até o peito do pé e com pele real, reduzino a 3/9, e chapuz macio pra dar o tom (eles são "pèlesdanjo" nesse caimento), ostensivamente abainhados apologeticamente sobre uma blusinha de alguma "doce" roupinha, quando ela não estiver sentada em todos os bancos livres lendo avidamente sobre "isso" mas ovidentemente molhada pra "ele" ou tão "excitada" ou acerca do carrinho de boneca mais bem decorado e a competição da esquina mais bonitosa ou no cinema engolindo soluços soprando miscuits bisturados sobre o "mais recente" "cria dô" chapelão ou à beira da charjeta com cabelo cortado e alguns bebês de mamãs com vestido curto (os Quero-Não-Queros têm agora DUAS ba-

bás e aspiram TRÊS machos, um chovér, um merdomo e
uma sectária) mantidos reféns à distância de um braço, ensinando à Sua Infanta
Majestade como piorar as águas.

(Estou observendo de perto Mestre Pulos, pois tenho regiões pra sus-
peitar de minha posição que seu "homenzinho" é um professor secun-
dário sob os conselhos de educação, um discípulo devotado de Infan-
tulus que está sendo usado assim publicamente pela *seducente infanta*
pra ocultar sua personulidade maiscular ao ostentar elegância
frívola sobre roupas íntimas masculinas, pois o femeninismo desta
totalmulier sempre faltará ao musculaço de um verivarão.
Minhas soloções pra parturiência própria dos mestres e a edu-
cação de ácaros mictúricos devem ficar de pé até o momento em que
enfrentar essa dona cosquilhenta que ocupa minhas utenções.)

Margarina é muito amarrada a Burrus mas, assim e assada!
aplecia muito chaá. (A importante influência exercida
sobre tudo por estas importações lestasianas não foram até agora totalmente
saborizadas embora possamos prová-las confortavelmente nesse caso. Voltarei
a falar um pouquinho mais adiante.) Uma cleopatriciana por
direito próprio imediatamente complica a posição enquanto Burrus
e Caseous estão lutando por seus misstérios por implicação deles mes-

[166]

mos com um elusivo Antônio, um gringo que parecia ter
um interesse pessoal por queijos refinados de todas as zonalidades ao mesmo
tempo em que associava uma arte antômina de ser rude como um rúsdico. Essa
tríade grupal Antônio-Burrus-Caseous pode-se dizer que se equipara
à qualis equivalente ao antigo dito *talis* em *talis* tão
quanticamente quanto na economantarquia hiperquímica o tan-
tum ergons irruminate e quantum urge assim como os ovos estão pro leitelho

assim como o y pro zê e como babá pro bebê bobo mamando seu mamá. E é por isso que qualquer simples filadolfo dum parvo que gostas de vestir, um atemista baixopolitano, fratricista sem lei, pode ser terrivelmente verdede um seu lado e frutificantemente azul doutro o que não o impedirá no entanto de aparecer aos meus olhos perscrutadores através das furalezas de minha acrópole, como um bostado breaco balidor bezerrante bombado blasforado blesforido idiota kenão sabe distinguir uma granada dum abacaxi quando rouba um da caixa e não quer psonar seu psalmônico com a nossa cong e gregacional pomposa contilena da tripulação.

Não! Saltomen pra tua Tarpéia! Esse assunto, senhor Abby, é nefando. (E, atirando as matérias sustufadas e alcalinas, espero que possamos matar o tempo pra chegar ao sal porque há alguns ativos nêutricos de primaglasse que amargam no solitre pra jogares dentro do teu ensopado). A legião trovoante tempestuou o Olímpo pra finá-lo. Doze vezes tabulares editei até agora. Merus Genius a Careous Caseous! *Moriture, te salutat!* Minha femosa raça thêmica flugiu, então deixe que a Demoncracia tome as alturas! (Abraham Tripier. Essas velhas diligências estão atrasadas. Leia a resposta seguinte). Vou te dar até log. (Bemtemperado. Por que não toma a ação direta. Veja a resposta anterior). Minha Palavra imutável é sagrada. A palavra é minha Mulher, pra exposar e expôr, pra vender e venerar, e que as cordornas coroem nossas núpcias! Até que o Sopro nos seprare! Uamém. Cuidado pra não mudares com meus anos. Sê tão jovem como tuavó! O homem anelado no lugar enrrado mas as palavras ritas nas ordens rotas! *Ubi lingua nuncupassit, ibi fas! Adversus hostem semper sac!* Aquela que não sentir meu brilhuar que se desnude a ti como atrevida e impudente. Aquele momem que noum tem mousas em sua oulma nem se impressiouna com conquistas

[167]

de palavras da lei, que nunca consuga mesmo ser induzido a deixar
seu solo pra lavar sua cabaça, quando da sua esperança vacilante
balançar sua aflição, se viesse à minha praigação, um falido andarilho
orgulhoso, quando os céus estavessem derramando a despeito de sua tromba,
pra rogar por um lugarzinho em nossa barca de *Noisdanger*, será qu'eu e Mac
Jeffet, quatro-na-mão, demos-lhe um pé na bunda? – sim! – ele sendo meu próprio
irmão de peito, meu amor dobrado e meu ódio polarizado,
se fôssemos pão da mesma fornada e assinalados com o mesmo sal,
se tivéssemos sido tocados pelo mesmo mestre e roubado da mesma caixa,
se estivéssemos enfiados na única cama e mordidos pela única pulga, homo-
galantes e hemifumados, bundo e vaga, chucro e chulo, embora
parta meu coração confessá-lo, ainda assim temo que odeie dizê-lo!

12. *Sacer esto?*

Resposta: *Semus sumus!*

[168]

Capítulo 7

Shem

Só aos poucos que o escuro é claro.

(João Guimarães Rosa)

Para Fernando José Karl (*in memoriam*)

amigo-irmão ido tão cedo.

Shem é tão uma abreviachão de Shemus quanto Jem é jacoso pra Jacob. Ainda sincontram alguns caiporas alegando que aboriginalmente ele era duma origem respeitável (ele era um fora-da-lei entre as linhagens de Ragonar Barbazú i Horrildo Cabelimpé e sogro do Cap. o Hon. e o Rev. Sr. Passarito Bem Perdito estavam entre suas conecções mais distantes) mas todo homem bonesto e hondoso na terra do espaço de hoje sabe que sua vida passada não suportará ser escrita em preto e branco. Juntando verdade e mentira pode-se palpitar pra ver como esse híbrido hatualmente pareseria cer.

A compleição corporal de Shem, ao que parece, incluía um enxó como crânio, um oitavo dolho da cotovia, um nariz anteiro, um braço dormente acima da manga, quarenta e dois capêlos fora de sua descoroa, dezoito em seu lábio superior, um trio de fiapos em seu queixão de cabra (filho de solumão), o ombro sinistro mais arto que o destro, todouvidos, uma língua artificial com uma curvatura natural, nem pés pra ficar de pé, mancheias de polegares, um estômago cego, um coração surdo, um fígado mudo, dois quintos dibundas, um bago sujo pesado demais pra ele, um mandiocal de todo mal, uma peleta de salmoneta, sanguie denguias nas mãos frias, uma bexiga tristendida, tanto é assim que o chofem Mestre Shemmy no seu primeiro debuchar logo na aurora da proto-história via-se a si mesmo tal e tal, quando brincava com cardolavras em seu jardinfantil, Orfanotrófico, na Rua dos Phorcos III, Shuvlin, Velha Ruirlanda, voltarruíamos lá agora pra truenar, pilhar e in

[169]

sensatar? que faríamos agora por annas e annos? o que seria dianóis por uma partitura completa de oito mais uma lireta? por douze xilins e uma inhapa? por quatro patacas e uma pratarca? nem por uma cauroa! nem pro joy! se repetindo a todos os seus

maninhos e maninhas a primeira adivinha do universo:
perguntando, quando é que um homem não é um homem?: dizendo-lhes que dêem um tempo, meninas, e esperem até a maré vazar (pois desde o primeiro dia foi uma quinzena) e oferecendo o prêmio de um caranguejo agridulce, um presentinho do passado, pois a idade do cobre ainda não havia sido cunhada ao vencedor. Um disse quando os céus tremerem,
um segundo disse quando Bohemear os lábios, um terceiro disse quando ele, não, quandele aguentou firme um instante, quando é um gnástico e detarminado a, o próximo disse quando o anjo da morte chutar o balde da vida, ainda outro disse quando o vinho acabar o juízo, e ainda outro quando a amável muulher se curvar pra picá-lo, um dos menores disse eu, eu, Sem, quando papá empapelou o pourto, um dos mais engraçadinhos disse quandu pegá a tuerta di manzãna i silambuzá todu zujo, ainda um disse quando estiveres velho e eu griselho quedando cheios de sono, e ainda outro quando uns mortitos caminitos, e outro quando só depois de ter sido semidimensionado, outro quando si no tiene mãnãnã, e um quando começarem a dosar porcos intão irão avoar pelo ar. Todos tavam enrrados,
então o próprio Shem, o doutador, ganhou a cuca, a solução correta era – todos desistem dela? – quandé um v – teu até o vatiamento das rochas – Shaime.

Shem era um vesheme e um baixeme e sua baixeza rastechou primeiro via chêneros alimentíchios. Tão baixo que preferiria a lata de salmão Gibsen pra hora do chá, tão barata quanto prazerosa, a mais roliça e pesarosa ova de salmão ou os saltitantes salmonetes e trutas salmonadas jamais fisgadas entre Leixlip e Island Bridge, e por muito tempo repetia em seu bostulismo que nem ananases silvestres jamais oloriam como os molhores que sacavas das latas de Ananias, Findlater e Gladstone's, Corner House, Englaterra. Nenhuma das tuas Balaclavas de sangue azul com uma polegada de espessura fritas-em-espetos-confiáveis ou pernil de carneiro Greco suculento de geleia derretida ou engraxadas cartilagens grunhentas pra comer

com a mão ou fatiadas sobre a tábua de caramelado peito de ganso
em nacos e depois opulentos pudins de ameixa tudo recheado e nadando num

[170]

escuro molho pantanoso praquele judeu de coração gregório! Rosbife da
Véia Zelândia! não poderia atocá-lo. Vês o que acontece quando
o teu tritão somatófago eleva sua imaginação a nosso cisne
virgitariano? Ele até fungiu de si mesmo e si tornou um pastorzinho,
dizendo que preferiria muito mais pastar o fricassé de lentilhas
na Europa do que meter-se com ervilhotas fendidas d'Irlanda. Certa vez quando
entre esses rebeldes num estado de intoxicação desesperadamente desamparado
o piscívoro esforçou-se à levar uma casca de cidrão prambas as narinas, sol-
uçando, aparentemente de improviso pela falha que tinha em sua
parada glótica, pra que florflorescesse pra sempre pelo olor,
como da zcidra, como do kcedron, como do scedro, das fontes, nas mon-
tanhas, com lemão, do Líbano. Oh! a baixeza dele estava abaixo de tudo
até ir a pique! Nem gostava dàguardente ou do primo-
trago primitirado ou do queimagoela de gim nem tampouco da honesta cerveja espumosa
barrenta. Oh não, querido! Em vez disso o trágico bobo da corte siluçou-se a si
sorominguando cansado da vida nalgum tipo de ruibárbaro tangerido verd-
amarel azuliscur uíndigo diodado cidrespremido de
vinhazedo e, dava prouvi-lo turcer suas sedimentais lambitaças quando gorfou mmmmuito
demais mmmmuitas cabaças de ânsias quase tão baixas quanto a de seus
cocoponheiros que sempre souberam nãostante já estivessem fartos e ficaram
indignados com razão com a hospitalidade do desgracido quando descobriram
pra horror deles que não aguentariam nem mais uma gota, veio direto
da nobre graxa branca, ro, esparromado, ro, ro, por que esconder dela,
ro, ro, ro, a tina de vinho, da mais serena arquidiuqueja hún-
gara, se ela fosse uma pata, uma duchesa, e se tem

vinhu brancu num é curpa dela, nènnão? artisducusa, engraçhado, qui tais tirrindo, ivaginela, Finna Urínia.

Não é finnástico, hein? Bebarrão! Falar de baixezas! Qualquer cãontidade de cacãoção que tenha visivelmente escocorrido desse sujo bizurinho nigro pra mesma quarta foto da monina da Colina-Vira-bosta com sua kodak sangre fria disparando a ainda e nãore-munerada apóstata nacional, que era covardemente tímida com armas e câmaras, tomando o que ternamente pensava fosse ser um atalho pro Castelo Lazuli, Saun Amérigas, via naviapor *Pridewin*, depois de ter enterrado uma machadinha pouco antes, pela saída de bens falsos, num-

[171]

mero trêish pro treim, em Patatapapoulas, fruticultores e floristas musicais, com seus *Ciaho, chavi! Sar shin, shillipen?* ela sabia do vício fora da prisão do cararrancudo homau por seu caminhar no loucal.

[Johns é um açougueiro diferente. Da próxima vez que fores à cidade faz-lhe uma visita. Ou melhor ainda, venhas às compras. Vais desfrutar da carne de primeivera dos criadores de gado. Johns está agora completamente divorciado da panificação. Engorda, mata, fatia, pendura, estripa, quarteja e porciona. Veja seus cordeiros! Ex! Sente comos fatia! Exex! Seu fígado também vale muito, uma especiaridade! Exexex! COMUNICADO.]

Naquela época, moraviando, geralmunte, por metalmor esperava ou ao menos suspeitava dentre os morticianos que logo se daria mal, desenvolveria T.B. pulmonária hereditária, e far-se-ia dandy de uma vez, naum, numa noite descaída enrolar seus credores, ouvindo música vulgabunda e burrifalda vinda de Eden Quay suspirando e rolando, certo de que tudo tava celto, mas, embora tenha caído fortemente e localmente em débito, nem mesmo assim tal antinomiano poderia

ser fiel ao tipo. Não atearia fogo ao cerebrum; não se atiraria ao Liffey; não se
explaudiria com pneumáticos; recusou açafrãorcar-se com relva. Com a
ajuda do satanás gringo e o arremedo renato da fraude enganou-se até a morte.
Anzi, telegrafou (mas sacudindo suas palávridas boucafora: Guarda-
costa leporino? Szasas Kraicz!) de seu azylum Nearapublicano
pra seu irmão jonatão: Aqui koje, amanhão sifui, estamos
sulpicados, façalgo, Desfolgado. E obteve respista: Inconveniente,
David.

Vejam, chapazes, gotrincará, grofrescamente é claro, mas o
thom e o shom dissho é: estava com a mesmória bárdica lenta.
Todo o tempo continuava a valorizar comdigna sastifação cada
camigalha da tagaralice, ansaiando a palavra do'utro,
e salguma vez, durante uma Munda conversazione comontida no
interesse danalção, delicadas dicas foram lançadas a ele toc-
ando seu percurso maligno por alguns simpatizontens, invocãodos em vão por
argumentos escriturísticos com o papista opróbrico sobre tentar
se preparar pra glória da coisa, Biltre scamoso, e ser um homen
em vez de um babaca escroto, distrai di tudo, tal como: Oro, qual é

[172]

o significado, sóusia, dessa expressão continental, sialguma vez já
cruxasses com ela, achamos que é uma palavra transpiciosamente tal qual *canaille*?:
ou: Tu nalgum lugar, cãopitão, em tuas viagens gulliveiras, ou
durante teus trovadouros rurais, taconteceu de trupicar num
certo jovem nobralegre reclamando do seu Suìnome
Zinho que sempre se dirige às mulheres com um canto
da boca, vive de empréstimos e tem furtifrinco anos como tu? sem
um sinal de pressa como o supremo prorco que era, e nem um pourco
arrependido, semelhava a caravaga dum vandarilho, radical com lá-

pis na sulcorelha externa de seu escutador dientão, balbuciciando, o tagarela parnela, pra matar tempo, e suando sua mortalha pra pensar que sob os sudários de Jansens Chrest qualquer filho decente de um Albiongentílico que tivesse ido à uma universidade pensaria tomar emprestado pra acertar um acertado e começar a contar a toda intelligentsia admitida aquela tamilesa samtalesa conclamazzione (já que, ainda e antes dos médicos, mercadores de leis, campanários de polilíticas, agri-colores manufraudulentos, sacrestães da Sociedade do Rio Puro, filantrópicos pousados em tantas mesas em volta do panestético há tanto tempo quanto possível) a total porcina história vitalícia de sua parca existência cornalina inteira, abusando de seus ancestrais falecidos onde quer que as covas estejam em dado momento staràscrescendo em grandes bacamartes (poh!) sobre teu fermoso e fino Poppaizão, Sr. Humhum, a quem a história, clima e entretenimento fizeram o primeiro de seu clã sempre em débito, embora só os ouvidos do Irmamento saibam como enfrenta suas inanças, e em outro momento visanvrerssas, uiv-ando em três vaias (pah!) por seu roto fantasmagórico de Peppybeg, Sr. Himmyshimmy, um maldito, um fétido, um fútil, um reles, um tara-güela, um tolouco, sétimo sujo dentre ladrões e sempre últomo sawyer, até quiagora sabiria quão quaseiro queu pudiria ser, dan-do testamunho insalicitado em farvor do ausente, tão fluente como águar-rente presses pressentes, (que entrementes, com a crescente falta de interesses em suas semânticas, permintissem que vários sorridentes subconscientes babujassem lentamente através de seus fichados), explicando inconcientemente, por tinstantes, com a meticulosidade que beirava o insano, osvários significados de todas as deferentes partes estranhas da lengoagem que usou indevidamente e polvorisando cada mintira irredutívelmente sobre todas as

[173]

outras pessoas na história, deixando de fora, claro, pré-conscientemente, a simples palafra e plaga e pessonha que o encurralaram até que não houvesse um cochilante entre eles mas foi totalmente desenganado no resto do carretel pelo recital do besteirol.

Ele nem precisou dizer que o cara não gostava de nada que se aproximasse de uma simpres e dileta linha que vai ou vem e, sempre que era chamado prarbitrar qualquer argumento octogonal entre giriadores, o talentoso falinte geralmente costumava dar d'ombros com o último orador e apertar balançado (o dar as mãos que é a fala sem palavras) e concordar com cada palavra assim que nem bem emitida, às suas ordens!, teu servo!, bom, te reverenceio, como, meu sinhor? brindemos! bem verdade, gratias, sou seu, vês o que ouço?, ouvo bem, por favor, tou certo? concluamos isso!, bem assim, disseste isso, apasafello, murchas grassyass, tá-mi-atirando? tem galhoélico-em-ti? proteu próprio bem, tua súlfura, e então imediatamente fofocalizar toda tua desequilibrada atenção sobre o próximo octagonista que conseguiu chamar a atenção do ouvinte pedindo e implorando-lhe que saísse de seu comovente pisca-piscoso (*hemoptysia diadumenos*) se havia algo no mundo que pudesse fazer-lhe pra agradar-lhe e transbordar seu tambortantalizante pra ele mais uma vez.

Numa noite granizada (pois sua partida foi acompanhada por uma forte aguarada) tão recentemente quanto mil chuvaradas passadas ele foi assim tratado com o que siassemelhava à violência passoal, sendo chutebolado insuspeitadamente por toda vila deserta de Tumblin-no-Leafy da casa do Sr. Vanhomrigh no 81 *bis* Mabbot's Mall até Green Patch além dos campos da oolaria de

Salmon Pool pelos times rivais dos pequanões contra os grandiños
que finalmente, como os rahillenses foram vencidos pelos brutos la-
thrinos, pensei, ningócio ié nengócio, melhor correrem pra
casa depois deles d'Auborne-pr-Oborne, com gratidão pelo agradável
anoitrecer, todos com nojo, em vez de agredi-los também,
e despertar, reconciliados (embora estivessem tão invejosos quanto pudessem
esses cuzões sobre todas as trurfas que lhatiraram) pruma
amizade, rápida e furiosa, que recém começava da nociva perveição
à baxa perferçção. Mais uma vez havia a esperança de que as pessoas,

[174]

mirando-o com o desprezo dos desprezáveis, apesar
de primeiro darem-lhe migalhas imundas, podiam ter pena e perdoá-lo, se
devidamente despiolhados, mas o plebeu nasceu em Quicklow e siafundeu
até fuender fuera das fistas.

Todos os Santos bateram Belial! Gools de Mickil pra Nichil! Nimpossível!
Já?

Em Nenhures no Mundo inteiro nem sinteirou de si mesmo por sua
Marida;
Por Paircos Nenhures foi sentenciado a ser Verme, Sangue e
Truvão na Vida;
Nem o Imp da Córpsica forçou Arterra a sair da Anglarterra;
Nem fez-se o Sexão e o Judio no Mounte de Palavras fazerem
Goerra;
Nem no Puteiro da Fifeiticeira atiçou-lhe o Calor de seu Quentor sobre
Castela;
Nem o Arcobaleno previu Pazpax sobre a Obcena;
Pèfendido doAr deve trombar, Culpidiota Jardineiro pulou no
Bueiro;

Oviolados perseguirão Maçãs mordidas pois onde há Tesão
há um Paredão;
Mesmo quando a Mostilaria franze a Moenda enquando seus Filhiosos
mamam Cerveja;
E o Riachorão somrri à Sua Makestade todas as suas rissotas de suas Filhotas
em Suassorelhas;
Até que os quatro Calmaradas de Torrylha deixem os douze zurros
zumbir na Irlangreja;
Hirra! Hilrras! por seus Mal-Entendidos! a Balata do
Pinch-Urrelhas chilrra.

Oh, fortunotus casualitas! Sinistru comun querupudim enquantum Destrum fendit unt cassacum. O Negror jamais arrastrou guaxinigros afora pra jolgar não-excretórios, anti-sexuosos, misoxenéticos, purilavrosos, jogos di carni i sangri, escritos e compostos e cantados e dançados por Niscemus Nemon, da mesma forma que os piccanegriños jogavam todo dia, aqueles velhuscos (nenhum disseus mela-cuecas!) jogos pra divartimento e rudimento que costumávamos jogar com Dina e o velho Joe cutucando-a por trás e bem mais do que a mininamarela que também cutucara o velho Joe,

[175]

jogos como *Tom Tom o Tromvãodor, Tira o Fôlego do Pilicial, Chapéu na Alça, Prende teu Mijo e Brinca no Time do Vaipor, Mikel no Sortuíno, Nickel na Caça-Níquel, Sheila Harnett e sua Vaca, Adão e Elle, Râmbol Bâmbol, Gatinha na Mureta, Duas e Três, Pulo Americano, Raposa sai da Toca, Grarrafras Qrebradras, Escrevendo uma Carta pra Punch, Tiptop é Una Confèterie, Henressa Explude em Cálica, Toque di Carteiro, Estamos Bem Representados?, Solomão lendo Silente, Macieira Urso-Empedrada, Conheço uma Lavadeira, Hospitais, Enquanto Caminhava, Há Umúnica Casa Sonhorrida, Batalha de Waterloo, Cores, Ovos na Selva, Armarinho, Contando seus Sonhos, Quais Zoras São, Cochilo, Mãemãe Mãergulhando, Último Homem de pré, Hali Babão e os Quarenta Londrãos, Infinolhos e Futileiros, Manimatriado mas só uma vez na minha Vida e nunca mais cometerrei esse errro dinovo, Cuelho Dul Zip, Piru na Pilha, Essa é a Maneira como semeamos a Semente numa longa e lustrosa Manhã, Muita Diversão no Milequeins Mêiqui, Vi a Escova de Dentes com Pat Farrel, Aquixtá ax Graxa pra raxpar ax Botax dox Pedrox, Quando seu Vapor era como um Raimbrandt ao redor de Mac Garvey.*

Agora é notoriamente sabido que naquela surpreendente Unidade Dominical sangrenta quando o grande combatente pluristrelado germangaul foi assolado em fúria entre nossos extraordinários weltingtoms e nossos petétricos, os marchelhentos, e olhos irandesses de boas-vindas somrriram com punhais às costas, quando os rupro, pranco e assul encontraram os noigro blanche e ruche e os verdi blanco y doirado apostaram nos nigri combatentes cáqui, categoricamente inimperativos por máximas, uma trans missão tirando o melhor de tudo, o cu não cabendo no pijama, fugindo como uma leporina pra discubrir sua vida, pra Talvilândia, a pàtrialar, perseguido por imprecações pressentidas por todas as beldades da vila e, sem ter desferido um só golpe, (a pis tola nele pul sava porque esperneava espalhando pó) encortiçou-se justo em sua casa de batintalha, de mal a prior prum borracho, pra ficar afastado da vida, onde, não havendo umomento a perder, depois que boxeou ao lado de seu pianoforte até que ele sonasse bar bamp rim e bump rim blues, colapsou cuidadosamente submergindo num colchão da Schwitzer, sua cara envelopada como telemático guerreiro morto, com um bomnédessol de ninar nenê e uma bolssa d'água

[176]

quente em seus pés pra reavivar sua energia, gemendo flebilmente, num monotema mongemariano, bundão manchado um tempão por uma alta nação, enquanto sempenhava em engolir duma grande ampola, que o pulgartório de seu padre era mais do que um cara poderia sulportar, hemipairalisado pelo tronar da guerra e toda a confução (*Diália Maylia, cheia di Laça! Santa Malia, Mãizinha di Dios!*) suas bochechas e calças mudavam de cor cada vez que uma arma roncava.

O que é isso aí embaixo, dramas e carvãolheiros? Por que, cão dos Crostiros, continentes inteiros trocaram baixezas Kairokor-ranas como essas! Pletouras de Houras em camisoulas sobre o divã (revoltosas estrelas vesperinas estrelavam nelas) numa nua (Oh!) menção a riobaldo escamateando exclaimavam: Poissé!

Mas será que alguém, salvo num mãonicômico, acreditaria nisso? Nenhum desses puros querubons, Nero ou opróprio Nabukhodonestor, jamais opetou por tal openeão penosa de sua monstruosa maravilhosidade como fez esse defectivo mental e moral (aqui talvez nas vanessâncias de sua baixeza) que era cunhecido por grunhir ao invés de gronhar em dada ocasião, enquanto bebia pesadamente aos esprítos daquele interlocutor *a latere* e privado privissucatário com quem costumava prerambular, nas cafèsterias, um Davy Browne-Nowlan, seu gêmeo celeste, (este poetacão amador pseudou-se a si sob o apenlido que a si deu-si de Bethgelert) na sarcada dum bar cigano (Shem sempre blasfemando, tão sacra escrita, Billy, ele tentaria, velho Belly, pagar este único manjantar congregante de suas quatro sopas a cada novo bocaldo, Bolly, tão certo quanto a cauda do cometa, como o sabor distóricos fortidentis, pra ficar, escouvir uns vinte minutos mais, Bully, tua Balada Imaginária o que seria batizado como *Winho, Wêmea e Wasos-d'água, ou Quanto um Cara Fensa e Poude Quand Está se Indo, Batty*, por Mestre Sheames de la Plume, alguma das coisas mais terríveis num manispectro assassino) quelevit'uuperava (pardoa-me!) ciente de nenhum outro sheggspica, outro Shakhisbardo, ambos prexatamente contrários a sua polar antisthesis ou procisamente o parecer com uuops (pardão!) como o que ele imaginou ou julgou o mesmo que era ele mes-

mo e isso, grande scoot, duckings e thuggery, embora ele fosse a cara
fuça à fuça como um cuelhino rogedor como em todas as casas de chá

[177]

leônicas de Lumdrum hivanhoesadas descontra ele, sendo um lápsis
línqüo com uma mais curta mentitêmpera, bal cal nal fal sal mal
dal valnidade furça, as conshequênchias das cachualidades prepoquentadas
de palavras crozadas em postposição, caspa, casquento, maisquecaspento
etodosessestiposdecoisas, se resmas resmanecessem na razão e se lhe restasse un filo-
devida ele poderia alleympar o beco do inglês falhante, multifo-
nicossical filhante, fora da fuça da ferra.

Depois do súbito susto que teve naquele sangrento dia de San Swith,
embora cada umbral da tão testada Lucalizod estivesse besuntado com
generoso sangue coagulado dos primogênitos e cada calçada livre todas escorregadias
de sangues de heróis, clamando aos céus pelos outros, e noés e
bueiros jorrassem lágrimas de alegria, nosso baixo perdulário nunca
teve coragem pra tosquiar o balicarneiro comum, tratar e prep-
arar enquanto todos os outros do tropel à luz de tochas, cortavam e
fatiavam igualmente, multidão em massa, vadiavam e sesbaldavam em volta, mat-
ando matado, cantando o coro de Gillooly, do Monstruoso
Livro do Paltriático Puétra *O pura e pia bella!* agoura i siempre
ou in secularis sikalarum, cabeçarriba, em sua bonifètida diversson (o
povinho rastejando de quatro pra seu prazer escolar natural mas
infantilmente contente quando um cativante vagante cantarolou intermediatamente)
e alegres pertencentes ao sexo frágil em sua busca habitual por
coisas mais elevadas, mas lutando como Lady Smythe pra se vingar de Mac-
Jobber, foram apedrejados com seus cajados sobre pés
educados, plinkity plonk, através dos sete palmos da ponte *dei colori* erigida
sobre uma poça depois da guerra-pra-acabar com a guerra pelos Srs. dum caridoso

governo duma única vez (dia deFinados!) ele deu uma
espiadela pela janela através do velho telescópio tripièzado
com alcance de dezoito falcães, luminoso a bombordo justo como as lâmpadas na
Rua Nassau, desde seu buraco de fechadura mais a oeste, cuspindum no
impenetrablum clima, (e foi porcovoroso naquele outono) com
uma esperança dúbia em sua alma trêmula, embora sulplicasse às nuvens
Incertituvens, pra descobrir por si mesmo, e a kontagem de todas as
torres no Kroukaparke ou ouvulando a todos os kòdiciovos em Kalatevala,
se a verdadeira conciliação estava avançando ou retrocedendo após
a celestiosa intemperança e, CaosdiDeos, pra, com seu
se me se vê e seu mim ver uns crorvos e seus frakosfoskofuskasos

[178]

leigos damores meeveendo, ele colheu o charme de sua vida
óptica quando sencontrou (*hic sunt lennones!*) à queima-roupa
piscando ao alcance do cano dium revólver irregular deum
policicão com um propósito padrão, algemado por um quereloso
desconhecido que, supositòriamente, tinha shido inxtruído a jogar na shombra
a pontapéx o tímido Shem pra moxtrar a merda brilhante gretando por
un inxtante pra ver ox fatox de frente antex de sher chicoteado e crixtado
(já que o extripe!) por seix ou pruma dúzia de gaybolas.

O que, por Saom Plaom, em nome de Deucalião e
Pirra, e a privada incensada e os deuses da despensa licenciada
e Stator e Victor e Kutt e Runn e toda mesa
redonda de Laurenção Otulass em convocaçãon, eram esses des-
interessantes tipos humanos limitados, essa Caluniosa Coluna de
Cloaxidade, essa Balisa Bengalesa de Biloxidade, esse Apeado
Annamita da Atroxidade, realmente, precisará quarificar-se, pois parece
estar em mausmais lençóis?

A resposta, toldada aos desditos dum dedal, soaria: ao extrair-se de seus mais perfumosos canais do enorme baú de seus ancestrais (o *Popapreta*, e algum navico, navicavadores!) ele havia tremelicado e vacilado e seviciado em drogas e em barbedeiras, crescente megalômano dum passado perdido. Isso explica a litania de letrombetas honoríficas septunciais, agudas, eruditas, neoclássicas, que ele tanto amava quanto patricianamente manunscrevia após seu noume. Teria se divertido se tivesse visto o arrepiante espetáculo desse semidemente zombeteiro em meio à grossujeira de seu covil glaucoso fazendo de conta que lia seu inùtilido e ilegível Livro Azul de Eccles, édition de ténèbres, (ainda assim suspiraria o Muitíssimo Diferente, Dr. Poindejenk, autorizado expurgador e censor, isso não divia dissi ripitir!) virando três folhas ao vento, dizendo-se a si mesmo prazerosamente, ainda mais no espelho, que cada gabolice no velino fora as asnices era uma visão poética mais esplêndida que as anteriores i.s.t.e.t.a.s., um chalé de rosaschelle à beira-mar pra pra sempre nadar, madamas provando variadas meias em liberdade, um sorvedouro de vinho guinèdourado como alvosmongespadrenóssicos e ostras de seiscilindros valendo um bilhão a mordida, uma casadóperas inteira (devia haver somente uma sala destampada na caixa de pronto e

[179]

cadavezmais sua tripa continuava intumescendo) de entusiasmáticas nobressenhoras arremessando cardornados arcocarmins que tinham no probscênio, uma apózoutras, inamagoadas em ajustilharem-se elas mesmas, em suas panteomimas gayetas, quando, eita, senhor, concordantes com todos os truques contábeis, esganiçou o desgrito im *Pequinim Queridim Shemcelado da Yllanda* (Jizuis, tu ouves tão lounge! tãop uro! sinhô dos sábãodos! juyce tal qual rapazsarim! pur tutais cinco minuntos, infinitamente melhor que Baratão Mc Gluckin com um encantador chapéu engalanado e triverdeado, triplumado por queijentos e tangerinados na aba do lado direito de sua cabeça amarelada, um sobretudo macfarlane (o corte mais fino, estendes?) uma cava espunhalada em sua castela, (*Alfaiate punxit*) um lençazulblu na lapela da blusa florida e um báculo de decano que ganhou do Cardeal Lindundarri e Cardeal Carchingarri e Cardeal Loriotuli e Cardeal Occidentaccia (ah ho!) na cara carreira carvalhal pra cair nos primeiros obstáculos, madame, nessestranho lado, e.t.e.t.d.c, mas com a luz curva, a imagem remendada, a capa esfarrapada, a página ziguezagueada, os dedos dedajeitados, as pulgas foxtroteando, os piolhos preguissonando, a escumalha da língua, a gota no olho, o nó na garganta, o drinque na carrafa, a cominchão na palmão, o uivo do viento, o pesar de seu respirar, a cerração de sua cerrebração, o zumbido em seu cérvero, o tique de sua consciência, o cúme de sua fúria, a torrente de seu fundamento, o fogo em sua gorganta, o farmigamento em seu rabogento, o esmagamento de seus bagos, a vesguice du seuzói, a putrefação da comição, o iéco no seu auvinte, a trepidação no seu dedão, a errupção no seu estúmaco, as ratasanas em seu sótão, os morcegos no campanário, os papaquitos e pirigaios belalves, o espalhafato e o pó em seus auvidos já que demorou um mês pra mover a marcha que tava esfaimada pra mumorisar mais duma palavra por sumana. Pescata fiscata! Falcão na truta! Podes pescá-los? Uquê! Eu disse, podis piscá-los? Já se ouviu falar em tão baixa tavigaralice? Positivamente me engulha só de pensar nisso.

Já o borrifedor costumava se gabar em voz alta pra si com um sataque como Miopadre que era um colono construtor e Hoy era um estudiante lexical, apalavrado, e corretivo como um quadro-

[180]

negro (tentando copiar o palco Englese pondo sua casa abaixo, berrando: Bravo, sorr Chorles! Letra purfeita! Culassal! Walor wago! Linguaviagem!) como tinha sido dedado de todas as famílias bebelegantes dos catadouros do Piupiurreino, Paìssuábios, a terra de Nòde, Pátria do Desdèm, Pensão Danubilar e Barbarópolis, que sestabeleceram e sestratificaram na cidade-capital após sua hebdomerdária metropoliarquialisação tão soldòminguada, gessegunluada, terssangranada, quartinliada, quintjovial, sextylasciva, sabissaciada, extraída do genial local na maioria dos casos por conta de seu cheiro o qual todas as cozinheiras eminentemente se opunham por se assemelharem ao bombominoso fodor que manava da fossa. Em vez de chutorear naquelas modelares casas familiares singelos sadios garranchos (coisa que ele nunca prossessuiu em sua possessoal Nigerianda) o que pensas que Vulgariano fez a não ser estudar com frutas furtadas, como é engraçado copiar todos seus vários estilos de assinatura prum dia emitir um cheque épico forjado ao público pra seu proveito privado até que, como acabamos de relatar, a União das Copeiras Dublinojentas e a Sororidade das Doméstiticas, mais conhecidas como Saciedade das Bulcetas Suijas, rejeitaram-no e ajudaram a natureza por desconjunção carnal à fonte de desaflição do local completa e taitotalmente no calor do momento, tapando a napa um do outro, (pois ninguém, miserrento ou asfaxinante, nem mesmo o Turco, ingregável em busca do intratável, ousou cheirar a doniña di pierto) fazendo algumas anotações apopontuais como fizeram então aos aperfeiçoamentos d'Olorfey, vossa meretríssima, porque abunda o fedor, senhor.

[Jymes deseja ouvir de usurárias em trajes feminis abandonados, gratiamente doados, jaquetas de lã, um par completo de calcinhas e outrasvestimentinhas, pra começar a vida urbana juntinhos. Seu jymes tá disimpregado, divia dissí sentá i iscrevê. Recentemente ele discomenteu um dos dezmandamentos mas agora ela vai sal-válo. Construção superior, doméstica, camada regular. Além disso adquiriu botinas. As apreceia. Cópias. ABORTÚNCIO.

Num si pode neim mesmo cumeçar a pòsfigurar um estatuesqüo ante o quão baixento na realidade o excomunigado Drummcondríaco, nati Falso, realmente era. Quem pode dizer quãotas pseudestilosas

[181]

shamianas, quão poucas ou quãotas das mais venerandas imposturas púbicas, quãotos palimpincentos piedosamente forjados deslizaram em premeiro logar por este mórbido processo de sua pena pelagiarista?

Seja como for, mas por aquela luz phantasmática do brilho de sua gnose enquando deslizava lucifericiosamente dentro duma polegada de sua página (tocaria vez que outra o olhar rubro de seu tremor entristecidade, pra ensignar as cores em biarlitz às suas matemandas e educandas pra desmatematizarem-se por elas mesmas aos gritos de âni-meninas: gembre! chemchipre! chonchambre! cínsero! zinnzabar! Tinctura e gin!) pena nenhuma teria inscrito uma serifa ao pergaminto. Por aquela chama rosácea efluecente do lampiadão e com a ajuda do clarão simulcrônico no panñuelo (um ghinéu, uma chicotiada, ele chegará lhá!) riscou e rabiscou e escrivinhou e escravinou desavergonhosamente sunome sobre todos qui cunheceu, mesmo partilhando uma precipitação sob uma sombrinha usada sob a marquise à prova de chuva, enquanto tudo dicimabaixo das quatro margens desse rançoso Shem preensheum fedor (que era devoto do Peidoso Sardanapaulus) costumava pintalgar infinita e inartisticamente retratos de si mesmo no ato de recitar o velho monólouco interianouvido de Nichiabelli *Hanno, o Nonanno, acce'l brubblemm'as*, sir Autore, q.e.d., um jovem e elegalante paolo de repartir carações com conções d'amor pra garotosas e seus ólheos, uma tristronha voiz tennôra, uma renda jucal di centitrintedois drachmas por jarno da prapriedade folida de Broken Hill, maneiressas de Cambreech, dando um grande corte nultraje a regor de dois guinéus novinhos em folha e uma camisa rogsfordida listrada, alugada pruma feilix feixta Finta-feira à noite, lòviannamente longos pares de tintalianos bigotes brislhentos com vaselina bórica e frangipani. Puh! Quão inaurível issué.

A casa dO'Shea ou dO'Shame, *Quivapieno*, conhechida como o Fraxco de Tinta Achombrado, Alameda Âmbar shem número, Ásia n'Irlanda, como estava infestada de rapos, com pseudômico FECHADA sépiraspada na placa da porta, e uma persiana de lona preta sobre sua janela bruxálida, em que o filho de contritalma da cela secreta apalpou ao longo da vida às expensas dos contriburrintes, dia e noite com baita jesuística e mordidamargra, calico-

[182]

hidrantes de súlfuras plainas de escopolamina e quarenta Quasissãs, todosdias, de todas maneiras mais excessivas em violência abusiva de si e duzoutros, foi o pior, esperava-se, mesmo em nosso mundo occidental playbólico pra pura imerdície dos terratos. Te gabas de tua castelatrina ou de tua casinha destelhada em ballyfermont? Nicas, nicas e nicas ostraveiz. Pois era fedidorenta como nenhuma outra, mui enigmerdática pro escretor. Navardade, Ângüelos afrequentemente navegavam por lá pensando que nem o Edam fedia mais raro. Meus bago! O piso empenado do covil e as somdutoras paredes daquilo, sem falar

das bostas e imbostas, eram persianamente literaturadas
com tronadas cartamadas, estórias recontadas, instantâneos grudentos, vacilantes
cascadovos, açouganchos, peideirneiras, brocas, bufas, almêndoas almigdalóides,
passas sem casca, verberração alfabetiforme, vias vivlificantes, om-
piter dictas, visão umbíqüa, heins e ahahs, tentativas ineflíveis de falar
sem sílbalhas, tu ieu, himnos antígüos, obscenidade fétida,
lúcifers caídos, vestais que te serviram, ornamentos chovados,
sandálias desprestadas, jaquetas verresíveis, lentes escruras, farras
de jamília, camiselda valsifilada, escrapulários esquecídeus, calças nunca urssadas,
grafatas enforcantes, francos falsifrancados, belhas intenxões, nuetas babujadas,
tintaxe latrina desvirada, moiño inusado y piedras decepiadas, penhas
retorcidas, digressões dolorosas, tacias di viño ampliadas, objetos sólidos
lançados aos goblins, trocadalhos autrora octuais, qüotatas esmagoadas, sopalavras ba-
gunchadas, papéis de questães inquestionáveis, ejaculações semenadas, maldita
laimerick, láigrimas de crocrôdilhos, tinta terramada, cusparada blasfematória, casta-
nha seca, coleguiais, chôfens senhôrras, leiteirias, laivaideiras,
mulhieres de loijistas, viúvas alegris, ex-freiras, vice-abadessas, pró
virgens, super-putas, irmãs silenciosas, tias de Charley, a-
vós, sogras, mães adotivas, ligas de madrinhas,
trança trançada à la derecha, en la isquerda y nel cientrum, viermes de melheca,
cocecha sabrossa, lhatas de lheite condenssiado de Suìçe, loções
interlectuais, baijos dos antípodas, presentes de punguistas,
plumas emprestadas, apertos-de-mão relaxáveis, promessas de princesa, borras de
vhinho, carbonos desoxidados, coleiras conversíveis, cilindros
del diablo, favos quebrados, cadarços de sapato desatados, camisas de força
retorcidas, horrores frescos do Hades, glóbulos de mercúrio,
geleca indelectada, vidrolhos por umolho, escóvo dedente prundente,

[183]

lamentos de guerra, suspiros espaciais, longos sofrimentos de longa data, ahs ohs ouis sis jas jos gias neys thaws sos, sins e sins e sins, aos quais, si sy tiver estômagro pracrescentar às ruptruras, distrorções trurbulentas, invrenssões de toda essa música de câmara que se sustém, dado um grão de boa-vontade, uma bela chance de fato pra ver o dervixe rodopiante, Tumulto, filho do Trovão, aut-exilado em seu ego, uma noite inteira tremendo entrenós brancos ou anterrubros harrores, meiodianamente em pele e osso por um phauntasma ineluтável (que o Creador tenha misericrórdia deli!) escrevendo a minstória de si meismo na mobília.

Certamente nosso humílimo herói foi autovalente por força de necessidade por isso catou tudo que pode pra erguer uma quitinete de barro como as destourbridge e um galhinheiro letargogalhênico purcaus dusovos (o rampti não cai muito longe do dampti) que o mouromelodioso forcharadista, desafiando a Incontrolável Preservativação da Natividade (Caça e Viveiro) Actuando, brincando de larilaruca livrodacuca, com sua lenterna astuta, grelhando, cozendo e escalfando num caldeirão alquímico, claras e gemas e clemas e glaras, pro batente cantarolante *Mas blanca que la blanca hermana* e *Amarilla, muy bien*, con canella e grafañotos y cera dabelhas silvestres e alcaçuz e musgo de carragina e gesso de Barry e angu d'Esther e micção de Huster e embrocação de Amarellimanas e pastel de Rosentaspetras e pó estalar e lágrimas de precator, e palidentes pr*Arte Pannelar* de Sharadan, cantando, pra todos que se regalavam com as piernas quele deixou pra trás como Litty von Letty fon Leven, esses encantamentos de palavras, abracadabras calubras culorum, (sus uôfos à la Madame Gabrielle d'Eglise, son ôèfes à là Mistress

B. de B. Meinfelde, suossófos Usquadmala à la manzãña del ciel,
suis uovos ye ouvas y uovas à la Sulphate de Soude, tuòs ochiuri
soté solmoné a la Monseigneur, sous souflêsson de uófi
com parmacato en la tostata à la Mère Puard, sujos Pochèduefos alla
Fenella, suon fritófos à la Tricarême) no que foi feito pra ser
closet (Ah ho! Se ao menos tivesse ouvido melhor os quatro mestres
que o infantaram Father Mathew e Le Père Noble e Pastor
Lucas e Padre Aguilar – sem esquecer o Leigo Professor Baudwin!
Ah ho!) Seu contispapado limolitominuoso manganês antimoniano del Satañás

[184]

a natureza nunca nascessitou tanto de tal alcova, quando Robber e Mumsell, os ditadores púlplicos, a conselho de seus conselheiros jurídicos,
Srrs. Cudex e Pundex, e sob a própria beneficção de seu
pastor Padre Flammeus Falconêro, boicotaram-lhe todas as velas-de-sebo e artigos droméstícos de papelaria pra qualquer propósito, desasou
numa persecação selvática através do oceano katártico e fez
tinta sintética e papel sensitivo pra seu próprio fim a partir dos resíduos
de sua destreza. Perguntas, Pelos Zinfa, como? Que método e matéria disso
pra esses nossos tempos esportivos serem mascarados na linguagem dos
ruborizados purpurizantes pra quem um cordinal Anglicano, não lendo sua
própria escura trúnica linguaruda, possa sempre ver a marca escarlate
na testa daquella della Babillônica e não sintir o róseum em sua
própria malldita bochetcha.

Primum opifex, altus prosator, ad terram viviparam et cunctipotentem sine ullo pudore nec venia, suscepto pluviali atque discinctis perizomatis, natibus nudis uti nati fuissent, sese adpropinquans, flens et gemens, in manum suam evacuavit (altamente prosaico, cagou na mão, pardão!), *postea, animale nigro exoneratus, classicum pulsans,*

stercus proprium, quod appellavit deiectiones suas, in vas olim
honorabile tristitiae posuit, eodem sub invocatione fratrorum gemino-
rum Medardi et Godardi laete ac melliflue minxit, psalmum qui
incipit: Lingua mea calamus scribae velociter scribentis: magna voce
cantitans (mijou, diz que tava demijado, pèide pra ser exonerado),
demum ex stercore turpi cum divi Orionis iucunditate mixto, cocto,
frigorique exposito, encaustum sibi fecit indelibile (falsificato por O'Ryan,
o tinta indelébil).

Então, o pio Enéias, conforme a fulminante firma, que
intima à tremelicosa terriana que, quando o convite vier, ele
produzirá noitamericanamente de seu corpo incelestial uma
quantidade incerta de matéria obcena não protegida por cocôpriright
nas Estrelas Unidas da Urânia ou fazida e morrida e drogada
e merdada pra ele, com essa tintura dupla, elevada ao calor sangüíneo,
ácido gálhico sobre minério de ferro, antravés das antranhas di sua miséria, flamijante,
fielmente,
imundamente, sapropriandemente, essEsaú Menchevique do primeiro
ao último alshemista escreveu sobre cada centímetro quadrado no único pa-
pel almaço acessível, seu próprio corpo, até que pra sua corrosível sublimação um

[185]

integumento do contínuo tempo presente desdobrando lentamente toda marri-
volhosa história humoldada ciclorrodante (desse modo, ele disse,
refletindo a partir de sua própria vida individual invivível, trans-
acidentada através de lentos rebrilhamentos de consciência em um ca-
os dividual, perigoso, potente, comum à todacarne, somente humana,
mortal) mas com cada palavra que não passava de uma concha autoesguichante
que havia filtrado do minguado mundo cristalino de
constrangimentos e doriangrayentos falimentos. Isso existe

purqui é seu depois de ter sido dito o que sabemos. E dabal tem dabnal! E a dal dabal dab aldanabal! Então talvez, agglaggagglomerativamente cocomitantes de tudo e arando o antes arado em seu último desaparecimento público, circulando a praça, pra fête d'amort de Sant Ignáceo Ervenenoso, da Multidão Multante, (hapós o sexto dia de Hogstóbrio, matando nosso rei, já jazido!) e brandindo sua caneta estilográfica, o brilhante chomem-chave das shelvagens mutaçhões, se o que é molho pra ganso é salmoura pra gansa, o policilauro que pensava que era tinta o que tava fora de sua habilidade mas brilhava no primerdial.

Era o mixo condestado Sistersen da Kruis-Kroon-Kraal, o vigia paroquial, cão o zarrão o covão o charcão o sacão o enssaquição o pedichão debundão, que tinha sido destacado pros impuros deveres pra salvá-lo, esse no quemcumquiém, aquele no qüundu, dos efeitos ligaduraliáveis do barro sujo nos coagulinhos da maltidão naparição, encontrerrou o nofato numa notche próximo ao vivosomdaglomerraçom, Gravimarii, Condado de Mayo, mais inclinado presquerda do que balançado pras dereita, com seu jeito de protoprostituto, (ele sempre teria uma (par!) mini pombinha nalgumlagar como sua arqui-namorisada, Arcoirisada, apodada Mergyt) justo no momento em questava astravessando a esqrina dos maus tempos sob um pileque entre os portais rivais dum ardente templo de venereação atrafés da chanela do portel, saudando as puthoras graziozas como usual: Onde tão as dama que os cão chama de manjubão? Milico, mexamina, o incapaz rèsplicou com uma autevidente sutileza tão obviamente espúria i, di cabelimpé, despois das gracinha, com semprevivas dibaixo das garras, por Portsymassa e Purtsymissa e Pertsymoça e Partsymestre como um prâncipe

[186]

del fandango, com uns quiente frio flaco fuerte, saltipulou-se. Oléa! O pobre guardião lívido, pulpavelmente dum humodor baltósico, ficou leteralmente astônito sobre o caso dorido, como ele tencionava, püsqüê ele tinha ido, onde pretendia fazser, se tu pensavas inhir, durrante toda corrente da tarde u qui é qui u fêdaputa faria dos trecos dêli, urgido e cãobalido a isso em contraportos de capacidade caledosiana pra Lieutuísque do odre de vinho da cafetã e ainda mais, durante, percevendo seus maiores aspantos, foi o que ele disse, obrigradro, concernente à edição da sujidade d'os mortos, como isso, agòrabes, conspurgante à ordem dominical e salicitando parmissão nobilíssima, ele foi nominado apenas pra trazer pra casa dois galões, como parreial, cheiínhos pra sua mumãe. Imbica i imborca!

Poltergeistvomitrovõespanóplias! Qüinto? Qüi maínhã? Descujo pairteiro? Qual pair? Por qëe nomidito coôati? Mas nossa undiligência tem sido tão plouco pluterotestada então chega de tal baixeza negrera, muito vil primprimir! Perponderando que Putterick O'Purcell puxa a perdra freia afora d'Invernáguas e Mar Pratiado e canta pra Harreinque nosso Rrei, set out nov dez John Phibbs marça! Não potemos, por missericórdia ou justiça nem por omor aos labarintos, ficar aqui pra residência de nossas existências, discutindo a sede do Shenhor Ham Misterdan.

JUSTIUS (pro rirmão): Brauno é meu naume e braumosa é minha naltureza e tenho suor em minha testa e tá tudo certo com cada facerta e brunirei a bluma ou a blanda blunda de Brauno Bess. Sou o cara que afoga e refoga. Baus!

Adiante, Naumguém de Naulan (pois não ti siguirei mais
oblìcuosamente através da forma inspirada da terceira pessoa
do singular em humordos de hesitâncias do depoente mas me di-
rijo a ti com o empirativo de meu vendetativo, pro-
vocativo e abjeto dereito) avante, vem valiente, miadiverte,
mi muove, embora eu seje gêmeo, pra rir em tuas diveras cores
antes que voltes pra sempre até que devulva a ti meu falo! Shem
Macadamson, tu me conheces e eu te reconheço e todas as tuas shei-
merias. Onde tivesses nesse únterim, te adivertindo

[187]

todamanhã desda tua última camijada canfissón? Taconselho
tesconderes, meu amiguinho, como disse momentos
antes e ponhas tuas mãos nas minhas mãos e tenhas uma longa noite
em casa, confessorzinho, sobre as coisas. Deixa-me ver. Parecem
bem niegras pra ti, shugerimos, Shem, meu filho. Precisarás
de todos os elementos do rio pra tialimpar de todo e um
fortifino poderpadrepapal dum precurador pra te livrar disso.

Bisbilhotemos. Pensemos, quisemos e fizemos. *Cur, quicquid, ubi,
quomodo, quoties, quibus auxiliis?* Foste criado, alimentado,
fornido e engordado desdia infância nessas duas ilhas
dispáscuas à vista do hilário paradisso e brahmindo em outro
lugar (pilha à noitua, maltrapilha o que te solbrou, brilha
como te rebrilha!) e agora, in verdrade, renegra antre branquelos
nesse sécrulo de qüovardis, tri trornaste um dupro dimente
contrideuse, escordido e discumberto, naum, condenoita,
anarchista, egoarca, heresiarca, criaste teu reino desu-
nido no vácuo da tua própria alma mais intensamente duvidosa.
Pregas-te então por algum deus na mangedoura, Sheho-

hem, que não te servirão nem te deixarão servir, não rezarão nem te deixarão rezar?
E aqüi, pro piedade, devo tombém mi preparar pra orar pela
perda do autorespeito e me eqüiparar pra horrível necessidade escan-
dalizante (minhas qüeridirmãs, estão prontas?) prabandonar minhas
esperanças e tremelanças enqüanto todos nadamos juntos nesse charco de So-
doma? Me arrepio por minha pureza enqüanto eles chorarão por
nossos pecados. Afora com palavras encobertas, nossas Solemonidades pra velhas
Banhibanhosidades! Esse detalhe desarmonioso, nomeastuos? Qüentor
Frioso! Pombas! Vitória! Agora, oprobro de pipa em pé,
jãojacó, enqüanto ainda adolescente (o qüe digo eu?) enqüanto
ainda pueril em seu calção com botões nas pernas, ganhas-
ses um lindo presente de uma seringa elevante e alimentadores gêmeos (sabes,
Monsieur Deteus, em tua arte das artes, às tuas custas tanto quanto às minhas
(e não tente esconder) as penaltas que estou mexendo agora) e
o tipo de resfolegar que terias, (se fosses como bofertadas
agora feito o cura que te bautizou, minino, reverti-a-vela!)
repopula a terra de teu nascimento e conta tua progênie pela
cabeça famélica e os bravos faminlhares mas contraries

[188]

o ardiloso desejo de teus co-padrinhos, sof, entre inúmeras
ocasiães di fracasso (pois, dissesses, eu elencarei), adicionando
à malícia de tua transgressão, sim, e mudando tua natureza, (vês
que leio tua teologia a ti) alternando a morosidade
de minha delectação – um filtro amoroso, encontristões turbulentos,
pazquena em penmarka – com sensibilidade, esponsabilidade, passi-
bilidade e prostabilidade, teus outros prazeres tementes da
vida de vinhateiro, mesmo extrudando tua apologia estrabismal quando
legivelmente depressivo, sobre papel indefensável e com isso ajuntado

à já infelicidade desse nosso arregalado mundo, escriblativamente! – tudo isso com cêntimas de incontáveis catalinas, os mininos tanto quanto as mininas, congestionados em redor e à tua volta por acres e hectares e palanques ou estacas, grossas como as areias flutuantes do Chalwador, mulheres talentosas, deveras fartamente educadas, longe de serem idosas e ricas por trás de seu sonho de arrivismo, se só lhes resta sua honra, e não dissuadidas pelo mau tempo quando consumidas por paixões amorosas, se esforçando pra possuírem-se a si mesmas e seus impulsos, filho único da Triestesse pra todas as filhas da Angústia, *solus cum sola sive cuncties cum omnibobs* (eu teria sido o melhor paidrinho pra ti, mimeusmo), mutizendo por nòtural, vasos debituários ou vezos preposterosos, pelo que não teteria costado dez bolívares encoleirados ou o preço dum ping-pang, só um tique, como um trino, da canção mais antiga do selvorujoomundo (tu-uí!, tu-um!), acompanhada por uma plana banda dourada! Salve! Salves! Seiosaocéu Senhoritinhas Mornas tesudoçando noivinervosas! Teus olhos tãotão contentes que todos vamos compartilhar do — noivo!

Farejador de carniça, coveiro prematuro, inquiridor do ninho do mal no seio de uma bela palavra, tu, que dormes em nossa vigília e jejuas em nossa festa, tu com tua razão tresloucada, tens predito agudamente, um jofeta em tua própria ausência, cegamente mirando sobre tuas muitas escaldaduras, queimaduras, e bolhas, feridas impetiginosas e pústulas, pelos auspícios daquela nuvem de corvos, tua sombra, e pelos augúrios de gralhas no parlamento, morte a cada desastre, a dinamitação de colegas, a redução de registros às cinzas, o nivelamento de todos os costumes às chamas, o retorno duma grande

[189]

quantidade de temperamelado empòvoroso pé ante pó mas nunca atringindo tua estrúpida cabeça obtrusa (Oh infernal, aí vem nosso funeral! Oh, peste, perdi a posta!) quanto mais cenouras piques, tanto mais nabos repiques, quanto mais batatas peles, tanto mais cebolas chores, quanto mais bifes faties, tanto mais carneiros destrinches, quanto mais ervas tu soques, tanto mais feroz o fogo e mais longa tua colher e tanto mais duro teu mingau com mais banha em teu cotovelo e mais fumegante teu novo ensopado irlandês.

Oh, a propósito, sim, outra coisa me ocorre. Me deixa te dizer, com extrema polidez, foste ordinariamente gerado, teu progeniterro foi entrar no Plano, como nossos nacionais deveriam, como todos os nacionalistas devem, e exercer um certo ofício (qual, não te digo) um certo ofício sagrado (nem te direi donde) durante certas horas agonizantes do ofício, (um partido clerical só pra ti) de um tal ano a uma tal hora numa tal e tal data de tal e tantas semanas *pro anno* (das Guinness, devo-te relembrar, foi só um retrago pra ti, culpa da qual poderias ter-te livrado tirante as escamas das caldeiras como qualquer bispo de Yorek) e fazer teu trampinho e assim mereceres os verdadeiros agradecimentos da nação, bem aqui em nosso lugar de pulgação, teu trabalho de parto e vila de lógrimas, onde após a divina prodigência sugaste a primeira sugágua de tua vida, desdu leito onde fosses picado até à cripta onde serás mais duplamente intimidado que, como nós, há muito, solito como um potro na cocheira, onde eras tão popular quanto um armenial entre os fiéis, e ateaste fogo à cauda da minha casaca enquanto eu tascava o turíbulo parafinoso debaixo da tua (espero que a chaminé esteja limpa) mas, folgadamente evitando ambamente tua bala e tua balela, bates em retirada como o Padeiro de Galway (mas ele penteou a grama ao contrário) pra nos cantar uma canção em álibi (a chamada da ondina sobre o espelhogriz lentirrolante ampliondeado metaforseoso dessas rochas úmidas parapangulando seus prepósteros com) nômades, lunáticos à lampiluz, antinos, shemminiano em meio ao riso reprimido de todos pra encobrir tua escatofilia por poligamia, com uma prosódita completa, monossìlábicos masculinos da mesma buca numerical, um emigrantirlandês do lado enrrado, assentado em seu estrilo

[190]

torto de seiscents, um charlatão destrajado, tu (pro teu desbrochar de Scheekspair mimaginarias com um só epíteto?) semi-semítico serendipitista, tu (brigado, acho qui isso ti discreve) Europasianisado Afericano.

Devemos nos seguir uns passosmais, enfiador diadagas, enquanto nosso suserano, até aqui um estranho no jardim frontal da tua felicidade, tá tomando, (salve risper! um esporro, um vácu, uma praga e um estragador de tudo) teu refresco?

Cresceu ao lado teu, em meio às nossas orições mais céleres na Loja Novena, Avenida Novara, No-Passeio-Patripodium, beócio, desempregoado, uma escória dum salvagem deslavado, no sustento dele e do teu, (supunhetando que tu saibas que o gambá se esconde é só porque não tem gomademadagascar) aqueloutro, Immaculatus, da cabeça aos pés, senhor, aquelum porrum, Altruísta dioutros templos, ele que era bem desconhecido dos círculos celestinos antes de acéulerar, nosso belo e jovem guia espiritual quele viria a ser,

senduzindo todos os sentidos pra celebestagem egocentrada, a mais premiada
contra-folha em nossa toleria de participação nos lucros, um chupanheiro
de los angeletes, um jovem quesses respósteres tão pequeninitos quereriam como joga-
nteiros que rogavam às suas mães que o iquêno írpis brupper
pudesse ir brincar no Tartimdinfança, prufavô, e trazê u pètinete
juntin e intendê qui elezera murtirmão na baita i justacousa
donde vivia uAmor te, só pra terrificar a vida dele
e espatifar e passar uma noutra como almíscaris de mão
em mãos, aquelas matrimãedeilles, aquelas bonitonas sem nenhum
defeito cujos toualletes espirituais eram assunto de meia-cidade, pra
usar vestidinhos ao pôr-do-sol e ao cair-da-noite e ao amanhecer e vestir coisinhas
à tardinha mostrando aquilo tudo até à hora do chá, mas tu
o abateste com uma mão numa fina mãñana de Mayo em Meio
à tua Maturidade, teu inimigo do peito, porque ele esbagaçou teu soletrador
em ti e porque ele esfarinhou uma bela figura em foco de teu
frontispecto (não alfinetaste um mas um continente!) pra descobrir
como funcionavam tuas físceras.

Já leste sobre aquele brisavô de nossas construvisões,
Baaboo, o burguesmestre, que pensou tocar ambos suyos pés no fir-
mamento com a ponta do seu cajalho duro e com mishemishengos molengos

[191]

nas águas do seu pansamento? Já pansaste no hereticalista Marciãon
e nas duas cissymadas e quão bulcalicamente ele sicagou em Rússica
gunorráia? Já ouviste falar daquela resposa, daquele lubo e daquele moncaco
e da heredeira virgen dos Morrisons, hein, símio felador?

Mentigidor de luxúria, coletor general, o que Vossa Bai-
xeza fazeis na hora do armoço com todos os hamílscares de vegetais
cuzidos, os cheiopéis de frutas coisidas, as maletas de cerveija

quiente, os fundos de Párix, menvergonhas, cara, o que gatunasses tão flexibilmente da despensa de caridade por arfar fortemente com voz oca despencando de tua horrenda e horripilante pobreza de espírito de modo que não podias nem empenhar uma couroua d'Espinhos pra penhorar umamanta di Trevi e como eras nocivo no desfim, assins eras, tão filhotinho de Sun Petro e Sun Poulo com os bicabertos de frangotes e *pas mal de siècle*, que, a prepósito, Reynaldo, é o emético comum Francês da bica do granadeiro. Pra te dar tua tábua e teu lava-ossos (Oh, perdeste o hastrubal!) pra te dar tua libra de platinum e miltiras por ano (Oh, tavas excruciado, em honra e atado à cruz de tua própria cruelficção!) e deixar teres tua esbórnia Sarbática e sonoturnal (a fama viria a ti entre um sono e um despertar) e que te deixes descansar até a Prèpáscoa e que os galos cocoriquem pra Donamarca. (Oh, Jonathan, seu estomáquico!) Os simianos não têm secreções de sentimentos mas lacrimijam por mim mil cataratos, Pena, o Shamman! Frequentemente na fétida noite chafurdarão pra apertar uma mão famélica, digo eu, as jezabelas barbudas que contratasses pra te roubar, enquanto impolidamente em tua palha molhada novamente (Airlandoso e despreocupato!) aqueles sonhos de marfim chifreitos que ressonhasses com Ruth que chamavas tua companheirista, a beldade da bíblia, das panelas de carne de Euston às roupas dependuradas de Marylebone. Mas a lualenta dorminhoca sorriu selene e as lançaluzes risaram: quem se queixa por nós? Comporta-te, vossa inconsistência! Onde está aquela pequena penção alimentícia economizada diante de nosso previsível dia chauvoso? Não é o fato (contratiga-me, cometor de torta!) que, enquanto assobias tuas loucas elegias ao redor da pedra fundamental do Montemplodatumba, (deixa-o passar, poramoràjesusalém, num feixe de palha, ele foi babeltisnado após

[192]

a fenação) esbanjaste entre os subordinatos o sobrexsexsso de tua extragagância e fizeste um hotentote dos duplinenses ressaquear com tuas milgalhas? Não tô certo? Sim? Sim? Sim? Cera sacra e sacralém! Não mi digas, Hargust di Campus, que tu não és muit hargoldo? Olhandalenda, velhos defurmados, te liga com o rutoso e toma teu ruimédio. O Grão Doutor mallzebierzou-te. Mixtura-o duas vezes antes do repasto e pulveriza-o três vezes ao dia. Faz maravalhas pras tuas gripes e é bom pra caralho pra solhitária.

Me deixa finnar! Só um cadim de judas tônica, ghemeu de meus trocadalhos, pra fazer teu verdor esgazelar. Tais ouvindo o quis tou vendo, hammeta? E tialembres que o silente d'ouro dá consentimente, Sr. Tornozelente! Deixa de ser civilziado, aprende a dizer nem! Pshit! Venh aqui, Señorr Studiosus, até que te ponha uma purga atrás dorelha. Faremos um percurso da fofoca, pois se as camaradas ouvissem um tisco disso elas contariam aos telhados das casas e toda Cocôburgo sifudia. Veja! Vês tua discarada no espelhante? Olha bem! Desce teu estigmático até mim! Tiapressa, digo, os bruzileiros! Peguei dum Poste de Luz. E ele dum mullá. E o Mullá dum vagandante Casaquizulado. E o MeiAlegre sacou da mulher do Patáfio, e a Rantipôla pescolhou na piscadela da Sra. Timboleta. Em quanto ela foi confudida pelo pró-irmão Thacolicus. E o bonirmão sentia que precisava te defecagar. E as Fodas Frágeis estão simplesmente uma ao lado da outra. E Kelly, Kenny e Keogh estão abraçadas de pé e em-pé. Que uma cruz mesmague se não acredito nelas. Queu desanque a âncora através duzanos se achar que isso não é veridade. Que a hóstia me sufoque se me avizinho sem minha caridade. Sh!

Tu és Shem. Sh! Tu és louco!
Ele apontua os ossos da morte e o ligeiro des. para. *Insomnia,*
somnia somniorum. Awmawm.
MERCIUS (de ssimermo): *Domine vopiscus!* Mea culpa, vuestra culpa,
uma realeza culpada! Pária, Cain canibal, eu que juramentado
reneguei ao ventre que te deu à luz e às papainhas que só eu
suguei, tu que desdentão tens sido uma missa negra de farça
jimjóycica, assombrado por uma sensação convulsiva de não ter sido
ou ter sido tudo que eu quereria ser ou que pretendias que eu fosse

[193]

lamuriar como um homem àquela inocência que não defendi
como uma mulher, ei, tu aí, Cathmon-Carbery, e agradeço aos Cinemas
do mais profundo do meu contrito coração, Onde
os dias da juvêntua foram sempre amiminsturados agora e antes que cheguasse a ho-
ra complacente destar só de si num puff ou então antes de
entregarmos nosso spiritus ao vento, é pra (embora esse realento ainda
não tenha bebido uma gotinha só de sua consumação e o
pote de flores penda, a maltilha spaniel e suas presas, renitentes
e o proprietário do bar não se mover um milímetro
e tudo que foi feito tem que ser refeito e rarefeito dinovo,
quando quarta-finda, e ei, xtais condenado, e quinta-sexfraz e,
eia, daí tu dormingas) ti, primogênito e primifruto dos primos uis, pra
mim, cabra marcado, colhido na lata de lixo, pelos
tremores do Trovão e das cãostrelas de Ulerin, estás só, árvo-
re soprada do conhecimento do bemlo e domal, sim, vestida
como metuoro cintilante como horricentes, astro-
glodìnamonólogos, filha do pai de Nilfit, blzb, pra mim
courada e ocultada num carvoal obceno, leito do teu

sucreto sespiro, habitante dos mais inferexteriorex onde somente a voz
dos mortos vêm, porque me abandosasses, porque
risses de mim, porque, Oh, meu filhúnico, estás miesquecendo!,
e nossa mamita turfiparda tá pra chegar, alpilla, beltilla, ciltilla,
deltilla, trazendo suas noitícias, as noitícias do grãvelho
mundo, as crianças brincaram, aiaiai! o bebezinho do papá dandou aos
sete mesinhos, uiuiui! a noiva deixou sheu noivo na hora do Shim,
garranhão agarrado à raia do hipopódromo, duas beldades numa
pelação, triianquis visitando o velho torrião, e quarrentra saias
alçam, masdames, enquanto Parismodela-se mostrando roupopulares com
pernocas di fora, e doizidiotas minsturamsse num tríptico porre, tumiscuitas,
Cuzãozinho?
tutáligado, Porracaralho? cum beck, um salto i cum todas
las campañitas charcucalhando, piedras rollantes di teca, drédis no
teu cabelo, todos renunciaram ante o punctum da inunduação, mamacita
diantes, mãeminha mãeravilhosa, seiscondendo sob
apontes, sineteando nos açudes, sesquivando nos pôntanos, rapi-
tirando-se nas dobras do cacupé, pelos montes verdes de Naumfragados e uma
laguna de bruxas que eles chamam da-Conceição e

[194]

desliziando manhosamente por Shambaqui, e tão feliz num nordestão, balbuciante, borbulhante, açorianando consigo mesmo, babujando os Campos em cada dobra inclinada de cacuàssambaca com o deslizar lento da baía, vagavelando, tontamente, mamãevoando, fofoquinhentas à Anna Lívia.

Elaelevariou o vàrievidente e o mudo falou:

– Quaxquaxquaxquaxquaxquaxquáxq!

[195]

Posfácio

Aproximações do *FINNEGANS WAKE*

Por Jayro Schmidt

Ele vem

A literatura avançada já foi chamada de imaginação e de inventividade, e isso não mudou nas dobras da linguagem operando o que Joyce levou ao extremo de sua evidência, e com precedentes em autores a quem interessou o 'atrás do espelho', e a quem implodiu a página, não somente figuras que referenciam Carroll e Marinetti.

Se não fosse isso, na primeira página de *Finnegans Wake* não estaria a frasetrovão, semiótica irretorquível de Joyce por saber que as palavras devem dizer o que se quer que diga, assaltando as fronteiras da língua e antecipando a linguística da frase gramatical correta, mas com sentido desconhecido nos semas e semantemas.

Queda da volta

O que Joyce fez em *Finnegans* mesmo? O que fez em *Ulisses*, mas agora implodindo de vez a linearidade do tempo e, por incrível que pareça, com o *vicus da recirculação*, a quilha da coisa para que o "rioir" (p. [3]) fosse impetuoso como é a frasetrovão ali aguardando a leitura em voz alta e anunciando um novo ciclo da humanidade, a família de "livinha" subentendida, H. C. E. em Howth Castelo e Entornos, os antípodas irmãos Shem e Shaun, e Issy.

Shem é o escriba, e Shaun o mensageiro que faz suas palavras se retorcerem em ouvidos alheios, assim como ocorre ouvir as lavadeiras e os ciclos de Vico que Joyce trovoou ao longo da obra da baía de todas as falas, panorama ou campos anunciativos do personagem que cai da escada e velado com pródigas gotas de uísque para entrar na festa enquanto o tocaio dobrava a Baía de Dublin:

> Finn, vais ser Senhor Finnovamente! (p. [5])

A queda que do muro é ovo, a clara e a gema sofista de Joyce que só exige disponibilidade de leitura sem os hábitos, sem essa de esclerosar a frase, sem essa de não quebrar a casca ou a craca da cultura repressiva, sem essa do escritor de recalques de seus calos.

Então, que não se estranhe o Howth Castelo e Entornos tendo variações ou mudando de lugar ao longo de si assim como H. C. E., que pode se remorder, ser inseto... as coisas do parque do taberneiro, você sabe. Iniciais alucinatórias como sói ser o sonho: Houça! Cuidado! Echolândia! (p. [13])

São Patrício anda por ali – “Sinpãotrício” no que foi “dlobledlabliuDlublin””, (p. [14]. E para brindar a escrita, Joyce brinda o leitor com “optophone qual ontophanas” (p. [13]) que se lê no longo diálogo de Mutt e Jute que trocam de chapéu (p. [16], do qual transcrevo o início:

Jute. – Jutah!
Mutt. – Mucco plazer.
Jute. – Vofê é churdo?
Mutt. – Às fezes.
Jute. – Mas não furdomudo?
Mutt. – Nonada. Sóu gagago.
Jute. – Uiu? Queim nhé o murmãerrador ce cê?
Mutt. – Me totornei zuregagagogo.

Sono lúcido

Finnegans é o livro do sono lúcido, contraponto da vigília translúcida de *Ulisses*, uma obra de estrutura orgânica ou mesmo de um teorema, palavra adequada para qualificar o épico da vida cibernética ou do plasma que, no mínimo, tornou tudo virtual, pois a Joyce interessava o que estava formado, mais ainda o que estava em formação como se constata com a sua recorrência ao que ficou oculto muito tempo antes de *Finnegans*, de que desdobrou o homem comum, mas com bagagem existencial que beira o absoluto mesmo que a Joyce interessasse o relativo: *Finn's Hotel*, manuscrito que não saiu da mente sempre manuscrita de quem, também, na citada primeira página referencia o mundo céltico com Tristão, para ele o “Tristrão”, porque o sentido épico no onirismo é dos desejos de linguagens que foi buscar em Shakespeare do Hamlet, e tornando o *ser ou não ser* em paratática com o “e”, abolindo a dualidade cerebral e existencial mesmo porque a sua poética é *que tudo seja*, o que disse o Príncipe no final. Para que fosse isso na forma mais completa, Joyce escreveu com a atmosfera do sonho, no qual a distensão do corpo promete associações de imagens, nas quais estão as ideias, os nomes que vão além do que pode ser dito na vigília que, muitas vezes, é uma lástima.

Donde mesmo?

O mapa de *Finnegans*, tudo por causa da balada de Tim, o quadrante da baía tudo abriga: no bairro Chapelizod à margem do Liffey, no Phoenix Park e no Cabo de Howth.

As noites não são claras e na língua está a história, a cultura de qualquer povo, língua como húmus e o *soundsense* para replicar que a fala começou onomatopaica, o mundo à beira de si com os ciclos que Joyce intermediou e assim dando voz às línguas do todo narrado e de todos de seus desejos.

A balada de Tim foi pretexto para Joyce empreender narrativas e narrativas, cada livro um filme feito de filmes cujos personagens transparecem, são passageiros e voltam sob outras formas. Tim exaurido, surge Here Comes Everebody, Lá Vem Todos, ele nunca o mesmo, e demais personagens também – sujeitos crepusculares, e crepúsculo de cada capítulo que constrói uma cidade sem limites, que não cessa noturna: quem sonha é a cidade, quem sonha é a língua, épico do inconsciente onde não há repressão da linguagem que tem um nome: escoamento.

E é bom que se diga que o crepúsculo em Joyce é a passagem da manhã na tarde e da tarde onde a frase-trovão é para despertar o leitor e ser personagem e criar seu enredo onírico.

Se todos vem vindo, exumações, H. C. E. "letras normativas" ou "apelido" que se desdobra com toda abrangente história ao longo do

Liffey: Hoje Caminhando Estamos. Ele das siglas "ente imponente certamente sempre pareceu, constantemente o mesmo igual a si mesmo e magnificamente bem digno de toda e qualquer universalização" (p. [9], cap. 2)

A força das imagens nas palavras rompe os limites semióticos, e mais ao aproximar a frase-trovão e a partitura da balada, (pgs [5], [21] e [22], cap. 2) que assim assina a circularidade verbal e visual joyciana:

> Voufê jouviu falar do Humpty Dumpty
> Comele caiu e rolou num tombo

Sentido do som

Das traduções do portal de *Finnegans*, o "riocorrente" teve versões, sendo o "rioir" por excelência o som e o sentido mais adequado a Joyce, que para inventar línguas não poderia prescindir do riorir, do bom-humor, da gozação, do não senso, dos neologismos, das palavras-valises, dos solecismos, das frases interpoladas, confundidas, umas saindo das outras, currutelas, algo assim quando se vai numa rua movimentada ouvindo as falas de pessoas que conversam enquanto passam, radinho de pilha que se vai mudando sintonias para ouvir línguas diferentes, músicas, ruídos, comentários, discussões, o que geralmente se faz deitado durante a noite para povoar o mundo de si, ter os outros e mais ainda, ser os outros, maquinar, procrastinar.

Quando se dorme dormido diambulo, assim que os olhos fechados começam a se movimentar para ver, para ser os radiais em sintonias que senão, sem sonhar, se pode enlouquecer pela falta de loucura. A luz vem pela fresta do escuro e os sonhos são tão claros de coisas obscuras porque maravilhosas nas linhas verbais de Hele Cabula Elestudo. Isso não é dito em bula e em nenhum estudo.

Luminosidade noturna

A Joyce, o Solar, não interessavam os ismos e sim os sismos no acaso de sinos de ouvido *verbivocovisual* de suas linguagens, antes mesmo de Barthes ter concluído que a cada desejo a sua linguagem com a alusão formidável, a da pedra de Bolonha que durante o dia capta luz e reflete à noite.

Ao sonho, Joyce replicou seus mecanismos inconscientes com a linguagem que não se fixa, palavras que se formam com palavras como de um desejo vem outro, e outro ainda.

Quem desautorizou o colonizador (Virginia Woolf quando leu *Ulisses* vomitou), não deixaria de ler *A interpretação dos sonhos*, obra da virada da razão ao degolar o edipiano ou sem angústia de influência e sim sorriso dos caninos da fluência.

A memória da humanidade em *Finnegans* é uma janela escancarada para o inconsciente, daí o fluxo de consciência e as inesperadas associações de ideias, linguagem que oscila ancila no sentido figurado, os signos não se fixam, signo de lápide que de tempos em tempos deve ser polido assim como o *vicus* anima, o senso do som da tempestade como se fosse gigantesco sino, Shem que sobe a colina de seu nome.

Polir velhas espadas divertia Joyce, ele disposto a derrubar a escada com que alcançou o topo da árvore da genealogia céltica do vamos ver *riverrun*.

Quando Stephen deixou o colégio para caminhar, fumar e conversar com Linch, chegaram ao cursivo riacho e se completou o retrato do artista quando jovem: Uma luz cinzenta crua refletia-se na água indolente e um cheiro de ramos molhados, sobre suas cabeças, parecia baralhar contra a corrente de pensamento de Stephen.

Linguagem circular

Quem viveu um "longo crepúsculo" – palavras de Borges, antes de somente poder ver a aura das coisas com o amarelo dos tigres na infância – coligiu sonhos de todos os tempos, e seu precursor Kafka descreveu muitos de seus sonhos, um deles em que ouviu a palavra "escritor", o sonho de Joyce na monumental volta de Tim nos personagens que se vai encontrando nos caminhos da escrita de um só tempo: da imaginação.

Polissemia

A escrita é monodimensional, os significados bidimensionais e os contextos tridimensionais. Com Joyce, estas singularidades se confundem no quadrimensional, que é o tempo. Mais do que isso é impossível, então o irlandês na tradição de ruptura foi além do *Ulisses*, querendo todas as manhãs do mundo da palavra, paratático, propedêutico, prestigitador do futuro da linguagem bem assim da frase correta na gramática e insurreta na semiótica.

Os "três quarks para muster Mark" do manuscrito *Finn's hotel* é que vieram da dobra da baía da cidade joyciana desde que tenha chapéu no "o" dela e dele. Quarks constelares da frase referencial.

Por onde anda Issy?

No isso disso daquilo: "um missymissy", "sissymais" e "cissymadas".

Roupa suja*

As retinas, com as pálpebras fechadas, têm poeira estelar, as retinas de Joyce, mais uma do que outra, continham asteriscos.

Não é bicho de sete cabeças ler Lívia, que para Joyce foi além de suas forças verbais, ele mesmo desconfiando que foi longe demais, que não podia mais se superar dada a voltagem dos fosfenos: quando se diz alguma coisa, não é mais a mesma, o que escritores como Joyce sabem: "somos informados de como no prencípio aconteceu" (p. [7])

Natural é que as duas fabulam outra, a ficção começando com senhoras comentando o que se passa: mi conta tudu sobri

Anna Lívia! Querouvi tudu sobrAnna Lívia.

Tu toda começa na fonte, Hubes Cabaça Emunda, olhaolho Liffey, pluraplura Loreley no rio do cio, eles vieram Shem, Shaun, Issy.

* texto referente ao cap. 8, *anna livia plurabelle*, publicado por essa editora em 2022.

pólen bold 90 gr/m2
tipologia athelas
impresso na primavera de 2024